남자보다 개가 더 좋아

남자보다 개가 더 좋아

PACK OF TWO

캐롤라인 냅 지음

고정아 옮김

나무처럼
Namubooks

나는 루실을 사랑한다, 아무런 거리낌 없이
녀석은 내 인생을 바꾸어 놓았다.

차례

프롤로그 ········· **9**

1 내 사랑 루실 ········· **II**
이렇게 귀여울 수가 | 무시무시한 그 말 | 외로운 시대를 사는 사람들

2 내 인생의 보물 ········· **27**
오! 사랑스런 나의 개 | 뒷마당의 성직자 | 첫 만남
실망이 뒤따르지 않는 환상 | 말썽꾸러기

3 강아지 유치원 ········· **57**
호들갑 떠는 개 주인들 | 외로운 사람들 | 아이 같은 존재 | 래시 신드롬

4 위계질서가 필요해 ········· **79**
그들은 행동하고 우리는 해석한다 | 말 안 듣는 개 | 내가 무슨 과자 자판기니?
공짜는 없다 | 쩔쩔매는 CEO들 | 녀석들은 나를 존경할까?

5 불완전한 이해 ········· **II3**
도대체 무슨 말을 하는거니? | 연주演奏하는 개 | 감정이입 | 털옷입은 사람
텔레파시

6 은밀한 '이인무二人舞' ········ I43
위험한 보호본능 | 못 말리는 분리불안 | 인질로 잡히다
지나친 관심은 No | 개와 함께 만드는 드라마

7 너는 내 운명 ········ I75
넌 내 거야! | 당신은 삼촌, 난 엄마 | 트러블 메이커
사랑의 메신저 | 원하는 건 오직 사랑뿐! | 개 때문에 헤어져

8 대리만족 ········ 2O3
비웃는 사람들 | 개밖에 모르는 여자 | 안녕! 마이클 | 내가 정말 원하는 건?
독신여성들 | 내가 선택한 고독 | 지나친 사랑

9 마음의 평화 ········ 237
난 혼자가 아냐! | 하늘에서 보낸 천사 | 손잡은 연인들처럼
미치광이라도 좋아 | 언제나 내 곁에 | 상처치료 | 영혼의 친구

에필로그 ········ 273
감사의 글 ········ 284
역자후기 ········ 285

많은 사람이, 그것도 매우 공개적으로,
동물에 대한 강렬한 애착은 기이한 일이며
인간관계에 문제가 있는 사람들의 영역이라고 생각한다.

나는 지금 개와 함께 잠을 자고 있다. 한 새벽 두 시, 아니 세 시쯤 되었을 것이다. 잠에서 깨어보니 눈앞 서너 뼘 거리에 녀석의 길쭉한 얼굴이 나를 빤히 들여다본다. 조용한 응시! 녀석의 행동이 대개 그렇듯이 여기에도 분명한 의도가 있다. 만약 바라보기 작전이 실패하면, 그러니까 내가 아무 반응도 보이지 않으면, 녀석은 작전을 바꿔 내 손과 얼굴을 핥는다. 이 행동이 전달하는 메시지는 '나도 이불 속으로 들어갈래.'이다. 개와 함께 하는 생활이 흔히 그렇듯이 이것도 어느새 의례적인 일과가 되었고, 이런 일과는 녀석과 나 둘에게 깊은 즐거움을 준다. 내가 "알았어."라고 말하고 나서 이불자락을 젖혔다. 녀석은 이불 속으로 기어 들어와서 내 곁에 몸을 찰싹 붙이고 눕는다. 녀석의 코가 내 무릎에 닿았다. 우리는 함께 깊은숨을 쉬었다. 개와 한 이불 속에서 체온을 나누는 이런 순간이 정말 편안해서, 나는 때로 잠시 잠들기를 거부하고 한동안 그 느낌을 빨아들인다. '친밀감'이라는 느낌을.

나는 내 개를 사랑한다. 이 일은 거의 우연처럼 일어나서, 어느 날 아침 일어나 보니 상황이 이렇게 된 것만 같다. '서른여덟 살의 독신인 내가 세상에서 가장 열렬히 사랑하는 대상이 바로 이 개였어!' 하지만 사랑을 깨닫는 방식은 사람마다 제 각각 다르고, 내 방식은 이렇게 체중 20킬로그램의 두 살배기 셰퍼드 잡종 '루실'을 통해서 왔다.

1장
내 사랑 루실

개는 일상 속에서 우리의 온갖 변화와 변덕을 목격하고,
우리의 행동과 말을 남김없이 지켜보고,
우리의 실패와 좌절을 모조리 관찰하면서도
우리를 판단하는 일이 없다.

♥ 이렇게 귀여울 수가!

약간 작은 몸집에 골격이 가느다란 독일 셰퍼드를 상상해보라. 순종은 온몸이 검은색으로 반짝이지만, 이놈은 검은색과 회색에 황갈색도 섞였고, 얼굴도 검은색 바탕에 회색이 섞여 있다. 이 개가 바로 루실, 지극히 평범하게 생긴 개다. 물론 몇 가지 개성적인 특징은 있다. 앞발 한쪽은 다리 중간 높이까지, 다른 쪽은 4분의 1 높이까지 흰색 털로 덮여서 짝짝이 흰 장갑을 낀 것 같다. 그리고 뺨에 흰 털이 살짝 섞여있어서 각도만 잘 맞추면 베트남의 영웅 호치민하고도 조금 비슷해 보인다. 어쨌거나 녀석은 사전의 '잡종' 항목에 삽화로 실릴 만한 생김이다. 다시 말해 '빼어남' 같은 외모와는 거리가 멀다. 하지만 상관없다. 자신이 사랑하는 개라면 사소한 모든 것이 아름답게 보일 수 있고, 나의 루실도 마찬가지다. 나는 녀석의 가슴팍 양쪽에 비대칭적 소용돌이 꼴을 이룬 흰 털에 감탄하고, 또 당당하게 하늘로 휘어 올라간 꼬리에 감탄하고, 그윽하고 총명한 밤색 눈동자에 감탄한다. 보드라운 황갈색 털에 덮인 배도 좋아하고, 하얀 발끝에 래커라도 칠한 듯이 도드라진 새까만 발톱도 좋아하고, 유연하고 확고하면서도 조심성 있는 녀석의 태도에 경탄한다. 나는 개를 바라보고 또 바라보면서, 녀석이 나에게 얼마나 신비롭고 아름다운 존재인지, 녀석이 내 세계를 얼마나 바꾸어 놓았는지를 새록새록 깨닫는다. 개를 키우기 전에는 개와 함께 살면 어떤 일이 벌어질지 상상조차 하지 못했다. 그런데 이제 개가 없는 삶은 상상할 수 없다. 루실 없는 삶? 있을 수 없다. 집이 얼마나 적막하고 쓸쓸할 것인가? 웃음소리는 또 얼마나 드물어질 것인가? 다정한 분위기도 사라지고, 녀석이 거기 있다는 이유만으로 내가 느끼던 안정감도 깨어질 것이다.

내가 만난 어떤 여자는 "개를 잃고 나니 세상에서 색깔 하나가 사라진 것 같다."고 했다. 개는 그녀의 눈앞에 이전에는 없던 색조를 더했다. 개가 사라지자 그 색깔도 사라졌다. 이런 비유는 우리가 개를 사랑할 때 겪는 일을 놀라울 만큼 간단명료하게 표현한 것 같다. 우리가 마음을 열고 개를 받아들이면, 그들은 우리에게 '야성' '애정' '믿음' '기쁨'을 준다.

나는 루실을 지극히 사랑하지만 개에 대해 감상적이지는 않다. 나는 일부 열혈 동물 애호가들 사이에 널리 퍼진, '개는 인간보다 고귀하며 일종의 샤먼처럼 그들이 지닌 근원적 야성과 고귀함을 통해서 인간에게 지혜와 치유력을 제공한다.'라는 견해를 지지하지 않는다. 또 사람들이 모두 개를 키운다고 이 세상이 좀더 살기 좋은 곳이 되리라고 생각하지도 않고, 개와 주인의 관계가 언제나 건강하며 유익하다고 생각하지도 않는다.

"개는 우리를 정답고 온화한 세계로 이끌고 갑니다."

버몬트 주에서 애견 캠프를 운영하는 하니 로링의 말이다. 루실과 만난 지 1년가량 됐던 나는 이 말이 조금 황당했다. 개는 정답고 온화할 때도 있지만, 무서울 때도 있고 짜증 날 때도 있으며 혼란스러울 때도 있다. 때로는 공격적이고 고집불통에 제멋대로이다. 이해하기 어려울 때도 많다. 주인에게 책임감과 강제성, 그리고 의존성에 대해서 온갖 복잡한 감정을 불러일으키기도 한다. 이들은 자신의 요구와 충동을 전달하는 데 아무런 모호함이 없는 생명체이기 때문에 때로 사람보다 더 직접적인 방식으로 사태에 개입해 들어온다. 만약 우리가 권위와 지도력을 발휘하지 못하거나 통제력에 문제를 겪는다면, 녀석들은 첫날부터 우리의 뒤통수를 후려칠 것이다. 내가 볼 때 개는 고귀하고 온화하고 현명하며, 엄청난 치유력을 발휘할 수도 있지만, 어쨌거나 그래도 개는 생물학적 충동과 행동법칙에 지배되는 동물일 뿐이다. 이를 지나치게 낭만적으로 포장하는 것은 개에게도 또 개와 우리의 관계에도 도움이 안 된다. 『문학 속의 개』의 저자 진 신토는 "개의 본성을 부정하는 것은 그들에게 커다란 위협을 가하는 일이다."라고 썼다.

개는 사람들을 우리의 생각과는 질적으로 다른 세계로 이끈다. 나도 동의한다. 개를 사랑하는 일은 새로운 우주 궤도에 들어서는 것과 같다. 그 우주에는 새로운 색깔뿐 아니라 새로운 일과가 있고 새로운 규칙이 있으며 애착을 경험하는 새로운 방식이 있다.

새로운 우주 궤도에서는 모든 것이 변한다. 어떤 것은 미묘하게 변하고 어떤 것은 극적으로 변한다. 우선 걸음이 느려진다. 우리는 목적지를 향해 돌진하지 않고 거리를 유유히 거닐게 된다. 그것은 개가 길가의 온갖 잡동사니와 쓰레기들을 뒤지며 다니기 때문이다. 옷이 달라진다. 개를 키우기 전에 나는 옷차림에 신경을 많이 쓰는 편이었다. 하지만 지금은 최악의 패션으로도 거리낌 없이 거리를 누빈다. 언어가 달라진다. 구체적인 어휘보다 말투와 뉘앙스에 더 신경을 쓰게 된다. 쇼핑 목록도 괴이쩍다. 어느 날 보면 쇼핑 목록에 황당하기 짝이 없는 훈제 돼지 귀, 닭고기 맛 치약 등이 체크되어 있고, 거실 바닥에는 완전소독 소뼈며 생가죽 뼈다귀, 플라스틱 씹기 장난감, 밧줄, 공 등이 널려 있으며, 수납장에는 냉동건조 조각 간幕, 진드기 샴푸, 배설물 가방 같은 가히 엽기적인 물건들이 들어 있다. 그러나 더 큰 변화는 내면에서 일어나고, 그것은 때로 인생 전체의 변화와 관련된다. 개를 키우는 일에 대해서 사람들은 흔히 인간관계에서는 얻기 어려운 새로운 차원의 위안을 얻는다고, 외롭지 않은 고독을 맛본다고 이야기한다. 또 개는 우리 정신의 초점을 과거와 미래에서 떼어내 지금 이 순간, 거실 카펫 위에서 뛰어놀거나, 숲을 산책하는 지금 이 순간에 붙들어 맨다고 한다. 또 극히 단순하고 순수한 기쁨에 대해 이야기한다. 개가 멍청한 짓을 했을 때 터뜨리는 웃음, 개의 털을 빗겨주는 포근함, 개가 어떤 훈련에 성공했을 때의 성취감, 종이 다른 동물과 커뮤니케이션을 이루어 나간다는 뿌듯함에 대해 이야기한다. 그리고 무엇보다 전과는 다른 방식으로 '수용되는' 느낌에 대해 이야기한다. 우리 곁에 있는 이 동물은 일상 속에서 우리의 온갖 변화와 변덕을 목격하고, 우리의 행동과 말을 남김없이 지켜보고, 우리의 실패와 좌절을 모조리 관찰하면서도 우리를 판단하는 일이 없기 때문이다.

무시무시한 그 말

물론 모든 사람이 똑같지는 않다. 개와 무관한 이들은 나 같은, 우리 같은 사람을 보면 눈썹을 추켜세우며 걱정된다는 표정을 지어 보인다. 우리가 지갑에 든 강아지 사진을 꺼내서 보여주려고 하면 친구들은 말한다.

"어, 그건 좀……. 사진은 좀 참아줘."

또 주말에 놀러 가자는 제안을 개 때문에 안 된다고 거절하면

"개는 그냥 묶어두고 오면 되잖아!"

…….

멋쩍어진 우리가 변명처럼 개에 대한 깊은 애정을 드러내는 말을 하면 그 말, 그 무시무시한 말을 듣게 된다.

"제발 그만 좀 해. 그래 봐야 개잖아."

가장 자주 맞닥뜨리는 것은 멍한 표정이다.

로스앤젤레스에 사는 친구가 최근 보스턴에 왔다가 우리 집에 들렀다. 어느 순간 그는 거실에 앉아 집을 둘러보다가 내게 물었다.

"혼자 사는 건 어때? 매일 아침 혼자 눈 뜨고 밤마다 빈집에 들어오는 기분이?"

나는 루실과 함께 소파에 앉아 있었다. 그래서 루실을 가리키며 말

했다.

"내가 왜 혼자야? 이 녀석이 있는데."

"어, 그야 그렇지만……."

그는 말을 멈추었다. 하지만 그가 속으로 무슨 생각을 하는지는 굳이 말하지 않아도 알 수 있었다.

'그야 그렇지만, 개와 사람은 다르지. 개를 가족으로 여길 수는 없잖아.'

이런 반응 때문에 개를 사랑하는 사람들은 어떤 비밀 결사에 참여한다거나 자신과는 맞지 않는 부적절한 우주에 산다는 느낌을 자주 받는다. 얼마 전에 나는 개를 키우지 않는 리자라는 친구와 저녁을 먹다가 루실 이야기를 했다. 내가 최근 남자친구와 헤어졌을 때, 루실이 곁에 있다는 게 얼마나 다행이었는지 모른다는 이야기였다. 그 남자친구와는 짧지 않은 세월을 사귀었기에 이별은 길고 고통스러웠다. 그런 이야기를 하던 중 내가 거리낌 없이 말했다.

"루실이 없었으면 과연 그 시간을 견뎌낼 수 있었을지 모르겠어."

나한테는 아무 문제없는 말이었다. 나는 이즈음 내가 녀석에게 품은 애착을 아주 확고한 것으로, 내 생활의 당연한 중심으로 생각하는 경향이 있었다. 하지만 그 말을 하자 리사가 눈을 약간 휘둥그레 뜨더니 말했다.

"그러지 마. 섬뜩하다 야!"

"섬뜩하다고?"

나는 리사를 바라보았다. 갑작스런 단절감, 너무 많은 것을 노출해

버린 느낌. 아뿔싸! 리사는 이 세계 사람이 아니지. 내가 별종으로 보일 거야.

그래서 나는 깊은숨을 쉬고 좀더 설명해 보려고 했다. 개와 함께 하는 관계가 우리 인생을 얼마나 풍요하게 하는지 설명하기란 그리 간단치 않은 일이다. 심지어 이런 애착이 '관계'라는 이름에 값한다는 것, 그러니까 두 존재가 커뮤니케이션과 애정을 나누는 진정한 결합 형태라는 사실을 설명하기는 쉬운 일이 아니다. 그래서 결국 개의 역할에 대해 진부하기 짝이 없는 개는 조건 없는 사랑을 준다는 둥, 우리에게 '훌륭한 동반자'가 된다는 둥의 말을 갖다 붙여야 의심스런 눈초리를 받지 않고 개에 대한 사랑을 표현할 수 있다. 많은 사람이, 그것도 매우 공개적으로, 동물에 대한 강렬한 애착은 기이한 일이며 인간관계에 문제가 있는 사람들의 영역이라고 생각한다.

결국, 나는 리사에게 많은 이야기를 하지 못했다. 루실을 만난 후 녀석이 내 인생에서 얼마나 중요한 역할을 하는지, 내 일상이 얼마나 개를 중심으로 계획되는지, 내가 얼마나 루실을 생각하는지, 루실을 혼자 두고 나갈 때 마음이 얼마나 괴로운지, 개와 함께 할 수 없다는 이유로 내가 얼마나 많은 활동을 포기하고 있는지 이야기하지 못했다. 나는 기쁨이나 사랑, 애정 같은 말을 들추지 못했다. 실제로는 루실이 내게 그런 감정을 가장 직접적이고도 생생하게 가져다주었는데도.

나는 또 루실이 내게 얼마나 '필요한지'도 말하지 못했다. 필요하다는 말이야말로 가장 솔직한 표현이었을 것이다. 루실은 내가 엄청난 개인적 고통을 겪은 후에 왔다. 루실과 만나기 전 3년 동안 나는 부모님을 차례로 잃었다. 아버지는 뇌종양으로, 어머니는 전이유방암으로 돌아가셨다. 루실을 얻기 18개월 전에 나는 술을 끊고 알코올과 맺은 20년 관계를 청산했다. 그것은 내게 세 번째 공허를 안겨주었다. 그래서 그 무렵 나는 불확실의 안개 속을 헤매며 끊임없이 질문했다. 나는 누구인가? 의지할 곳을 모두 잃고 어떻게 세상을 살아야 하는가? 이 고통스러운 시기에 어디에 마음을 붙이고 어디서 위안을 찾아야 하는가? 그 대답의 핵심은 루실이었다. 나는 루실에게서 위안과 기쁨을 얻고 세상으로 이어지는 다리를 찾았다.

나는 리사에게 이 모든 이야기를 하지 않았다. 대신 상투적인 이야기를 했다. 외로움에 대해 말했고, 이별 뒤에 겪은 두려움과 공허를 녀석이 달래주었다고 말했다. 또 개의 '집단본능'에 대해 말했다. 개는 조직생활의 본능이 있기 때문에 인간 속에 잘 융화한다는 이야기, 주인을 무리의 우두머리로 여기고 복종하는 '관계의 동물'이라는 이야기를 했다. 그리고 루실이 옆에 있으면 마음이 편하다고, 루실과 함께 숲을 산책하거나 녀석이 노는 걸 보거나 아니면 녀석과 함께 소파에 가만히 앉아 있는 일이 마음에 큰 기쁨을 준다고 이야기했다.

리사는 이런 말에 꽤 긍정적인 반응을 보였다. "그래, 개는 좋은 친구지."라고 말하기도 했다. 하지만 내 마음은 갑갑했다. 개와 내 관계를 '개는 최고의 친구다'. '개는 충직한 하인이다'와 같은 그런 흐리멍덩한 말과 상투적인 표현에 담고 싶지 않았기 때문이다. 물론 이런 말 속에도 진실의 요소가 있다. 개는 멋진 친구이며, 충성스런 동물이다. 하지만 이런 표현은 상황의 일부만을 반영할 뿐이다. 즉 개가 우리를 어떤 식으로 섬기느냐 하는 측면에 한정된 지극히 협소하고 오만한 견해이다. 우리가 그들을 섬기는 일이나 또 우리가 서로 섬기는 일에 대해서는 관심을 기울이지 않는다. 나는 고개를 저으며 리사에게 말했다.

"나하고 루실하고의 관계는 절대 비정상적이 아냐! 개와 강한 연대를 느끼는 사람들이 얼마나 많니. 그 사람들이 다 미쳤거나, 사람 대신 개를 선택했거나, 아니면 사람과는 진정한 관계를 맺지 못해서 그러는 건 아니잖아. 그건 그냥 인간관계 하고는 종류가 다른 관계야. 하지만 진정성은 인간관계에 못지않아."

아뿔싸, 리사는 나를 건너다보면서 말했다.

"야, 그 말도 섬뜩해."

외로운 시대를 사는 사람들

상식에 따르면 개에 대한 사랑은 일정한 수준에서 멈추어야 한다. 우리가 개에게 느끼는 감정의 깊이를 날것으로 드러내면, 사람들은 당장 우리의 정신건강을 의심한다. 인간의 사랑을 엉뚱하게 개에게 쏟다니.(번지수가 틀렸어.) 너는 동물을 사람하고 착각하고 있어.(순진하기도 해라.) 너는 아기나 가족을 원하는 무의식적 소망을 개를 통해 대리만족하고 있어.(딱한 일이지.) 어린 아이들은 개를 깊이 사랑하는 것이 허용된다. 그것은 귀여운 일, 정상적인 일이며, 도덕적으로도 문제없다고 생각한다. 동물 사랑은 아이들에게 연민과 책임감을 가르치고, 개의 짧은 수명을 고려할 때 상실에 대해서도 가르치는 수단이 되기 때문이다. 최근 들어 요양원이나 병원 등에서 개를 이용한 심리 치료가 확산하면서, 노인이나 병자들도 일정 정도의 애착이 허용된다. 하지만 그렇지 않은 사람들은 개에 대한 감정을 '개는 오직 개일 뿐'이라는 딱지가 붙은 상자에 분리 보관해야 한다고 생각한다. 그러지 않으면 내 친구 리사의 말대로 우리는 좀 "섬뜩한" 사람이 되는 것이다.

오늘날 미국인의 3분의 1 이상이 개와 함께 산다. 그 가운데 상당수가 자신의 감정을 그렇게 효과적으로 분리 보관하지 못하고 있을 것이다. 개에 대한 사랑이 대중적으로 아무리 미심쩍은 시선을 받는다 해도 미국인의 개 사랑은 그 열기가 자못 뜨겁다. 우리 동시대인은 지금 유사 이래 가장 많은 돈을 개에게 쓰고 있다.(개 한 마리의 일생에 평균 1만 1천 5백 달러가 넘는 돈을 지출한다.) 개를 대상으로 한 사치스런 상품과 서비스가 생겨나고 있으며, 우리는 다양한 측면에서 개를 통상적 애완동물의 수준을 넘어서 인간집단의 구성원으로 생각하고 있다. 연구결과에 따르면, 개 주인들 가운데 작게는 87퍼센트에서 많게는 99퍼센트 정도가 개를 가족의 일원으로 생각한다. 그리고 실제로 여러 현상이 이런 수치를 증명해준다. 미국동물병원협회는 해마다 애완동물 주인들에게 설문조사를 하는데, 1995년 조사에서는 응답자의 79퍼센트가 기념일이나 생일에 애완동물에게 선물을 준다고 답했다. 33퍼센트가 외출해서 전화나 자동응답기로 개에게 말을 건다고 대답했다. 외딴 섬에 고립되었을 때 선택할 유일한 동행으로

57퍼센트의 사람들이 사람보다 개를 데리고 가겠다고 했다. 더 의미심장한 수치는 48퍼센트의 여성 응답자가 남편이나 다른 가족보다 개에게 더 큰 애정을 느낀다고 답했다.

나는 이런 행동을 딱하게 여기거나 비웃는 사람들의 마음을 이해한다.(개한테 생일잔치를 해준다고?) 그렇다고 개를 키우는 사람들이 일제히 전위轉位, 대리만족, 또는 과도한 의인擬人 감정에 사로잡혔다고 보지도 않는다. 또 이토록 개에게 깊은 애정을 기울이는 현상이 오늘날 인류가 처한 슬픈 현실을 웅변한다고 생각하지도 않는다. 실제로 애완동물을 사랑의 대상으로 삼는 건 일종의 태만이라는 견해도 상당히 많다. 진짜 사랑 그러니까 '인간의 사랑'은 요즘처럼 파편화되고 고립되고 소외된 세상에서는 좀처럼 얻기 어렵다. 나는 이런 견해에 일말의 진실이 있다고 생각한다. 우리는 외로운 시대에 살고 있으며, 개는 그 외로움을 달래주는 데 큰 역할을 하고 있다. 하지만 내가 볼 때 더 중요한 진실은 현대 사회보다는 개들 자신과 개들과 그 주인 사이에서 펼쳐지는 놀랍고 신비로우며 때로 극히 복잡한 '춤'에 있다.

그 춤은 사랑에 대한 춤이다. 상호적이고 명료하며 극도로 내밀한 애착에 관한 춤이다. 기본적으로 언어가 개입하지 않기 때문에 인간관계와는 종류가 다른 유대관계에 대한 춤이다. 그 춤이 늘 유연하고 부드럽게 흐르는 것은 아니다. 언제나 수월하게 진행되는 것도 아니다. 사랑은 대상이 사람이냐 동물이냐에 상관없이 갈등과 불확실성에 노출되어 있다. 하지만 사랑의 대상이 네 발로 걷는다고 해서 그 사랑이 덜한 것은 아니다.

"사랑은 사랑이에요. 상대가 사람이건 동물이건 나는 상관 하지 않아요. 감정 자체는 똑같으니까요."

로스앤젤레스에서 말티즈 세 마리와 함께 사는 작가 폴라의 말이다. 그녀가 이 말을 어찌나 단호하고 당당하게 했는지, 그 여운이 며칠 동안 내게서 떠나지 않았다.

"힘든 일을 겪을 때 또 내 능력을 벗어나는 일에 부닥쳤을 때, 나는 우리 강아지들을 끌어안아요. 그러면 그 순간을 넘기는 데 도움이 되거든요. 우리가 인간에게서 기대하는 완벽한 관계는 아닐지 몰라도, 그것도 관계는 관계고 사랑은 사랑이에요."

나도 동감한다. 오늘 아침 내가 한 시간 정도 외출하고 돌아오니 루실은 소파 한구석에 엎드려 있었다.(혼자 있을 때 녀석이 가장 즐겨 앉는 장소다.) 녀석은 내가 왔다고 뛰어나오지 않았다. 이제는 내가 들고나는 일에 아주 익숙해져서, 내가 문을 열고 들어와도 나를 전쟁터에서 돌아온 귀향 용사처럼 반겨 맞지 않는다. 하지만 내가 거실로 걸어 들어가 손을 내밀었더니, 녀석은 몸 전체로 방긋 웃는 것 같았다. 뾰족한 귀가 납작 접히고, 꼬리가 소파 쿠션을 두드리며 눈이 반짝거렸다. 온 얼굴에 또렷하게 '행복해.' 하는 표정을 짓고 있었다. '이제 아무 걱정 없네, 당신이 집에 왔으니!' 하는 표정.

내가 곁에 앉아서 녀석의 가슴을 살살 긁어주자, 녀석이 내 팔에 앞발을 댄다. 녀석은 나를 보고 나도 녀석을 본다.

루실과 함께 산 지 어느덧 3년이 다 되었지만, 이런 순간은 언제나 변함없이 짜릿하고 강렬한 기쁨을 안겨준다. 그 색깔은 초점이 또렷하다. 애착, 유대, 기쁨, '우리 둘' 나는 루실을 사랑한다, 아무런 거리낌 없이. 녀석은 내 인생을 바꾸어놓았다.

2장

내 인생의 보물

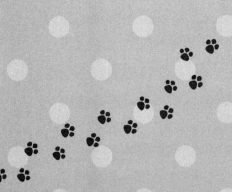

"제 벗이 누구냐고요? 제 벗은요, 언덕, 노을,
그리고 아버지께서 주신 큰 덩치의 개랍니다.
이들은 알면서도 말하지 않는다는 점에서
사람보다 훨씬 낫지요."   —에밀리 디킨슨

오! 사랑스런 나의 개

10주 된 어린 루실이 개미를 쫓고 있다. 파티오 울타리를 따라 살금살금, 고개를 바짝 내리고 목을 앞으로 뽑은 채 기어간다. 발걸음이 지극히 조심스럽다. 내 눈에 개미가 보이는 건 아니니 녀석이 정확히 무얼 하는지는 알 수 없다. 하지만 어딘가 정신을 집중하고 있는 건 알 수 있다. 녀석이 멈추어 섰다. 시선은 눈앞 60센티미터쯤 되는 곳에 고정되어 있다. 녀석의 몸이 팽팽히 긴장된다 싶더니 드디어 '덮쳤다.' 앞으로 펄쩍 뛰었다가 착지하고 멈춰 섰다. 앞발이 벽돌 위에 내리꽂히고, 엉덩이 털이 파르르 일어서며, 동그랗게 말린 작은 꼬리가 맹렬하게 흔들렸다.

이 모습을 보며 나는 웃었다. 웃고 또 웃었다. 2주일이 지나는 동안 이 작은 동물은 내 마음속으로 살금살금 기어들어 와서 한구석을 확고하게 차지해 버렸다. 녀석을 바라보면 때로 녀석을 확 끌어안고 싶은 욕망이 감당하기 어려울 만큼 강렬하게 일어난다. 녀석은 내게 그토록 사랑스럽다. 도대체 넌 어디서 왔니? 내 인생에 어쩌다 너 같은 보물이 생긴 거니? 녀석을 바라보며 나는 묻고 또 물었다.

　그 질문은 지금까지 이어진다. 나는 눈을 가린 채 개들의 세계로 들어온 것이나 마찬가지다. 어느 날 아침에 일어나 보니 집에 개가 있더라 하는 식이다. 이것은 별로 과장이 아니다. 나는 루실을 살 때보다 토스터를 살 때가 훨씬 더 고민스러웠다. 불현듯 머리에 떠오른 환상, 동물보호소, 50달러, 그랬더니 개가 생겼다. 이 간편한 절차와 속도는 지금도 나를 놀라게 한다. 나는 천성적으로 그렇게 반응이 빠른 사람이 아니다. 서두르는 유형은 더욱 아니다. 그러니 어느 날 갑자기 외출했다가 살아 있는 동물을 데리고 집에 온다는 건 나와는 전혀 어울리지 않았다. 하지만 운명은 때로 이렇게 예상하지 못한 방식으로 우리의 필요를 채워준다. 우리가 배울 준비를 한 그 순간에 우리에게 꼭 필요한 가르침을 준다. 그때 나는 많은 것을 배웠다. 애정의 유대에 대해서, 친밀한 관계에 대해서, 그리고 불안해하지 않는 법에 대해서. 마음속 깊은 곳에서 '개를 키워봐. 너한테는 개가 필요해.' 하는 속삭임이 들렸다. 나는 다행히도 그 말에 귀를 기울일 만큼 열려 있었다.

　루실을 얻기 몇 주일 전에 나는 케임브리지 시의 한 카페에서 친구 수잔을 만났다. 우리는 야외 테이블에 앉았는데, 가까운 테이블에 사람 셋과 개 한 마리가 있었다. 개는 잡종이었지만 귀여운 생김이었고, 중간 크기에 눈빛이 똘똘했으며, 참을성 있고 만족스러운 표정을 지은 채(귀는 아래로 늘어지고, 눈은 반짝거리며, 입은 미소라도 짓는 듯 살짝 벌어진) 주인 남자 곁에 얌전히 앉아 있었다. 어느 순간 개가 일어나서 다른 곳으로 가려고 했다. 하지만 주인 남자가 나지막이 휘파람을 불자, 개는 멈추어 서서 뒤를 돌아보더니 다시 본래의 테이블로 돌아가 주인의 무릎에 머리를 대고 앉았다. 주인은 개를 가볍게 두드려주고 다시 커피를 마셨다. 둘은 무척 익숙해 보였고 편안해 보였다.

내 마음속에 손을 잡은 커플이라도 보듯 막연한 부러움이 일었다.

"나도 개가 있으면 좋겠어."

나는 그 테이블 쪽으로 턱짓을 하며 수잔에게 말했다.

"개를 키워볼까봐."

이때 나는 처음으로 개에 대한 말을 입 밖에 냈다. 하지만 그 몇 주전부터 내 마음속에는 개를 키우고 싶다는 작은 환상, 작은 욕망 같은 것이 빙글빙글 돌고 있었다.

어린 시절 나는 개와 함께 자랐다. 우리 집에서 키운 첫 번째 개는 멋지고 충성스러우며 말을 잘 들었던 '톰'이라는 노르웨이 엘크하운드였는데, 내가 고등학교 때 죽었다. 그 뒤에는 멋있지만 충성심 같은 것은 전혀 없고 지독한 말썽꾸러기였던 '토비'라는 엘크하운드였는데, 녀석은 내가 서른 살 때, 그러니까 부모님이 돌아가시기 불과 이삼 년 전에 죽었다. 엘크하운드는 육중한 몸집에 북슬북슬한 검은색과 회색 털이 나고, 꼬리는 동그랗게 말렸으며 얼굴 생김은 늑대와 비슷한 품종이다. 토비는 총명하고 활기 넘치고 매력적인 개였지만, 녀석은 어머니만 따랐고 나는 개를 별달리 특별하게 여기지 않았다. 다정하고 예쁜 녀석들이었지만 내 인생에는 그저 주변적 요소일 뿐이었다. 하지만 어린 시절 개와 함께 성장한 사람들은 어떤 내적 기제에 따라 개와 자신을 연결하는 경향이 있다. 펜실베이니아대학 동물복지학 교수 제임스 서펠의 연구에 따르면, 사람들은 애완동물을 선택할 때 상당한 '종 충성도'를 보인다. 어린 시절 개와 함께 자라면 어른이 되어서 개를 키울 확률이 높고, 고양이와 함께 자라면 커서도 고양이를 키우게 된다는 것이다. 그런 경험이 부분적으로나마 사람들을 '개 편'과 '고양이 편'으로 가르는데, 이런 현상이 내게는 정확히 적용된 셈이다. 어린 시절에도 나는 어른이 되면 개를 키울 거라는 막연한 생각을 했다는 기억이 있다.

그런데 어린 시절에는 개를 돌볼 직접적인 책임이 없었기 때문에, 내게는 개에 대한 아름다운 환상, 밝고 환한 이미지가 많았다. 토비가 기회만 되면 던킨 도넛 가게로 달아나서 그곳 손님들에게 도넛 부스러기를 구걸한 일로 어머니가 몹시 애를 먹었다는 사실은 그런 환상에 끼어들지 않았다. 우리 가족의 여름 별장이 있는 마사즈 비니어드 섬에서 툭하면 녀석이 집을 나갔다가 며칠 뒤에 목띠에 "선생님 댁의 개가 우리 칵테일파티에 나타났습니다. 한 잔 주고 돌려보냅니다." 이런 쪽지를 꽂고 돌아왔다는 사실도 전혀 생각하지 않았다. 대신 토비 때문에 부모님이 웃던 일만을 기억했다. 이런 일이 생기면 부모님은 짜증은 뒤로 한 채 쪽지를 보며 웃었다. 저녁의 칵테일 시간에 톰이 벽난로 앞에 앉아 아버지를 바라보던 모습만을 기억했다. 어머니는 감정 표현이 몹시 드물었는데, 그런 어머니조차 개를 쓰다듬는 일에는 인색하지 않았다. 어머니가 개의 가슴을 긁어주면 개는 만족스러운 얼굴로 허공을 바라보며 느긋함에 젖었다. 그랬기 때문에 개 하면 떠오르는 것은 내게는 충직함, 동행, 애정, 따뜻한 보살핌, 손에 잡히는 단순한 기쁨, 그런 것이다.

뒷마당의 성직자

한편, 내 환상은 애착 문제와 관련이 있었고, 아직 맹아적이지만 거대하게 들끓던 내 안의 열망과도 관련이 있었다. 수잔과 커피를 마시던 무렵, 내 미래는 몹시 불확실했다. 나는 아직도 3년 동안 몰아친 상실의 경험으로 비틀거리고 있었다. 부모님을 모두 잃고, 술마저 끊은 상태로 어떻게 살아갈지 고통과 두려움의 한가운데 있었다. 그런 와중에 내 인생의 외적 요소들도 흐물흐물해져서 뚜렷한 형체를 잃어갔다. 그 주초에 나는 알코올 중독 경험을 회고한 책 『술, 전쟁 같은 사랑의 기록』에 마지막 손질을 가했고, 며칠 뒤에는 7년 동안 근무한 신문사를 그만두었다. 이제 '프리랜서'라는 심연의 가장자리에 서게 된 것이다. 이제 하루하루를 어떻게 채워나갈지도 전혀 알 수 없었다. 내 인생도 그만큼 막막하고 대책 없이 여겨졌다. 또 당시의 남자친구 마이클에 대한 감정도 지극히 양면적이었다. 그는 보기 드물게 다정하고 너그러운 남자였다. 우리가 만난 지난 5년 동안 그는 내가 겪은 최악의 위기인 부모님의 죽음과 술을 끊은 일을 모조리 지켜보았다. 그런데도 나는 이제 그와 결혼을 해야 할지 아니면 이쯤에서 끝내야 할지 아무런 확신이 서지 않았다.

내가 루실을 얻기 한 달 전에, 우리는 가정을 이룰 꿈을 꾸며 집을 구하러 다녔다. 나는 케임브리지 시의 어느 커다란 빅토리아풍 집 안에서 스파게티를 만드는 모습, 또 마당을 손질하는 모습을 떠올려 보았다. 그런데 내 머릿속에는 이런 생각이 들었다. 이 정도 크기면 내가 이쪽에서 혼자 지내고 마이클은 저쪽에 뚝 떨어져서 지낼 수 있을까? 지난 5년 동안 나는 마이클을 상자에 넣어두고, 그 열쇠를 나 혼자 가진 듯이 행동했다. 그와 어느 정도 거리를 유지할지, 일주일에 며칠 밤을 함께 보낼지, 섹스는 몇 번 할지 하는 것을 모두 내가 결정했다. 그리고 이것은 우리에게 심한 스트레스가 되었다. 좁혀지지 않는 거리, 불균형한 힘의 배분, 시간은 흘러도 우리 관계는 정체를 벗어나지 못한다는 느낌 때문에 나는 매주 심리치료사를 찾아가, 이런 양면감정에 대해 울부짖었다.

"이렇게 더는 못 살겠어요. 그를 떠날 수 없어요. 그렇다고 이대로 지낼 수도 없어요. 어떻게 해야 할지 말해줘요."

나는 이런 이야기를 쌍둥이 자매 베카에게도 할 수 없었다. 이것 역시 내게 큰 스트레스였다. 베카는 나와 가장 가까운 사람이었고, 내 인생에서 마이클과 더불어 매우 중요한 인물이었다. 내가 이렇게 하루하루 세월을 보내는 동안 베카는 남편과 헤어지고서 다른 남자와 사랑에 빠졌고, 그 남자와 다른 도시로 이사해서 살 계획을 세우고 있었다. 그래서 베카와 이야기를 하다 보면, 우리 둘이 서로 다른 별에 있는 것 같은 느낌을 받았다. 우리의 대화는 계속 어긋났다. 베카는 새로운 사랑에 푹 빠져서 내 문제 따위는 안중에도 없는 듯했다. 그래서 전화를 끊고 나면 어린 시절부터 나를 끈질기게 따라다니던 느낌,

베카는 언제나 저만치 앞서가고 나는 늘 뒤에서 허덕인다는 느낌에 사로잡히곤 했다. 이렇듯 내 인생은 닻을 잃은 상태였다. 여기저기 구멍이 뚫리고, 정체도 불분명한 열망만이 들끓었다. 그 시절에 내가 원하던 것을 목록으로 적어두었다면, 도무지 종잡을 수 없었을 것이다. 양면감정 없는 사랑, 내 곁을 떠나지 않는 가족, 두렵지 않은 그래서 마취제 없이도 만날 수 있는 친밀성 같은 것들.

아마 그래서 그 남자와 개의 모습이 내 마음에 그토록 크게 다가왔던 것 같다. 그 모습은 내 열망의 항목에 들어맞았다. 따뜻하고 담백한 유대. 더없는 애착. 평온함. 나는 계속 남자와 개를 바라보았다. 그들이 가진 것을 나도 갖고 싶었다. 그래서 불쑥 말했다.

"개를 한 마리 키워볼까 봐."

수잔은 직관이 뛰어나서, 내가 '아낌없는 애정' 같은 것과는 거리가 있는 사람인 줄 잘 알고 있다. 그녀는 개와 남자를 보더니 다시 나를 보았다. 그리고 정말로 훌륭한 결정이라는 듯 눈빛을 밝히고 말했다.

"개라……. 그거 좋은걸. 캐롤라인이 개를 키운다. 나는 찬성이야."

그런데 나중에 보니 내가 가졌던 환상은 지극히 전형적이고 상투적이었다. 열 명의 사람을 만나서 왜 개를 원하느냐, 왜 개를 키우느냐고 물어보면 그들은 '개는 사랑이다.' 라는 하나의 주제를 둘러싼 열 개의 변주곡을 들려준다. 정확히 말하자면 개는 따뜻하고 순수하고 단순하며 비용이 적게 들고 위험도도 낮은 그런 종류의 사랑이다. 개는 우리를 목가적인 시간으로, 어린 시절 개와 함께 뛰놀던 여름날 오후로 데리고 가며, 우리에게 항상성과 안정감과 위안을 전해준다. 이름하여 뒷마당의 성자인 셈이다. 개는 발밑에 앉아서 우리를 따뜻하게 바라보고 아침에 신문을 물어다주고 저녁이 되면 슬리퍼를 가져다주며, 아무런 질문도 요구도 없이 우리에게 봉사하고 우리를 사랑한다. 말하자면 월트 디즈니 식의 장밋빛 사랑이다. 모든 인간의 영혼 속에 깃든 소망. 개를 키우는 사람도 예외는 아니다.

왜 개를 키우기로 했는지 물어보면 똑 부러지게 답하는 경우는 거의 없다. 나는 이런 경우를 수도 없이 겪었다. 왜 개를 키우느냐고, 왜 그때였느냐고 물으면, 돌아오는 대답은 대개 아주 일반적이거나 실용적이다. 두 아들을 키우는 한 어머니는 "애들한테 좋을 것 같아서요."라는 부모들의 후렴구를 읊었다.

한 퇴직 교사는 '건강과 운동'을 이유로 댔다.

"개가 있으면 밖에 자주 나가서 산책하게 되니까요."

독신 여성, 독신 남성, 부부 등 다양한 범주에 속하는 수십 명을 인터뷰해 보았지만, 특정한 이유는 별로 드러나지 않았다. 잘 모르겠어요. 원래 개를 좋아해요. 어렸을 때 집에 개가 있어서 나도 어른이 되면 개를 키울 거로 생각했어요.

모두 훌륭한 이유이다. 개는 아이들의 좋은 놀이 동무가 되고, 또 밖에 나가 산책해야 할 이유가 되고, 또 어쨌거나 사랑스러운 존재니까. 하지만 내 생각에 사람들이 이렇게 모호한 태도를 보이는 건 개를 키우는 일이 저마다 품은 디즈니의 꿈, 그 뒤에 어른거리는 개인적 환상과 열망과 관련되어 있기 때문인 것 같다. 아주 실용적인 이유도 그속에는 더 깊은 소망을 담고 있다. 집 안에 있는 개는 심리적 안정을 가져다준다. 교외의 주택, 흰색 나무울타리, 스테이션왜건 승용차 뒷좌석에 앉은 골든 리트리버를 생각해보라. 집 밖에서 개는 충성과 동행을 약속한다. 내 곁에 착 붙어서 따라오는 래브라도를 생각해보라. "어렸을 때 집에 개가 있었다."라는 말은 어린 시절에 가졌던 순수하고 꾸밈없는 관계에 대한 소망을 보여준다. 개에 대한 애정은 깊은 곳에서 찾아온다. 어린 시절의 체험이 지지해주고, 우리 사회의 문화가 지탱해주며, 기나긴 역사 또한 손을 내밀어 준다. 어쨌건 인간은 이미 1만 4천 년 동안 개와 함께 살아왔으니, 그들에 대한 우리의 꿈도 그 뿌리가 깊을 수밖에 없다. 하운드 종이 사냥 본능을 유지해 왔듯이 개를 사랑하는 사람들에게도 그 꿈은 확고하게 전해져왔다. 우리는 많은 시를 통해 개에 대한 송가를 불렀고, 수 세기의 화폭에 개의 고귀함과 강인함을 그렸으며, 필름 속에도 개의 충직함을 새겨넣었다. 페넬로페보다 더 오래 오디세우스를 기다린 아르고스에서, 주인을 찾아 먼 길을 달린 래시까지, 우리는 계속해서 인간을 초월하는 개의 덕목을 찬양했다.

우리의 이런 행동은 놀라울 만큼 일관성을 유지해서, 개의 본성과 장점에 대한 우리의 환상은 수 세기가 지나도록 별다른 변화를 겪지 않았다. 이따금 루실에 대한 내 감정이 지나친 건 아닌지 의심이 들 때, 스스로 이건 조금 과도하다는 생각이 들 때, 나는 개에 대해서 쓴 많은 책을 생각하고, 그들이 예전부터 지금까지 우리 인생에서 지속적이고 일관된 역할을 차지했음을 떠올린다. 1862년 시인 에밀리 디킨슨은 친구에게 보낸 편지에서 그토록 많은 예찬을 받는 개의 믿음직함과 충직함을 단 두 문장으로 압축 표현했다.

"제 벗이 누구냐고요? 제 벗은요, 언덕, 노을, 그리고 아버지께서 주신 큰 덩치의 개랍니다. 이들은 알면서도 말하지 않는다는 점에서 사람보다 훨씬 낫지요."

1930년 토마스 만은 바샨이라는 하운드에 대한 258쪽짜리 연애편지라고 할 수 있는 책『남자와 개』를 출간했다. 토마스 만은 이 책에서 개가 숲을 뛰어다니는 모습을 '현명하고 주의 깊고 강렬한 존재가 자신의 온 기능을 빛살처럼 뿜어낸다.'라고 묘사했다. 1940년에 프랑스의 정신의학자 마리 보나파르트는 자신이 키우는 차우차우에 대한 『톱시』라는 책을 내서, 우리 귀에 매우 익숙한 찬사를 바쳤다.

"톱시는 내 친구다. 어른이 된 내 아이들과 달리 녀석은 내 곁을 떠나겠다고 말하지 않는다. 톱시는 언제나 내 주변 10미터 안쪽에서 숨을 쉬며, 내가 몇 발자국만 더 멀어져도 얼른 내게로 뛰어온다. 개는 자라지 않는 아이. 그래서 우리 곁을 떠나지 않는 아이이다."

첫 만남

소중한 동행, 미적인 경이, 충실한 가족, 개에 대한 이런 찬사는 내가 루실에 몰두하기 몇백 년 전부터 넘쳐났다. 그러므로 어느 날 내가 동물보호소에 가서 개라는 이름의 소망과 동경을 품고 집에 온 것은 그리 놀라운 일이 아니었다. 물론 그렇다고 내가 그 동경을 채울 목적으로 길을 나서지는 않았다. 어느 날 가만히 앉아 있다가 '부모님이 모두 돌아가시고 술도 끊으니 인생이 온통 공허의 무덤이야. 아무래도 개를 키워야 할 것 같아.' 하고 결심한 것이 아니다. 8월의 어느 일요일 아침, 잠에서 깬 나는 그날 하루를 어떻게 보낼지 생각하고 있었다.

'뭘 해야 좋을지 모르겠네. 동물보호소에나 한 번 가볼까?'

그때까지도 나는 개에 대한 생각이 그다지 확고하지 않았기 때문에, 품종조사 같은 건 생각해보지도 않았다. 그리고 나는 왠지 애완동물 가게에서 개를 사고 싶지는 않았다.(그건 현명한 선택이었다. 가게에서 파는 동물은 대부분 '공장'이라고 불려도 무방한 농장에서 태어나는데, 그런 곳은 동물을 대량 생산해서 돈을 버는 것만이 목적이라 개의 건강 같은 건 거의 고려하지 않기 때문이다.) 게다가 버려진 동물 한 마리를 구한다는 것도 괜찮은 생각 같아서 나는 한참 동안 이리저리 생각을 굴려보다가 소파에서 일어나 문을 나섰다.

술을 끊고 나서 내가 알게 된 사실 하나는 사람은 거의 매 순간 두세 가지 충동이 마음의 문을 두드린다는 것이다. 술을 마시지 않는 사람이라면, 그러니까 그런 충동에 현명한 주의를 기울일 줄 아는 사람이라면, 그를 통해서 자신이 어디로 가야 할지 인생은 어떻게 펼쳐가야 할지에 대해 많은 도움을 얻는다. AA (Alcoholic Anonymous의 약자. 알코올중독 환자들의 재활을 돕는 모임 -옮긴이) 모임에서는 이것을 '고귀한 힘'이라고 부른다. 건강한 삶을 회구하는 우리 안의 '고귀한 자신'은 그 메시지에 귀를 기울이기만 하면 우리를 올바른 길 위에 올려준다고 말한다. 나는 그날 아침 그런 충동을 느꼈다. 내 영혼을 붙들어 맨 보이지 않는 끈이 나를 살살 잡아당기는 것 같았다.

'가봐. 가서 한번 봐.'

물론 그런 건강한 충동에 맞서는 내 안의 반발심도 만만치 않았다. 그래서 지금 돌아보면 그날 내가 결국 차를 몰고 나가서 강아지를 데리고 왔다는 사실이 신기하기만 하다. 하지만 그날 아침 그 끈은 계속 나를 잡아당겼고, 더는 버틸 수가 없었다.

나는 베카가 사는 매사추세츠 주 서드베리 시로 갔다. 베카는 자기 집 근처의 동물보호소로 나를 데리고 갔다. 거기서는 아무 소득이 없었다. 통로 양옆으로 조그만 우리가 열두 개씩 모두 스물네 개 들어서 있었는데, 어떤 개도 내 눈에 들어오지 않았다. 큰 개는 너무 요란스럽고 사나워서 벅찰 것 같았고, 작은 개는 지나치게 예민하고 신경질적으로 보였다. 어떤 녀석은 너무 늙었고, 또 너무 이상하게 생긴 것도 있었으며, 병색이 깊은 녀석, 또 그냥 마음에 다가오지 않는 녀석도 있었다. 외면당한 동물이 가득한 통로를 걸어가며 그들을 다시 한 번 외면하는 기분은 죄스럽고 불편했다. 나한테 기본적인 동정심이 빠진 듯한 느낌이었다. 그 느낌이 너무도 괴로워서 나는 아예 그만두어야겠다고 생각했다. 하지만 베카의 집에 가 있는데 그 끈이 다시 나를 잡아당겼다.

'다른 곳에 가보자.'

그래서 한 시간 후 나는 동물 입양에 필요한 신분증과 서류를 가지고 보스턴 시내의 '동물구조연맹'으로 갔다.

루실은 아주 조용하다. 강아지 시절에도 침착하기 이를 데 없었다. 바로 그 점이 내 눈길을 끌었다. 처음 보았을 때 루실은 보호소 한구석에 놓인 작은 철장에 들어 있었다. 주변에서는 다른 개들이 정신없이 짖어댔다. 옆 철장에서는 스패니얼 한 마리가 연방 문에 달려들었고, 좀더 큰 철장에서는 커다란 허스키 잡종이 사납게 짖으며 문을 긁어댔다. 애원하는 눈길, 철망을 긁어대는 발톱, 나는 녀석들에게서 시선을 돌렸다. 이 모든 소란과 혼돈 한가운데 루실이 있었다. 녀석은 조용히 철장 안에 엎드린 채 앞발 사이에 분홍색 장난감을 쥐고 있었다. 장난감을 유심히 바라보는 그 모습은 스스로 즐기는 법을 아는 것 같았고, 소란을 떨어가며 사람의 관심을 끌지는 않겠다고 생각하는 것 같았다. 그 모습은 내 눈길을 강력하게 잡아끌었다. 혼돈 속에서 평정을 유지하는 힘, 그 인내심은 바로 나 자신이 갖기를 열망하는 성품이었다.

　그렇다고 루실이 내가 꿈꾸던 완벽한 개였다는 건 아니다. 적어도 겉으로는 그랬다. 내 미적 기준에 가장 잘 들어맞는 건 날렵하고 탄탄한 몸집의 로디지언 리지백이나 도베르만 핀셔 같은 종이다. 나는 크고 튼튼한 개를 좋아한다. 루실을 만나기 전에 나는 한동안 머릿속으로 내가 키우고 싶은 개를 상상했다. 크고 부리부리한 눈, 스웨이드 질감에 흙빛이 도는 짧고 깔끔한 털, 전체적으로(말하기 민망하지만) 집안 가구들과 잘 어울릴 만한 개. 루실은 이 기준에 맞지 않았고, 앞으로 그렇게 될 것 같지도 않았다. 철장 앞에 걸린 카드에는 간단하게 '셰퍼드 잡종'이라고 씌어 있었는데, 지금 돌이켜 보면 그것은 그냥 '모르겠다.'라는 말의 다른 표현이었다. 그때 모습만 보아서는 앞으로 예쁘게 클지 어떻게 될지 감을 잡을 수 없었다.

발은 귀여웠고, 새끼치고 몸의 균형은 잘 맞았다. 하지만 어딘지 영양이 부족해 보였고, 털도 칙칙한 갈색이었으며, 몸체보다 다리가 짧아서 자라면 몽땅해질 것 같았다. 그러니까 전체적으로 녀석은 작고 우스웠다. 설치류齧齒類 동물을 부풀린 듯한 생김새. 나는 가만히 서서 녀석을 바라보았다. 저 개를? 글쎄, 모르겠는데……. 나는 철장 앞에 쭈그리고 앉아서 녀석을 관찰했다. 녀석의 표정이 밝아 보여서, 나는 손가락 하나를 창살 안으로 밀어넣었다. 녀석은 킁킁거리며 냄새를 맡았다. 귀가 싹 접혀서 조그만 삼각형 두 개가 양옆을 가리켰다. 귀여웠지만 그렇다고 그 순간 녀석에 대한 사랑이 용솟음치지도 않았다. 나는 고민했다. 어쩔까? 괜찮을까?

그것은 인생을 변화시키는 중대한 선택의 순간이었다. 어느 쪽을 선택하건 내 자유다. 새로운 길로 뛰어들어 모든 걸 뒤집어놓을 수도 있고, 안정의 길을 선택해서 조용히 거실 소파로 돌아갈 수도 있다.

강아지를 고를까, 큰 개를 고를까 하는 문제를 두고는 내 저울이 오르락내리락을 거듭했다. 그리고 거듭된 선회비행 끝에 결국 '신중' 쪽에 착지해서, 배변훈련도 되고 기본적인 명령도 이해하는 한두 살짜리 성숙한 개를 구하겠다고 마음먹었다. 그러니까 개를 데려와서 녀석의 행동을 관찰하고 그걸 내 일상에 결합해 넣겠다고 생각한 것이다. 지금 돌이켜보면 순진하기 짝이 없는 발상이지만, 그때는 아주 합리적이라고 생각했다. 그런데 그렇게 작고 미숙한 강아지를 바라보니, 더 깊은 체험을 원하고 더 완벽한 개입, 더 특별한 느낌이 있는 관계를 원하는 열망이 움직였다.

특별함. 내 머릿속을 맴돌던 질문이었다. 내가 특별한 일을 할 수 있을까? 내가 이 동물을 충분히 사랑해줄 수 있을까? 그리고 녀석에게서 사랑받을 수 있을까? 녀석과 함께 그날 카페에서 본 그 남자와 개가 보여준 수준의 유대관계를 맺을 수 있을까? 소극적이며 방어적인 성격의 나는 친밀한 관계를 극히 두려워하는 데다 '개입과 헌신' 같은 것을 아주 싫어한다. 작고 연약한 강아지 한 마리가 이런 내 성품을 어떻게 변화시키겠는가?

몇 분이 지났다. 내가 계속 루실 앞에 무릎을 꿇고 있는 동안 보호소 직원이 다가오더니 입양신청서를 작성하면 잠깐 녀석을 철장에서 꺼내서 놀 수 있다고 했다. 나는 옆에 있는 접견실로 가서 신청서를 작성했다. 몇 분 후에 직원이 접견실로 루실을 안고 왔다. 루실은 여자의 어깨에 머리를 얹고 호기심 가득한 눈길로 조용히 방을 둘러보았다. 믿음과 평온이 가득한 모습이었다. 직원은 내게 루실을 건네주었고, 우리는 구석에 함께 앉았다. 나는 바닥에 책상다리를 하고 앉았고, 루실은 바닥을 조용히 걸었다. 침착하고 활기차고 똘똘해 보였고, 철장 밖에 나와 여기저기 코를 들이밀 수 있는 것이 기쁜 듯했다. 녀석은 이곳을 킁킁, 저곳을 킁킁, 하다가 조그만 발톱으로 바닥을 톡톡 긁었다. 나는 녀석을 바라보면서 고민했다. 괜찮을까? 모르겠어. 정말 괜찮을까?

바로 그때 루실이 춤이라도 추듯 두 앞발을 차례로 들더니 몸을 앞으로 내던지며 장난스런 인사 비슷한 행동을 했다. 너무도 귀여운 한 순간이었다. 그러고서 녀석은 쪼그리고 앉아서 오줌을 누었다. 바닥에 노란 웅덩이가 생겨났다. 루실의 훈련사가 훗날 나더러 왜 루실을 선택했느냐고 물었다. 그 많고 많은 강아지 가운데 왜 하필 루실이었느냐고. 그때 내게 떠오른 이미지가 바로 이 장면이었다. 익숙한 오물을 만들어내는 작은 강아지. 그 광경은 내게 친근감을 불러 일으켰다. 보호소의 누구도 루실이 어디서 왜 버려졌는지 알지 못했다. 그냥 하루 전날 그곳에 버려져 있다 했다. 다른 형제 강아지도 없고, 쪽지도 없고, 아무런 사연도 없이. 돌아보면 녀석의 모습이 바로 내 모습이었던 것 같다. 닻을 잃고 표류하는, 보살핌이 필요한, 애착할 가정도 가족도 없는 어린 암컷. 바로 그 점이 내 결심을 이끌어낸 것 같다. 녀석의 연약함이 내 깊은 환상에 다가온 것이다. 우리 서로 애착을 가져보는 건 어떨까? 가정과 가족 비슷한 어떤 것을, 우리 둘이서.

나는 자리에서 일어나 직원에게 말했다.

"저 강아지로 할게요."

실망이 뒤따르지 않는 환상

마음속의 어둠을 몰아내는 데 강아지만큼 효과적인 것은 없다. 특히 나처럼 아무것도 모른 채 강아지를 떠안게 된 사람에게는 더욱 그러하다. 10분만 지나면 내가 지닌 모든 공허와 불안과 실존적 고민은 더욱 긴박한 자각에 밀려 구석으로 쫓겨난다. 그것은 내가 개에 대해 참담할 만큼 무지하다는 자각이다. 나는 강아지 기르는 일에 대해 아는 게 전혀 없었다. 나는 예상했던 것보다도 훨씬 더 엉성한 모습을 녀석에게, 나 자신에게, 그리고 이 세상에 보여야 했다. 엉성함을 경멸하면서 모든 일을 엉성하게 하는 사람인 나는 아주 기본적인 문제마저 우왕좌왕 엄벙덤벙 거렸다. 잠은 어디서 재우지? 강아지 키우는 일에 완전 까막눈이던 첫날밤, 나는 루실을 담요를 깐 종이 상자에 넣고 아래층 화장실에 가둬놓았다. 그 이상 엉성할 수 없었다. 애견용품도 전혀 없었고, 강아지의 건강이나 행동에 대한 지식도 없었다. 천성적으로 조심스럽고 질서와 정리정돈에 익숙한 나로서는 정말로 어처구니없을 만큼 엉성한 행동이었다.

이토록 무지한 상태에서 시작을 했으니, 루실과 보낸 처음 몇 주는 그야말로 어둠 속의 혼돈 자체였다. 서점으로 달려가 애견훈련 서적들을 사고, 애완동물 상점으로 달려가 철장을 샀다가 크기가 너무 커서 도로 가서 바꾸고, 어느 동물병원에 다닐지 찾아보고, 개를 키우는 사람들에게 사방팔방 전화를 걸어 질문을 퍼부어댔다.

"개한테 훈제 돼지 귀를 먹여도 돼? 훈련용 목띠가 뭐야? 뭐라고? 무슨 수도원?"

그런데 이런 법석 속에서도 나는 무언가 밝고 가벼운 것, 무언가 경이로운 일이 일어나고 있음을 느꼈다. 얼음장이 깨지는 듯한 느낌, 우리 둘의 유대가 조금씩 생기고 있다는 환한 느낌이었다. 이런 느낌은 루실을 데려온 당일부터 있었다. 루실은 내 눈앞에 강아지! 사랑! 포근함! 따뜻함! 같은 이미지를 정신없이 흩뿌렸다.

고작 생후 8주밖에 되지 않았고, 몸무게도 5킬로그램에 지나지 않았던 녀석은 처음부터 나를 무작정 믿었다. 보호소 직원이 녀석에게

빨간 목줄을 걸어서 건네주자, 나는 녀석을 데리고 건물 밖으로 나가서 차를 향해 걸어갔다. 녀석은 햇빛에 눈을 깜박이고 거리 이곳저곳을 킁킁거리면서 내 뒤를 따라왔다. 전혀 모르는 사람을 이렇게 거리낌 없이 따라온다는 사실이 내게는 몹시 놀라웠다.

차 안에 들어서자 녀석은 내 무릎에 올라앉았고, 우리는 그런 자세로 집까지 왔다. 나는 품에 파묻힌 녀석을 쓰다듬으면서 도로에서 눈을 떼지 않으려고 애썼다. 아버지 생각이 났다. 옛날 우리 집의 첫 번째 개였던 톰은 뉴햄프셔 주의 종축소에 가서 고른 놈이다. 식구들은 녀석을 태운 채 한 시간 반 동안 차를 몰고 돌아왔는데, 회색 털뭉치 같던 어린 톰은 겁에 질려 어쩔 줄 몰라했다. 집으로 오는 내내 녀석은 아버지의 외투 주머니 속에 파묻혀 있었다. 톰이 가장 사랑한 사람은 어머니였지만, 그날 이후 녀석은 아버지에게 일종의 '존경'을 바쳤다. 그것은 경외감과 약간의 위압감, 그리고 인정받고 싶다는 열망이 깃들인 존경이었다. 나는 그걸 이해했다. 나도 아버지에게 그랬으니까. 루실을 데리고 오는 길에 나는 톰을 생각했다. 그리고 우리의 첫 동행이 녀석에게 그런 깊은 느낌을 불어넣어 주기를 희망했다.

어쩌면 그랬는지도 모른다. 루실은 첫날밤 내가 가는 곳은 어디든지 쫓아왔고, 내가 방을 나갈 때마다 '어딜 가는 거지? 날 두고 어디 가는 거야?' 하고 말하는 것처럼 불안하고 긴장된 표정을 띠었다. 그 후 며칠이 지나는 동안 몇몇 친구들이 우리 집에 들렀다가 루실을 보고는 "너를 정말 좋아하나 봐." "너한테 착 달라붙네." 하는 말을 건넸다. 내 가슴 속에는 기쁨의 폭죽이 터졌다. 루실이 오기 전까지 나는 그런 유대감이 내게 얼마나 간절했는지도 제대로 깨닫지 못하고 있었다.

　개의 한 가지 뛰어난 장점, 그러니까 사람들이 오랜 옛날부터 지금까지 이토록 개를 사랑하는 이유 한 가지는 녀석들이 사랑받은 만큼 분명하게 사랑으로 보답한다는 사실이다. 개들은 엄격한 조직 속에서 위계질서에 철저하게 복종하는 늑대의 후예답게 인간과 상당히 비슷한 방식으로 관계를 맺는다. 그리고 이들 역시 사람과 비슷하게 애착 관계가 있어야 한다. 그들은 우리와 결속한다. 주인을 무리의 우두머리로 여기고, 가족의 생활에서 자신들이 어떤 위치를 차지하는지, 그들이 우리에게 해줄 일은 무엇인지를 놀라울 만큼 능숙하게 파악해낸다. 개들은 심지어 커뮤니케이션 방식도 우리와 비슷해서, 그 몸짓과 행동을 쉽게 이해할 수 있다. 꼬리를 흔드는 것은 기쁨을, 이빨을 드러내는 것은 분노를 말하며, 물끄러미 바라보는 것은 존경심에서 경고와 죄책감까지 폭넓은 감정을 전달한다. 루실을 만나기 전에 나는 개가 늑대의 후손이며, 그래서 무리 본능에 따른다는 간략한 사실만을 알고 있었다.(무리의 우두머리를 '알파'라고 한다는 정도.) 하지만 내가 무리의 우두머리가 되어서 추종되고 결속 당하며 지휘를 요구받는 게 어떤 느낌일지는 전혀 몰랐다. 그래서 아무런 의심도 없이 내게 달라붙는 루실의 모습은 감동 자체였다.

　감동이며 한편으로는 놀라움이었다. 개들은 인간에게서는 좀처럼 찾아보기 어려운 한 가지 속성을 지니고 있다. 그것은 내가 나라는 사실만으로도 가치 있는 존재임을 느끼게 해준다는 것이다. 그렇게 무조건적으로 상대에게 수용되는 경험은 내게는 기적과도 같았다. 개는 내가 어떻게 생겼는지 내 직업은 무엇인지 내가 녀석과 만나기 전 얼마나 실패로 얼룩진 인생이었는지, 하루하루 무슨 일을 하는지 전혀 상관하지 않는다. 녀석은 그냥 나와 함께 있고 싶었고, 그런 사실은 내게 비길 데 없는 기쁨이었다.

나는 배변훈련을 마치기 전까지는 밤마다 녀석을 철장에 넣었다가 아침이 되면 문을 열고 침대 위로 올라오게 했다. 그러면 녀석은 기뻐서 몸부림을 치다시피했다. 꼬리를 맹렬히 휘두르며 달려들어 내 목과 얼굴, 눈, 귀를 핥고 앞발로 머리채를 헝클었다. 그러면 나는 자리에 누운 채 지난 내 상실의 고통이 스르르 물러가는 느낌을 받으며 유쾌한 웃음을 터뜨렸다. 개는 실망이 뒤따르지 않는 환상이다. 황당한 말이라고 생각하지만 때로 나는 개가 집으로 슬슬 들어와서 내 손에 들린 '감정 쇼핑 목록'을 보고 이렇게 말하는 것만 같다.

"양면감정 없는 사랑을 원해? 친밀감도? 가족 같은 느낌? 그래, 내가 다 해주지."

나는 루실을 데리고 파티오에 나가 앉아서 녀석이 풀잎을 헤치고 다니는 모습을 몇 시간 동안 보고 있었고, 그러면 내 가슴 속에 굳게 닫혀 있던 '사랑'이라는 방의 문이 활짝 열리는 것 같은 느낌이 들었다. 집안으로 들어오려고 녀석을 들어 올리면 녀석은 아무런 망설임도 없이 두 앞발을 내 어깨에 올려놓았다. 그럴 때 내게 밀려드는 애정의 물결, 그것은 진실로 내가 이전까지 단 한 번도 경험하지 못한 감정이었다. 이렇게 순수한 감정에 싸여 살아가던 처음 몇 주일은 마치 사랑의 지도를 펼쳐놓고 그 땅 구석구석을 탐사해서 깃발을 꽂아두는 듯한 시간이었다. 녀석을 무릎에 앉혀놓고 쓰다듬으면 가슴 가득 만족감이 차오르고, 그 느낌에 젖어들며 나는 생각했다.

'그래, 이건 사랑의 푸근함이야. 두려움과 반대되는.'

공원에서 녀석이 다른 개들과 뛰어노는 모습을 보며 생각했다.

'그래, 이건 사랑의 유쾌함이야. 내게 기쁨을 주는 유쾌함.'

녀석과 함께 마룻바닥을 구르고, 녀석의 배를 긁고, 녀석에게 깍깍 비명을 질러대며 생각했다.

'맞아, 이건 어리석게 행동할 수 있는 권리야.'

아기 엄마들이 느낄 법한 이런 여러 가지 느낌인 보살핌, 부둥킴, 속삭임, 어루만짐은 순간순간 내 마음속에 또렷하게 피어나서 나를 매번 놀라게 했다. 왜냐하면 내 안에 그런 것이 있는 줄 정말로 몰랐기 때문이다.

"루실은 어때?"

친구들이 물으면 나는 밝은 표정으로 대답한다.

"잘 지내. 우리는 사랑하거든."

농담처럼 말하지만 사실은 농담이 아니다. 내가 사랑을 느낀다는 그 뒤에 놓인 진실은 내게 보석과도 같이 소중하다.

말썽꾸러기

술을 마시는 사람들은 친밀한 관계에서 비롯되는 힘든 감정을 술로 마취시킨다. 하지만 그러다 보면 그런 관계가 주는 만족감, 즐거움, 재미도 함께 마비된다. 루실은 내가 품은 줄도 몰랐던 환상을 충족시켜 주었다. 가능하다고 생각도 못했던 환상, 그것은 술을 마시지 않고도 내 안의 온갖 감정을 다 연 채로 다른 존재를 사랑하는 일이다.

개에 대한 환상에도 이면이 있다. 개들은 우리에게 환상을 실현해 주는 바로 그 순간부터 환상을 깨뜨린다. 녀석들은 오줌을 싸고 물건을 씹고 망가뜨린다. 이런 일은 아주 명명백백하게 벌어진다. 녀석들은 귀가 아프도록 짖어대고 카펫 위에 배설한다. 우리가 그 행동방식을 이해하지 못한다면, 녀석들은 이빨과 발톱으로 온 집안에 재앙을 일으키는 망나니로밖에 보이지 않는다. 나는 개들이 카펫과 커튼, 헤어밴드, 바비 인형, 자전거 안장, 크리스마스트리 장식, 텔레비전 리모컨을 망가뜨렸다는 이야기를 수없이 들었다. 버지니아 주의 비글이 다이아몬드 약혼반지, 결혼 금반지, 루비 브로치가 든 보석함을 통째로 삼켰다는 이야기도 들었다. 플로리다 주에 사는 부비에 데 플랑드르가 반나절 동안 물침대와 쓰레받기, 변기청소기, 두루마리 휴지 세 개를 모조리 물어뜯어 놓았다는 이야기도 들었다. 또 보스턴 근교에 사는 잭러셀테리어 종 두 마리가 소파 뒤쪽에서 왼쪽 옆면까지 관통하는 구멍을 뚫어놓았다는 이야기도 들었다.

이런 일은 결코 즐거운 일이 아니며, 특히 개들의 세계를 전혀 모른 채로 개와 함께 살기 시작한 사람들에게 더욱 심한 스트레스가 된다. 슬리퍼를 물어다주는 사랑스런 애완동물을 꿈꿨더니 웬걸, 슬리퍼를 씹어놓았다. 난로 앞에 엎드린 점잖은 개를 기대했더니, 현관의 알루

미늄 섀시만 물어뜯어 버렸다. 나는 처음부터 이런 사실을 잘 알고 있었다. 개가 전해주는 황홀한 사랑에 흠뻑 취해 지내면서도, 이전까지 내가 개에 대해 품었던 많은 생각이 말 그대로 환상, 그러니까 다른 종의 동물과 생활을 공유하는 현실과는 거리가 먼 꿈이라는 사실을 알았다. 나는 아주 기본적인 것에 당황했다. 내가 현관문을 열고 집에 들어간 지 2분 후에 루실은 거실을 지나 부엌으로 들어가더니 타일 바닥에 쪼그리고 앉아 배변을 했다. 이건 뭐 그렇게 놀랄 일이 아니었다. 녀석은 이제 생후 8주밖에 안 된 데다 배변훈련도 안 받았으니까. 하지만 녀석의 배설물을 보고 있자니, 집으로 오는 내내 차 안에서 막연하게 품고 있던 귀여운 이미지가 탁 깨져버리는 것 같았다. 녀석은 '완벽한 강아지'라는 소프트웨어로 프로그램 되어있지 않았다.

물론 녀석은 '점잖은 개'라는 소프트웨어로 프로그램 되어있지도 않았다. 그것도 내게는 적잖이 거슬렸다. 내가 품었던 기대의 목록들은 '최고 복종 상'의 후보로 오를 만한 것이다. 부르면 얼른 달려오는 개, 잠시도 한눈팔지 않고 내 곁을 졸졸 따라 걷는 개, 똘똘한 얼굴로 '명령만 내려주시죠' 하고 말하는 듯한 개. 성숙한 개, 훈련된 개.

당연히 루실은 내 이런 기대를 하나씩 무너뜨렸다. 녀석은 사방에 오줌을 쌌다. 그래서 나는 녀석이 부엌이나 거실, 복도 등에서 쪼그리고 앉는 모습만 보면 기절할 듯 소리를 질렀다.

"안 돼! 거기는 안 돼! 밖으로 나가! 밖으로!"

그리고 녀석을 번쩍 들어 올린 뒤 뒷문으로 돌진했다. 그러면 녀석은 '뭐야? 왜 그래?' 하는 듯한 표정으로 나를 바라보았다.

내가 파티오에 앉아서 팔을 벌리고 말한다.

"이리 와, 루실. 이리 와."

그러면 녀석은 어떨 때는 내게 오지만, 어떨 때는 그냥 마당의 흙과 낙엽만 계속 뒤적인다. 나는 머쓱하고 허망해진다. 내 언어가 개 앞에서 처음으로 무력했다. 산책하러 나가면 녀석은 사방을 정신없이 뛰어다닌다. 강아지에게 운동이 얼마나 필요한지 정확히는 몰라도, 그래도 많이 필요할 거라는 생각에 나는 두세 시간에 한 번씩 개와 함께 나가 동네를 한 바퀴씩 돌았다. 그럴 때면 루실은 사방으로 튀어나가려고 했다. 목줄을 팽팽하게 잡아끌면서 재활용 쓰레기통, 철조망 울타리, 길의 배수로 등 온갖 지저분한 곳에 코를 들이박았다. 내가 걸어가면 개가 옆을 조용히 따라오는 산책에 대한 이미지는 폭삭 깨져버렸다.

이와 더불어 개를 사랑하는 일은 쉽고 단순하고 정서적으로 깔끔할 거라는 환상도 깨졌다. 나는 얼마나 무지했던가. 나는 개를 덩치만 좀 크지 고양이와 다를 바 없는 존재로 생각했다. 그러니까 고양이보다 다정하기는 하지만 그렇다고 고양이보다 더 크게 신경 쓸 일은 없을 거라고 여겼다. 오해도 그런 오해가 없었다. 나는 인간관계라면 하나부터 열까지 걱정에 싸여 사는 사람이다. 루실과의 관계도 처음부터 걱정 투성이였다. 녀석이 뭘 하려는 걸까? 잠은 왜 저렇게 많이 잘까? 밥은 이만큼 주면 되나? 녀석은 지금 기쁜가, 슬픈가, 두려운가, 지루한가, 외로운가, 즐거운가? 잘 적응하고 있는 건가? 내가 녀석의 욕구를 잘 알아채지 못할까 봐 걱정했다. 루실이 집 안에 오줌을 싸면 그게 꼭 나 자신의 실패 같았다. 그리고 내 기본 성격을 걱정하고, 내 양육능력養育能力을 걱정하고, 녀석에게 심각한 정신적 상처를 입힐까 봐 걱정했다. 그러니까 나는 녀석의 정신건강에서 변 색깔까지 모두 다 걱정한 셈이다. 그렇게 6주쯤 지났을 때 나는 녀석에게 강아지 세계의 하버드 대학쯤 되는 최고 훈련기관에서 훈련받을 기회를 주려고, 유명한 뉴스킷 수도원에 전화를 걸어서 거기까지 여섯 시간 차를 몰고 갈 테니 약간의 개인 지도를 해달라고 부탁했다가 거절당하기도 했다.

나는 개를 키우는 사람이면 누구나 한 번쯤 발을 들여놓을 법한 음습한 '투사投射'의 세계로 들어섰다. 루실은 독일 셰퍼드의 후손답게 표정과 태도가 모두 진지하다. 나는 녀석의 차분한 두 눈을 바라보며 그 속에 내 불안과 걱정을 마구 읽어 넣는다. 이런 식이다. '녀석이 엎드려서 나를 보고 있어. 내가 얼마나 바보인지 알아차렸을까?' 첫날부터 나는 녀석을 혼자 두고 나가는 일이 너무도 힘들었다. 문쪽으로 가다가 돌아보면 녀석은 나를 가만 바라보고 있고, 그러면 나는 그 표정 속에서 엄청난 두려움을 읽는다. '이런, 녀석이 다시 버려질까 봐 걱정하고 있어.' 새롭게 싹터 오르는 기쁨과 행복의 곁에는 깊은 두려움도 따라왔다. '녀석은 내가 사랑하는 만큼 나를 사랑하지 않을 거야. 나는 녀석을 돌볼 능력이 없어. 나는 모든 걸 망쳐버릴 거야.'

나는 언제나 관계 맺는 일에 서툴렀다. 어린 시절 나는 세상은 무서운 곳이라고 배웠고, 그 가운데서도 전쟁이나 자연재해, 교통사고보다도 더 무서운 것은 사람이라고 느꼈다. 인간의 의도는 기이하고 측정 불가능하다. 그들의 욕구는 복잡하고 만족을 모른다. 그들의 행동은 불가사의하고 변덕스럽다. 우리 집은 금욕주의와 절제와 엄격함의 실천 장과도 같았기 때문에, 갈등과 분란 같은 것은 보이지 않는 곳에 감춰둔 채 겉으로는 언제나 말끔하고 매끄러운 외관을 유지했다. 화가 나면 이를 악물어야 했다. 슬픔에 빠지면 방문을 걸고 혼자 울어야 했다. 강렬한 욕구나 충동이 닥쳐와도 그걸 꽁꽁 싸서 간직하고 있다가 일주일에 한 번씩 심리치료사와 만나 의논해야 했다.

그래서 나는 술을 마셨다. 나는 마음속에서 울끈불끈 춤을 추는 강렬한 감정을 어떻게 다루어야 할지 알지 못했다. 감정? 그건 너무도 두려웠다. 어머니는 내 대학 졸업식 날 나를 안아주었는데, 내가 어머니의 포옹을 받은 기억은 그때가 처음이었다. 그리고 몇 달 뒤 아버지는 지난 10년간의 외도를 실토했다. 내가 감정에 대해 배운 것은 그런 것이다. 불안한 것, 표현하기 어려운 것, 따라가면 위험한 것, 감정은 숨겨야 하는 것, 다른 사람들에게서, 그리고 나 자신에게서.

나는 술을 마시고 또 마셨다. 술을 통해서 나는 두 가지 상충하는 목표를 달성했다. 그 하나는 감정을 마비시키는 일이었고, 또 하나는 그러면서 동시에 감정에 다가가는 일이었다. 술을 마시면 두려움이 줄어들고 관계 맺기에 대한 불안감과 의혹이 용기와 안온감으로 대체되었다. 다시 한 잔을 마신다. 이 세상에 날 드러내는 일도 그렇게 어렵지 않다. 석 잔, 넉 잔을 마신다. 모든 것이 쉬워진다. 재미있다. 나는 소통할 수 있고 웃고 말할 수 있고 방어벽도 내릴 수 있었다. 술은 내가 사람들과 친밀한 관계를 갖게 해주는 가장 빠르고도 확실한 길이었다. 그것은 나를 세상을 향해 열어주었고, 내게 목소리를 주었으며, 내가 내 생각과 감정과 육체를 나눌 수 있도록 허락해 주었다.

물론 그 용기는 인위적이다. 그것이 준 안온감은 금세 사라졌다. 내게서 나온 것이 아니었기 때문이다. 상투적인 이야기다. 나는 술을 마셨고 술에 질질 끌려다녔고, 그 결과 인생이 엉망진창이 되어서 결국 고통스럽게 술을 끊어야 했다. 하지만 그 다음의 이야기는 조금 덜 상투적이다. 관계를 이어주고, 불안을 차단해주는 술을 떠나고 나서 생기는 일에 대해서는 별로 많은 이야기가 없기 때문이다. 바로 이런 일이 일어난다. 두려움이 돌아오고, 이에 맞서는 싸움은 때로 성공하고 때로 실패하며 힘겹게 치러진다. 우리는 의식과 무의식을 넘나들며 끊임없이 대안을 질문한다. 술을 마시지 않고 어떻게 마음에 안정을 얻을 수 있는가? 어떻게 다른 사람과 관계를 맺을 수 있는가? 가까운 관계에서 일어나는 복잡한 감정, 열망과 두려움과 상처를 막아내려면 아니 그저 참아내기만이라도 하려면 어떻게 해야 하는가?

파티오에 앉은 내게 그런 질문에 대한 답이 어렴풋이 보이기 시작하는 것 같았다. 모험을 두려워하지 마. 감정을 느껴봐. 도망가지 마. 날마다 루실을 데리고 그곳에 앉아서 나는 요동치는 감정을 느꼈다. 그리고 생각했다. 이건 사랑이야. 순수한 사랑. 하지만 단순하지는 않아. 절대로.

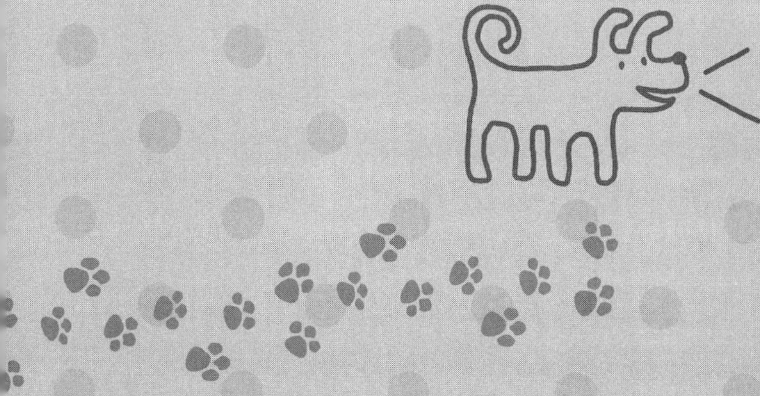

3장

강아지 유치원

녀석의 인생에서 의미 있는 사람은 오직 나뿐이다.
오직 나만이 녀석을 산책시키고 먹이고 또 녀석이 바라봐줄 대상이 된다.
녀석에게 내가 이토록 절대적 존재라는 상황은 엄청난 책임감을 유발한다.

호들갑 떠는 개 주인들

녀석이 나를 당혹하게 한다. 함께 산책하던 중 갑자기 녀석이 길 중간에 털썩 주저앉았다. 그리고는 요지부동이다. 목줄을 당겨보아도 목만 앞으로 뽑을 뿐 몸은 그 자리에 박힌 듯 움직이지 않았다.

나는 최대한 다정하고 경쾌한 목소리로 녀석을 달래보았다.

"착하지, 루실. 어서 가자!"

하지만 녀석은 일어나지 않았다. 나는 멈춰서 녀석을 내려다보았다. 녀석의 모습은 재미있다. 토실토실하고 보드라운 몸, 조그만 얼굴 위로 큼지막하게 돋은 두 귀, 길 위에 밧줄처럼 또르르 말려 있는 꼬리. 요사이 녀석은 검은색이었던 정수리 쪽 털이 갈색으로 바뀌어서, 실수로 물감 통에 주둥이라도 박은 듯 코믹한 인상을 준다. 하지만 녀석은 길 한가운데 붙박인 채 차분한 표정을 짓고 있었다. 아직 어린 강아지인데도 루실은 아주 의젓하고 점잖은 성격이라서, 누가 집에 왔는지, 내가 무슨 일을 하는지, 먹을 게 언제 나오는지를 주의 깊게 관찰하면서도 특별히 신경을 자극하는 일이 없으면 별다른 반응을 보이지 않고, 짖거나 깨갱거리거나 달려드는 법이 없다. 그런 녀석이 심각한 문제라도 고민하는 듯 길가에 주저앉아 있다.

나는 목줄을 더 당겨보지만, 녀석은 앞발을 땅에 꽉 대고 밀가루 포대처럼 옴짝달싹 않았다.

"루실, 어서 가자!"

그러자 루실은 아예 자리에 엎드려버렸다. 이제 내가 할 수 있는 일은 두 가지뿐이다. 그 자리에서 루실에게 사정하거나 아니면 녀석을 질질 끌고 가는 것. '도대체 왜 이러지? 쥐방울만한 녀석이 이렇게 고집이 세다니! 피곤해서 그런 건가? 무슨 걱정거리가 있나? 무슨 '생각'을 하는 거지?'

이러고 있으면 지나가던 사람들이 멈춰 서서 한두 마디 말을 건넨다. 그럼 잠시 세상은 따뜻하고 유쾌한 곳이 된다.

"와, 강아지네요. 몇 살이에요? 정말 귀여워요!"

그뿐이 아니다. 사람들은 내가 한 번도 생각해보지 않은 문제도 거론한다.

루실이 길에 달라붙어 꼼짝하지 않을 때 한 여자가 다가와 잠시 귀여워해 주더니 말했다.

"강아지 놀이 모임에 데리고 가보세요. 래드클리프 야드에 가면 하나 있답니다. 주말 아침 아홉시에 모여요."

'강아지 놀이 모임?'

잠시 후 다른 사람이 다가와서 말했다.

"아직 강아지유치원에 안 가보셨나요? 제가 좋은 곳을 하나 알아요."

'유치원? 루실이?'

나는 말한 사람을 멍하니 쳐다본다. 그리고 개를 내려다보며 눈을 깜박였다. 다른 말을 쓰는 나라에 들어온 느낌이었다.

"소 발굽을 사주세요!"

가죽 재킷을 입은 남자가 길모퉁이에서 다가와 근엄하게 말했다.

"냄새가 심하지만 씹기 장난감으로는 최고랍니다."

"철장을 장만하세요. 그게 좋아요."

이들의 말은 모두 확신에 차 있었다.

질문이 넘쳐나고 의견도 들끓었다. 개한테 뭘 먹이세요? 이암스 양고기가 최고예요. 아녜요, 유카누바가 최고죠. 무슨 말씀, 사료라면 힐스 사이언스 다이어트예요. 동물병원은 어디 다니세요? 이빨은 닦아주시나요?

'잠깐만, 이빨을 닦아주느냐고?'

어린 시절 우리 집 개들은 단순하게 살았고, 특별한 대접 같은 것은 받지 않았다. 동네 식품점에서 산 알포 사료를 먹었고, 낮에는 마당에서 지내다가 밤이 되면 부모님 방 문밖 마루에서 잤다. 녀석들은 그렇게 집안에 들어왔다 나갔다 하는 것이 전부였고, 이따금 동네를 산책할 때를 빼고는 집 울타리 안에서 정해진 일상을 보냈다. 그렇다고 우리 집 개들이 사랑을 못 받았다는 건 아니지만, 우리 부모님은 내가 만난 대부분 개 주인과 마찬가지로 녀석들의 행복을 위해 각별한 노력을 기울이지는 않았다.

그로부터 10년도 지나지 않아 내가 만나는 개 주인들은 개에게 각별한 노력을 기울이고 있었고, 비용도 적지 않게 쏟아부었다. 애견 사교 클럽과 여름 캠프에 등록하고 놀이방에 맡긴다. 큰 애완동물 상점에서 쇼핑하고, 10년 전이라면 생각도 할 수 없던 장소인 서점, 카페, 휴양 호텔 등으로 개를 데리고 다닌다. 이들은 아기 엄마들이 T. 베리 브래즐턴과 스포크 박사의 말을 줄줄 외는 것처럼 브라이언 킬커먼스와 캐럴 벤저민의 말을 입에 달고 산다. 아, 그리고 많은 사람이 매일 저녁 무릎을 꿇고 앉아서 개의 잇몸을 마사지해준다.

이런 일이 놀랍기는 했지만, 나 또한 루실과 뜨거운 사랑에 빠진 터라 녀석을 행복하게 해주겠다는 일념으로 그 대열에 홀쩍 뛰어들었다. 처음 몇 달 동안 나는 미친 듯이 물건을 사들였다. 강아지용 치과 세트, 크고 푹신한 방석 침대, 우아한 디자인의 도자기 밥그릇 세트, 발자국 무늬가 예쁘게 새겨진 양털 담요를 샀다. 나는 녀석의 사회생활에도 열을 올려서 새벽잠을 누르고 일어나 7시에 열리는 놀이 모임에 데려가고, 다른 개 주인들과 함께 공원 주변에 서서 운동장에 모인 엄마들처럼 배변훈련이 어쩌고 먹이 주는 간격이 어쩌고 변 색깔이 어쩌고 하며 떠들게 되었다. 훈련용 목띠, 개 빗, 발톱깎기와 같은 물건이 늘었고 전염성 기관지염, 편충과 같은 걱정거리도 늘어만 갔다.(가루 먹이가 좋은가? 통조림 먹이가 좋은가? 보통 목줄이 좋은가? 늘어나는 목줄이 좋은가?) 집에서 한가롭게 《뉴요커》를 읽는 대신 애완동물 상점에서 《도그 팬시》 같은 잡지를 탐독하는 나, 내가 먹을 음식은 만들 생각도 않고 개 사료 뒷면에 적힌 영양소 함량을 고민하는 나, 남자친구 대신 강아지를 안고 침대에 눕고 싶다는 생각이 드

는 나, 이런 나를 느끼면 고개를 들고 생각한다. '도대체 내가 왜 이러지? 내가 완전히 미쳐버렸나?'

간단한 대답은 '그렇다'이다. 나는 미쳤다. 나는 신문이나 방송에서 흔히 웃음거리로 삼는 그런 '호들갑 떠는' 개 주인이다. 과도한 개 사랑에 대한 이야기는 세상에 널리고 널렸다. 〈USA 투데이〉에는 뼈다귀 모양 침대와 애견 전용 룸서비스가 제공되는 호텔 기사가 실리고, 〈뉴욕타임스〉에는 생일 출장요리 서비스를 비롯해서 애견용 란제리까지 개에게 연간 1만 달러를 퍼붓는 맨해튼 사람들에 대한 기사가 난다. 《피플》지는 캘리포니아 주 웨스트우드의 러닝머신, 거품 목욕탕, 개를 위해 설계된 수영장이 딸린 애견 헬스센터를 자세히 설명한다. 이런 기사들의 메시지는 이것이다. '경박한 미국인들이여. 자신들이 벌이는 이런 어처구니없는 열광을 보라.'

하지만 진정한 대답은 좀더 복잡하다. 그것은 미국인들의 집착이나 유행, 변덕 같은 것보다는 현대인이 개를 통해 채우려 하는 정서적 틈새와 더 관련이 깊다.

외로운 사람들

얼마 전에 나는 맨해튼에 사는 41세의 여성 사진가 비키와 오랫동안 통화를 했다. 그녀의 개는 초콜릿 빛깔의 두 살배기 래브라도로 이름은 서스턴이다. 우리는 개를 키우는 일이 예전에 비해 얼마나 달라졌나 하는 이야기를 했다. 우리의 대화에는 신문 잡지에 넘쳐나는 어처구니없는 개 사랑이 가득했다. 우리는 둘 다 애견용 아이스크림을 사다 놓고 개의 생일잔치를 했고, 개와 한 침대에서 자며, 개를 놀이 모임이나 '데이트'에 자주 데리고 나간다. 우리 부모님들은 절대 이런 짓을 하지 않았다. 하지만 그 밑에 깔린 내용은 좀더 심각했다. 우리는 사회변화에 대한 이야기, 미국 사회의 도시화에 대한 이야기, 인간의 정서생활에서 개의 역할이 나날이 커지는 새로운 현실에 대해 이야기를 했다.

비키도 나처럼 개를 마당에서 기르던 어린 시절을 보냈다.

"개가 종일 집안에서 지내는 일은 없었어요. 주로 밖에서 살았죠. 아침이 되면 어머니가 개들을 집안에서 내보냈고, 그러면 녀석들은 온 종일 마당을 어슬렁거리다가 누가 대문이라도 열어놓으면 집 밖으로 나가서 저녁때까지 동네를 쏘다녔어요. 어떨 때 경찰이 전화해서 개를 찾아가라고 해서 보면, 아예 다른 동네에 가 있기도 했어요. 그때는 목줄 규정이 없었으니까요. 개에게 운동을 시킨다는 생각도 하지 않았고, 개를 훈련한다는 생각도 없었어요. 개들은 그냥 밖에서 자기 멋대로 살았으니까요. 지금처럼 우리 눈앞에서 살지 않았죠."

비키의 서스턴은 비키의 눈앞에서 산다. 그녀의 집은 5층에 있는 작은 원룸 아파트인데, 서스턴은 덩치도 크고 시끄러운 개다. 그러니 비키가 녀석의 존재와 요구, 삶의 질, 둘의 관계 등을 의식하지 않으려야 않을 수가 없다. 운동을 하고 싶으면 녀석은 그녀를 쿡쿡 찌르고 졸졸 따라다니며 짖곤 한다. 외출하고 싶으면 끈질기게 조르기 때문에 하는 수 없이 목줄을 묶고 데리고 나가야 한다. 만약 녀석이 기초 복종훈련을 받지 않았다면 비키의 생활은 살아 있는 지옥이었을 것이다.

"30킬로그램의 래브라도가 '가만있어' '저리 가' '조용히 해' 라는 말도 못 알아듣는다고 생각해보세요. 전 아마 미쳐버렸을 거예요."

서스턴은 그 큰 덩치만큼이나 비키의 정서 세계에 큰 자리를 차지하고 있다. 비키는 이 점도 과거와는 확실히 다른 점이라고 했다. 이 역시 사회변화와 관련된 우리 대화 내용 일부이다. 나와 마찬가지로, 그리고 미국 인구의 4분의 1과 마찬가지로 비키는 가족이라는 정서적, 경제적 울타리 없이 혼자 살고 있다. 그녀는 자주 고립감과 외로움에 빠진다. 나처럼, 그리고 우리처럼 비키도 변화무쌍하고 불안정한 시대에 살고 있다.

결혼한 두 쌍 가운데 한 쌍이 이혼하고 2천 1백만 여성이 이혼모이거나 미혼모인 시대에 그녀는 관계에 대해 명확한 전망이 없다. 결혼을 원하는가? 글쎄……. 아이는? 모르겠음. 계속 혼자 살 것인가? 아마도, 하지만 역시 모르는 일. 우리는 한동안 우리가 공유한 '뿌리 잃은' 정서에 대해 이야기를 했다. 친구들이 하나 둘 다른 도시로 떠나고 동료들은 계속 새 직장을 찾고, 우리도 10년 사이 여섯 번이나 이사를 하는 삶, 거리에서 마주치는 이웃이 누군지도 모르는 삶에 대해 이야기했다. 그리고 개들이 이런 느낌을 다스려준다는 이야기, 그들의 존재가 우리를 안정시켜 준다는 이야기를 했다. 그러다가 핵심을 정리하듯 비키가 불현듯 물었다.

"지금 루실은 어디 있나요?"

나는 아래를 보았다. 녀석은 내 발밑에 옆으로 누워 곤히 자고 있었다.

"곁에서 잠자고 있어요."

"서스턴도요. 이 큰 래브라도가 바닥에서 코를 골고 있어요."

바로 그것이다. 세상 모든 불확실성의 한가운데 개가 있다. 그것 하나는 분명하다.

녀석들은 개의 몸을 입고 찾아온 안정이다.

보호소에 가서 루실을 얻던 무렵 내 삶의 지평을 뒤덮었던 개인적 공허는 지난 30년간의 격변이 촉발한 사회문화적 공허이기도 하다. 외로움, 무상함, 가족의 해체, 대안적 집단에 대한 탐색. 더 많이 모여 살지만 더 깊이 고립되는 도시 미국인의 삶의 스트레스. 그 가운데 5천 5백만 마리 애완견이 있다. 현대인의 개 사랑이 때로 과도하고 광적으로 흐르는 것은 사실이지만(내가 보기에도 그렇다. 나 또한 애견용 아이스크림을 사주는 사람이지만.) 나는 그런 행동 뒤에 감추어진 충동을 이해한다. 우리가 녀석들에게 그렇게 크게 베푸는 것은 녀석들이 우리에게 그만큼을 돌려주기 때문이다. 녀석들은 우리가 집에 들어올 때마다 한 번도 어김없이 열렬한 환영을 바치고, 언제나 유쾌하고 언제나 우리 곁에 있다

비키는 말했다.

"나는 개를 위해서라면 무엇이든 해주고 싶어요. 서스턴은 마치……. 적당한 말이 없네요. 대충 말하자면 남자친구 비슷해요. 내가 영화를 볼 때 소파에 같이 있고, 내가 잠이 들면 침대에 같이 있죠. 그리고 속상해서 울고 싶으면 나는 녀석을 끌어안아요. 이건 엄청난 친밀감이죠. 옛날 사람들은 개를 키워도 이런 경험은 하지 못했

을 거예요."

우리 친할아버지는 비키의 말에 동의했을 것이다. 부유한 한량이었던 할아버지는 뉴욕 주 북부의 농장지대에 살았고, 언제나 한 무리의 개를 거닐고 다녔다. 개들은 대부분 사냥용 하운드였다. 할아버지는 개를 좋아하고 아끼고 그 재주를 칭찬했지만, 그들에게 애정을 쏟는다거나 그들에게서 마음의 위안을 얻지는 않았다. 할아버지가 나와 루실의 모습을 보면 아마도 기절하실 것이다. '뭐라고? 개를 침대에서 재워? 미쳤구먼.' 할아버지의 개들은 실내 출입이라는 게 아예 없었다.

아버지라면 나와 루실의 관계를 좀더 너그럽게 보겠지만, 역시 그렇게 바람직하게 여기지는 않을 것 같다. 개는 개일 뿐이야. 유쾌한 동물이고 애착도 느낄 수 있지만, 일차적 관계의 대상은 아니지. 아버지의 생각은 할아버지와 나의 중간에 있다. 아버지의 개들은 집안에는 들어왔지만, 소파나 침대에 올라가는 일은 없었다.

그리고 마지막에 내가 있다. 집안 곳곳에 붙은 개 사진, 테이블에 쌓인 애견잡지와 애견용품 카탈로그. 그리고 소파든 침대든 가죽 의자건 가릴 것 없이 집안 곳곳을 멋대로 누비고 다니는 개.

할아버지와 아버지, 그리고 나 셋이 함께 하나의 이야기를 이룬다. 그것은 사람들과 개가 맺은 계약이 세월에 따라 어떻게 변했는지를 보여주는 이야기다. 할아버지 시절과 그 이전 시절 사람들은 개를 목축, 경비, 사냥 같은 특별한 목적으로 키웠다. 개와 인간의 계약은 실용성이 본위였고, 할아버지가 개들에게서 정서적 유대감을 느꼈다고 해도 그것은 부차적 효과였을 뿐 주요 동기는 아니었을 것이다.

우리 부모님이 처음 개를 산 1960년대는 미국 사회에 교외문화가 만개했을 때였고, 개를 키우는 목적은 목축이나 사냥 같은 것에서 멀어졌다. 교외에서 키우는 개의 주요 역할은 가족생활에 윤기를 불어넣는 것이다. 이로써 개는 실용적 존재에서 정서적 존재로 옮겨갔다. 우리 부모님은 개를 가족의 동반자로 여겼고, 아이들의 놀이 친구로 생각했다. 두 분께서 엘크하운드를 고른 것은 도시 거리에서 엘크사슴을 사냥하기 위해서가 아니라 그 종의 생김새와 지능, 온순한 성격 때문이었다. 그렇다면 나는? 루실과 내가 공식적 계약을 맺는다면, 그 계약의 주요 목적은 뭐라고 딱히 잘라 말하기 어려울 것이다. 이 글을 쓰는 이 순간 녀석은 내 책상 밑의 방석 침대에 조용히 엎드려 있는데, 이것이 바로 녀석의 가장 큰 임무이다. 내가 컴퓨터 앞에서 일하는 동안 내 곁에 있어주는 것, 내 맹우가 되는 것, 내 인생에 흔들리지 않는 한 지점이 되어주는 것, 내가 돌보고 만지고 사랑할 대상이 되어주는 것.

친밀성은 예전부터 사람과 개의 관계에서 중요한 요소였다. 힘없는 강아지를 불쌍히 여기고 돌봐주는 능력이 없었다면, 사람은 개의 조상을 인간의 집에 들이지 못했을 것이다. 하지만 미국의 경우만 보면 정서적 친근감이 이토록 중요하게 여겨진 적이 없으며 또 이토록 떳떳하게 표현된 적도 없었다. 루실을 데리고 놀이 모임에 나가보니 개들의 이름이 모두 세이디, 맥스, 프래니, 머리, 마티였다. 개 주인들은 개 이름만 보면 캣스킬 산맥으로 주말여행이라도 가는 여행객들 명단 같다고 농담하기도 했다. 이렇듯이 개에게 사람의 이름을 붙여주는 이유는 개에게 강렬한 정서가 반영되었다는 사실을 모두 잘 알고 있다. 오늘날 개들의 절반이 사람 이름이다. 또 대부분이 주인의 침실에서 잠을 자고, 그 가운데 또 절반 가까이가 사람과 함께 침대에서 잔다. 이러한 친밀성은 이제 개를 키우는 부산물이 아니라 개를 키우는 목적 자체, '존재 이유' 가 되었다.

아이 같은 존재

30대 후반의 교사로 독신인 캐시는 기네스라는 휘튼테리어와 함께 산다. 왜 개를 키우느냐고 묻자 그녀는 간단하게 대답한다.

"개는 아이 같은 존재예요."

나는 고개를 끄덕였다. 개가 정말 아이와 똑같다고 생각하지는 않지만, 그녀가 무슨 말을 하는지 이해했다. 루실은 내가 돌보아야 할 가장 중요한 대상, 양육하고 보호해야 할 생명이다.

닥스훈트 세 마리를 키우는 도널드라는 남자는 이렇게 말했다.

"개는 내게 따뜻하게 끌어안을 신체를 주고 사랑을 줍니다. 아내나 아이가 없는 사람이라면, 그리고 친구들과 거칠 것 없이 포옹하는 사람이 아니라면 강아지가 해결책이 될 수 있어요."

나는 다시 고개를 끄덕였다. 나는 하루 동안 루실에게 키스를 40번쯤 하며, 쓰다듬기는 셀 수도 없이 많이 한다. 내 인생 그 어느 누구에게도 이런 일은 없었다.

깡마른 몸집에 몹시 수줍은 성격을 지닌 폴라는 인터뷰 내내 손을 내려다보면서 자신이 키우는 푸들 강아지 브리지트 이야기를 했다.

"브리지트는 내게 가족이에요. 실제 가족보다 녀석이 훨씬 더 가까워요."

폴라는 체면을 중시하는 집안 출신이다. 그녀는 어디서나 얌전하고 착한 딸이 되어야 했고, 부모님에게 누가 되지 않게 행동해야 했다. 그녀는 결핍과 혼란, 그리고 고립 속에서 자라났다. 하지만 브리지트는 폴라에게 어린 시절의 고통과는 반대되는, 사랑받는 느낌, 자신에 대한 긍정, 유대감을 선물했다.

"브리지트는 내가 이 세상을 사는 이유예요. 녀석이 없으면 나는 완전히 갈피를 잃고, 내가 누구인지도 모를 거예요. 녀석은 나를 규정하는 수단이에요."

그녀의 말은 내게 많은 공감을 일으키고, 루실을 만나던 무렵의 불투명하고 혼란했던 내 인생을 다시 한번 상기시켜 줬다. 나는 다시 고개를 끄덕인다. 가족 같은 개. 마음의 가장 큰 의지이자 애정의 원천이 되는 개. 자기규정의 수단이 되는 개. 아마도 우리는 지난 수 세기 동안 개들에게 그런 역할을 하게 했을 것이다. 하지만 그런 역할이 이토록 강력하게 커진 것은 아무래도 최근의 일이다.

그렇다고 개를 키우는 현대인이 모두 개와 고도로 복잡한 심리적 관계를 나눈다는 뜻은 아니다. 하지만 단순하고 안정적이던 옛날보다 요즘 사람들이 개와 정서적으로 밀접하게 생활하는 것은 사실이다. 게다가 내가 루실에게 느끼는 애착, 녀석이 내 인생에서 차지하는 중대한 역할을 생각해보면, 지금 우리 시대와 부모님 시대의 삶의 차이를 생각하지 않을 수가 없다. 옛날 우리 집에서 토비와 톰을 키우던 시절은 맞벌이가 없던 시절이었고, 다섯 식구 가운데 누군가가 항상 녀석들 곁에 있었다. 집에서 일하는 어머니가 오전에는 개의 벗이 되었고, 오후가 되면 학교에서 돌아온 아이들이 개와 놀아주었다. 열두 살 무렵의 어느 날, 내가 오후 내내 톰에게 과자 찾는 법을 '가르쳐주던' 일도 생각난다. 내가 거실 여기저기에 과자를 숨겨두었더니, 영리한 톰은 숨긴 곳을 금세 다 알아내고 한 통을 몽땅 먹어치웠다. 그러고서 어머니의 오리엔탈 풍 카펫 위에 다 토해놓았다. 개들의 생활은 단순하고 한정되었지만, 외로울 틈은 없었다. 그와 달리 루실에게는 내가 '전부'다. 나는 집에서 일하기 때문에 녀석을 두고 출근하는 죄책감에 시달리지는 않지만 녀석의 인생에서 의미 있는 사람은 오직 나뿐이다. 오직 나만이 녀석을 산책시키고 먹이고 또 녀석이 바라봐줄 대상이 된다. 녀석에게 내가 이토록 절대적 존재라는 상황은 엄청난 책임감을 유발한다.

또 부모님의 개들은 루실과 나보다는 더 안전한 세계에 살았다. 토비는 집 밖으로 나가 돌아다닌 적이 많았다. 그럴 때면 어머니가 걱정하기는 했지만, 당시의 거리는 지금처럼 복잡하지 않았고, 녀석의 짧은 모험은 대개 예측되는 범위 안에서 결말이 났다. 한두 시간 뒤에 전화벨이 울리고 던킨 도넛 직원이 짜증 밴 목소리로 말한다.

"냅 부인이시죠? 여기 와서 개 좀 데리고 가시겠어요? 손님들이 질겁하고 있어요."

나한테 그런 일이 생긴다면? 만약 루실이 혼자 집밖으로 나간다면 나는 도로 교통에서 동네의 미친 작자들까지 모두가 걱정일 것이다. 차에 치일지도 모르고, 동물보호소에 넘겨질지도 모르고, 무슨 연구 목적으로 팔릴지도 모른다. 내가 데리고 나갈 때를 빼면 루실은 전적으로 실내에 산다. 그래서 녀석은 내 일상생활을 아주 근접한 거리에서 관찰한다. 녀석은 내가 냉장고로 손을 뻗을 때마다 강렬한 눈길로 나를 본다. 내가 샤워를 하면 욕실 안으로 고개를 들이민다. 내가 전화에 대고 화를 내면 불안한 기색으로 방을 나간다. 내가 새로 남자를 사귄다면, 녀석은 우리가 사랑을 나누는 침대 위로도 올라올 것이다. 녀석이 어떻게 반응할지는 글쎄, 하늘만이 알 것이다.

　나 같은 개 주인들이 개와 정서적으로 더 가까워진 것은 녀석들을 좀더 잘 이해하기 때문이고, 그것은 상당 부분 개의 본성과 심리에 대해 폭발적으로 넘쳐나는 정보들 덕분이다. 우리 할아버지는 시간이 남는다고 인터넷에 들어가 애견 채팅방을 돌아다니거나 애견 웹사이트를 찾거나 애견건강 관련 게시판에 참여하지 않았다. 또 서점에서 개의 집단생활 본능, 지능, 감정을 설명하는 책에 고개를 박고 있지도 않았다. 물론 그런 책이 시중에 있지도 않았다. 하지만 루실과 함께 산 첫 달, 나는 개에 관한 책에 묻혀 살다시피 해서, 바바라 우드하우스의 『나쁜 개는 없다』, 뉴스킷 수도원의 『개의 최고 친구가 되자』, 브라이언 킬커먼스의 『좋은 주인이 훌륭한 개를 만든다』를 읽었다. 모두 인간과 개의 유대를 열렬하게 강조하는 책이다. 세 권에 공통된 메시지는 '인간은 개에게 무리의 우두머리다. 개는 감각과 감정이 있는 존재다. 개를 키우는 일은 관계를 만드는 일이다.' 킬커먼스의 책은 부제가 아예 '완벽한 관계를 위한 킬커먼스식 해법'이다.

유대 개념은 뉴스킷 수도원의 방법론에도 핵심적 역할을 한다.

"우리는 훈련은 개와 관계를 맺는 방식의 한 가지로 생각한다."

이런 태도는 우드하우스에게 이르러 훨씬 더 정서적인 방식으로 증폭된다.

"개의 정신세계에는 사랑하고 존경하고 복종할 주인이 절대적으로 필요하다. 그들의 내면에 잠재된 사랑은 이해심 깊은 주인을 만나면 비로소 활짝 피어난다."

요컨대 사랑이라는 새로운 계약조건이 등장한 것이다. 내가 너를 사랑할 테니 너도 나를 사랑해다오, 하는.

래시 신드롬

만약 루실이 우리 할아버지 같은 주인을 만났다면 어땠을까? 그런 생각을 하면 나는 몸에 한기마저 돈다. 폭신한 침대도 없고, 양모 이불도 없고, 애견공원에 나가 친구들과 놀지도 못하고, 애견 아이스크림도 없는 생활. 물론 나도 개들에게 그런 사치가 필요하다고는 생각하지 않지만, 그런 사치를 베풀면서 나 자신이 커다란 기쁨을 느끼고, 루실도 그런 내 기쁨을 함께 느끼리라고 믿는다. 때때로 책상 밑에서 쿵쿵 소리가 들려 내려다보면 녀석이 잠자면서 꼬리를 흔들고 있다. 다람쥐 꿈이라도 꾸는 걸까? 어쩌면 내 꿈을 꾸는지도 모른다고 내 멋대로 생각한다.

나는 이렇듯 정서를 토대로 한 계약에는 온갖 종류의 부가적 감정과 더불어 분명한 타협점이 있다는 사실을 알고 있다. 루실의 나이가 한 살 반가량 되었을 때 나는 녀석을 사냥놀이에 데리고 갔다. 사냥놀이란 넓은 벌판에서 개들이 맹수본능을 마음껏 발산할 수 있게 하는 활동이다. 기계 장치가 된 트랙을 따라 비닐봉투를 날리면 개들이 그걸 토끼 등으로 착각하고 쫓아 달려가게 된다. 루실은 정신이 팽 돌았다. 들판에서 비닐봉투가 휙휙 날아다니는 모습을 보자 루실의 몸 전체가 흥분으로 팽팽해졌다. 녀석은 내가 한 번도 들어보지 못한 날카롭고 째지는 소리를 지르고 목이 졸리도록 목줄을 끌어당겼다. 마침내 내가 목줄을 풀어주자 녀석은 거의 야생동물 같은 기세로 들판을 내달렸다. 가슴 뿌듯한 광경이었다. 녀석이 달리는 모습, 목표물에 집중하는 확고한 태도를 보면서 나는 녀석의 핏속을 흐르는 본성과 현재의 생활 사이의 간극을 생각했다. 물론 나는 루실이 편안하게 잘 산다는 걸 안다. 요즘에는 많은 개가 편안하게 살고 있다. 하지만 현대 도시의 주택이 녀석의 본성과 상당히 어긋나는 환경임은 틀림없다. '조용히 해,' '저리 가,' '가만있어,' '그거 봐.' 이런 명령에 담긴 메시지는 그리 미묘하지는 않다. '너는 내 세계에 순종해야 해. 내 요구를 들어야 해.'

코네티컷 주의 애견훈련사 레슬리 넬슨은 개의 본성과 인간이 기대하는 개 사이의 간극을 설명하는 데 '래시 신드롬' 이라는 용어를 썼다. 래시는 교외 생활의 산물이자 상징과 같은 개로서, 개가 사역견에서 가족의 동반자로 넘어가는 시기를 대변하고 또 완성했다. 1950년대 중반에는 미국 내 가정이 대부분 텔레비전을 보유하게 되었고, 래시는 그 텔레비전을 통해서 인간 가족에게 개가 가져야 할 덕목이 무엇인지를 널리 전파했다. 그 덕목은 바로 충성심, 희생정신, 그리고 무엇보다 완벽한 순종이었다.

어떤 의미에서 래시는 관계 중심의 새로운 계약의 출현을 예고했는지도 모른다. 애견훈련사나 동물행동학자들은 오늘날 미국인들이 개에 대해 품은 환상에 가장 큰 이바지를 한 문화 아이콘이 래시라는 사실에 만장일치에 가까운 견해를 보이고 있다.

넬슨은 이렇게 말했다.

"많은 사람은 개 하면 낮에는 교외의 집을 지키고 밤이 되면 식구들 발치에 얌전히 누워 있는 모습을 떠올립니다. 그건 바로 래시죠. 그래서 우리는 개에게 비현실적인 기대를 하게 됩니다. 애완동물이 되려고 이 세상에 태어나는 개는 거의 없습니다. 그들에게는 애완동물 생활로는 채워지지 않는 욕구가 있습니다."

많은 개 주인들이 이런 간극에 고통스러워한다.

"때때로 우리가 개를 개가 아닌 것으로 만들려고 기를 쓴다는 생각이 들어요."

보스턴 외곽에서 남편과 함께 두 살짜리 보더콜리 잡종 엘머를 키우는 사라의 말이다. 엘머는 약간 가느다란 몸집에 에너지가 넘치는 개다. 몸무게는 18킬로그램 정도. 털은 검고 성글며 보더콜리답게 눈이 깊고 따뜻하다. 녀석이 행복하게 산다는 증거는 차고 넘친다. 사라의 집 거실에는 고무공, 끈 달린 장난감, 생가죽 뼈 등 온갖 장난감이 널려 있고, 녀석은 마당 한구석에 있는 우리에도 자주 나가서 지나가는 다람쥐나 자동차, 특히 UPS 트럭 등에 대고 마음껏 짖으며 뛰어다

넌다. 하지만 사라의 눈에는 그 타협점이 보인다. 방 한구석 놓인 철장, 엘머는 식구가 모두 외출한 낮에 홀로 우리에서 대여섯 시간을 보내야 한다. 엘머가 철장 안에서 지내는 데 별 불만이 없다는 걸 잘 알면서도 사라는 죄의식을 떨치지 못한다. 거실의 커피 테이블에는 전기울타리 설치 업체의 팸플릿이 놓여 있다. 전기울타리를 설치하면 엘머는 우리에서 벗어나 자유롭게 마당을 뛰어다닐 수 있을 것이다. 하지만 그럴 수 있는 행복과 이따금 받게 될 약한 전기충격의 고통 가운데 어느 쪽이 더 클지 사라는 고민하고 있다.

"어떨 때는 녀석의 팔자가 참 좋다고 생각돼요. 같이 맥도널드에 가면 우리는 녀석 몫으로 맥너겟 1인분을 따로 주문하거든요. 또 어떤 때는 녀석을 가만히 바라보면 이런 생각이 들어요. '아, 우리 집 주변이 삼십만 평방미터쯤 되는 농장이고 양떼가 한가득 있으면 얼마나 좋을까?' 그렇게 사는 게 녀석에게 더 행복하지 않을까요?"

비키가 씨름하는 문제는 그보다 한층 더 미묘하다.

"서스턴이 할 일이 없다는 건 걱정 안 돼요. 운동은 많이 하니까요. 내가 걱정하는 건 우리가 이토록 가깝게 지내는 것이 과연 우리 둘에게 건강한 일일까 하는 거예요."

그녀는 둘 사이의 과도한 상호의존을 걱정하고 있다. 서스턴은 그녀가 자리를 비우는 행동을 잠시도 용납하지 못한다. 그녀가 샤워를 하면 욕실 앞에 엎드려서 기다린다. 비키에게는 이것이 걱정이다. 게다가 서스턴은 극도로 예민하다. 그녀가 목소리를 조금만 높여도 녀석은 불안해한다. 그래서 울 일이 생기면 녀석을 피해 다른 방에 들어가 문을 닫아걸어야 한다. 안 그러면 함께 고통스러워하는 서스턴의 눈길을 피할 수가 없다. 그녀는 또 자신이 서스턴을 너무 걱정하는 것이 아닌가 걱정한다.

"나는 '그래 봤자 개일 뿐이야'라는 말을 아주 싫어하지만 때로는 나도 그렇게 생각할 수 있었으면 좋겠어요. 때로는 녀석을 향한 내 열정이 좀 누그러들었으면 좋겠어요. 이런 마음 이해하시겠어요?"

당연히 이해한다. 개를 향한 열정은 복잡하고 미묘한 일이다. 가족이나 애인, 친구, 치료사 같은 다른 중요한 관계에서는 상대와 마주앉아서 감정에 대해 서로 이야기를 할 수 있다. 우리에게 필요한 건 무엇이고 실망스러운 건 무엇인지, 관계의 현재는 어떻고 미래는 어떨지를. 하지만 개하고는 이런 이야기를 할 수 없다. 우리와 개 사이의 이런 깊고 넓은 골짜기는 때로는 기쁨의 원천이 되고 때로는 막막함의 근원이 된다. 사라는 개에게 묻고 싶다고 한다. 철장에 들어가는 것이 정말 괜찮니? 우리가 너를 혼자 두고 나가도 나중에 돌아온다는 사실을 알고 있니? 집안에 있고 싶니 아니면 우리로 가고 싶니? 비키는 '10분만 서스턴의 마음에 들어가서 녀석이 정말 행복한지, 녀석도 나를 이렇게 심하게 걱정하는지, 도대체 무슨 생각을 하는지' 알고 싶다고 했다.

동물과 친밀한 관계를 이루고 살면 우리는 시시때때로 이런 질문에 시달린다. 물론 개가 제공하는 어떤 삶의 동행, 충성심, 유대감, 책임감 등은 우리에게 매우 소중하다. 하지만 개에게 친밀함을 느끼고, 개를 자기 인생의 핵심에 놓게 되면 마음의 혼란을 피하기 어렵다. 개와의 커뮤니케이션은 힘들고 때로는 거의 불가능하다. 죄책감에 시달리고, 알 수 없는 것에 시달린다. 그리고 때로 애착의 짙은 안갯속에서 헤매다가 개는 개일 뿐이라는 사실을 쉽게 잊어버린다.

루실을 데려오고 나서 처음 몇 달 동안 나에게도 이런 일이 계속 일어났다. 루실을 태우고 차를 운전하다가 신호에 걸리면, 나도 모르게 루실에게 다정한 말을 건네곤 했다.

"이봐, 뒤쪽 사정은 좀 어때?"

그러면서 고개를 돌려보면 내 눈앞에는 검은 얼굴의 강아지가 앉아 있다. 나는 움찔 놀란다.

'이런, 세상에. 동물이랑 같이 가고 있었어!'

나는 녀석의 얼굴을 살핀다.

"내가 무슨 말을 하는지 너는 모르지?"

강아지는 가만히 나를 본다. 호기심이 빛나지만 어리둥절한 눈빛이다. 나는 그냥 손을 흔든다. 이런 황당한 느낌. 동물이라는 사실을 잊고 말을 걸다니. 이런 경험은 내게 녀석의 '타자성'을 절감시켜 준다. 개는 커뮤니케이션과 관계의 방식이 나와 똑같은 존재가 아니다. 녀석은 언어를 구사하거나 인간적 관념을 이해하는 존재가 아니다. 또한 녀석은 개의 탈을 쓴 인간이 아니다. 내 차 뒷좌석에 앉은 녀석에게는 명백하고 알기 쉽고 미약하게라도 인간과 비슷한 의도란 것이 전혀 없다. 개는 어쨌거나 개일 뿐이다.

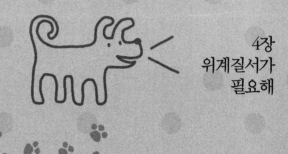

4장
위계질서가
필요해

내가 불렀을 때 녀석이 다가오는 건 나에 대한 애착 때문인가?
아니면 내가 들고 있는 이 과자 때문인가?
나는 녀석에게 과자 자판기에 지나지 않는가?

그들은 행동하고 우리는 해석한다

개가 썩어가는 다람쥐 시체 속에 뒹굴고 있다. 우리는 3킬로미터 산책로에 둘러싸인 인근 저수지 프레시 폰드에 나와 있다. 녀석은 조금 전 풀숲이 우거진 언덕으로 뛰어가더니 덤불 속으로 사라졌다. 나무 틈으로 어렴풋이 보이는 녀석의 윤곽선이 천천히 몸을 낮추었다. 시체 위로 한쪽 어깨를 숙인 채 몸을 비스듬히 낮추더니 덥석 몸을 던졌다. 다람쥐 내장을 목에 두른 채 몸부림치는 녀석의 긴장된 몸에서 기쁨이 철철 흘러넘쳤다.

아, 루실. 녀석은 그렇게도 분명히 또 그렇게도 빈번히 자신은 그저 개라는 사실을 상기시켜 준다. 그리고 지금 이 순간 나는 녀석의 그런 행동을 참지 않기로 했다.

나는 루실을 불렀다.

"루실, 이리 와!"

아무 반응이 없다.

나는 좀더 큰 소리로 불렀다.

"루실, 이리 오라니까!"

무반응. 개는 오지 않았다.

내 목소리는 더 크고 더 다급해졌다.

"루실! 이리 와! 당장!"

결국 루실이 고개를 들고 내 쪽을 흘낏 보았다. 하지만 곧 다시 다람쥐에게 돌아갔다. 뒷다리가 기쁨에 부들부들 떨렸다. 내 짜증은 분노로 변하고 이어서 기묘한 배신감까지 들었다. 루실은 이제 한 살이고, 저런 행동을 하면 안 된다는 걸 잘 알고 있다. 녀석은 "이리 와"라는 말을 안다. 그런데도 나를 깡그리 무시하고 있다. 나는 상처받지 않을 수 없었다. 나는 아무도 내 이런 실패를 목격하지 않았기를 바라며 주변을 둘러보았다. 그리고 꽥 소리를 질렀다.

"루실! 당장 이리 와!"

마침내 루실은 덤불에서 빠져나와 무슨 일이냐는 듯 천진한 표정으로 나를 보았다. 유쾌한 얼굴이다. 녀석은 어쨌건 말을 들었다, 그러니 혼내면 안 된다는 걸 나는 알고 있다. 나에게 오는 일이 뒤늦게 왔건 마지못해 왔건 간에 처벌과 연결되어서는 안 된다는 사실을 잘 안다. 하지만 마음속에 부글거리는 분노를 자제하기가 쉽지 않다.

이런 좌절감에는 짜증과 두려움이 뒤섞여 있다. 간단하게 말하면, 연못가에서 덤불을 향해 소리를 질러야 하는 난감함이다. 그것은 두려운 일이기도 하다. 그 산책로는 꽤 큰 찻길가에 있다. 그래서 녀석이 찻길과 산책로 사이에 놓인 숲으로 뛰어들면 나는 그냥 숲 속의 오물 속에서 뒹구는지 아니면 다람쥐를 쫓아 찻길까지 나가는지 알 도리가 없다. 하지만 배신감은 좀더 복잡하다. 그 배신감은 때로 나 자신도 놀랄 만큼 강렬하게 일어난다. 불러도 오지 않을 때, 녀석이 이런 식으로 나를 무시할 때, 나는 무능하고 가치 없고 대책 없는 주인이라는 두려움의 우물이 차오른다. 마음속에서 작은 목소리가 들린다. '루실이 안 오는 건 네가 한심하다는 사실을 알기 때문이야. 너를 사랑하지 않기 때문이야. 네 인생은 실패야. 개 하나 통제하지 못하잖아.'

인간의 감정이여, 개를 만나보라! 환상과 자아, 역시 개를 만나보라! 루실은 아주 총명한 편이다. 영리하고 민첩하며, 강아지유치원에서 '가장 장래가 촉망되는 학생'으로 뽑히기까지 했다. 우리 집 냉장고에 이 증명서가 자랑스럽게 붙어 있다. 그래도 녀석은 개다. 그러니까 나와 무관한 충동과 본능에 휘둘릴 수밖에 없다. 그래서 이따금 우리는 충돌한다. 녀석은 내가 품은 이상적 개의 환상을 짓밟고, 그러면 나는 상처를 받는다. 이렇게 우리는 개를 키우는 사람이라면 누구나 들어서는 감정적 소용돌이의 땅 '복종과 통제'의 나라에 들어서게 된다.

언뜻 보면 이곳의 풍경은 별문제 없어 보인다. 길도 잘 나 있는 것 같다. 훈련에 관련된 책을 몇 권 읽고, 복종훈련 교실에 개를 보내고, 여기저기서 귀동냥을 한다. 개는 위계질서의 동물로, 무리 안에서 자기 위치를 찾아야 한다는 걸 배운다. 야생상태에서는 '알파'라는 우두머리 개가 규칙을 정하고 실행시키며 먹이 먹는 순서, 처벌 방법 등을 결정하고 갈등을 해결한다는 걸 알고 있다. 그러니까 개를 키운

다는 것은 바로 그런 역할을 하는 것이다. 알파가 되어라. 개를 통제
하라.

이런 역할을 하기는 생각만큼 쉽지 않다. 그것은 개의 통제라는 것
자체가 어려운 일이기 때문이기도 하고, 사람들이 권위를 제대로 행
사하지 못하기 때문이기도 하며, 또 개를 통제하는 과정에서 그들과
우리 사이에 놓인 근본적 차이점, 다시 말해 그들은 물질세계에 살고
우리는 정서세계에 산다는 현실에 맞닥뜨리기 때문이기도 하다. 그들
의 우주는 즉각적 충동과 냄새와 소리와 쾌락과 고통으로 가득 차 있
다. 우리의 우주는 감정과 환상과 상징과 추상적 사고로 들어차 있다.
그들은 행동하고 우리는 해석한다. 이런 두 가지 존재 방식 사이에 혼
란과 갈등의 바다가 출렁인다.

개를 부르는 일을 생각해보자. 이것은 개 주인이 내리는 명령 가운
데 가장 중요하고도 가장 많은 문제를 일으키는 항목일 것이다. 루실
이 아직 어렸을 때, 나는 녀석을 데리고 프레시 폰드에 가서 목줄을
풀어주겠다는 기대를 했다. 나는 이렇게 상상했다. 녀석은 뛰어놀고
나는 천천히 산책한다. 녀석은 이따금 한 번씩 내게 돌아와 내 곁을
걸으면서 애정 가득한 눈길로 나를 바라본다. 인간과 개의 관계에 대
한 이런 상상은 너무도 평범해서 거기 무슨 문제점이 있다고는 생각
하지 않는다. 하지만 그 이미지의 핵심은 인간은 지배하고 개는 굴복
한다는 것이다. 이 이미지는 우리가 개의 우주 중심이며, 개의 사랑과
존경은 자동적이라는, 우리가 그것을 얻고자 노력할 필요는 없다는
뿌리 깊은 환상을 말해준다. 개가 우리 곁에 있고 부르면 오는 것은

그들이 우리를 사랑하기 때문이고 우리와 함께 있고 싶기 때문이라는 환상.

이런 환상은 생각보다 복잡하다. 왜냐하면 겉으로는 그렇게 하기 쉬워 보이기 때문이다. 초기에 루실을 데리고 강아지 모임에 나갔을 때, 나는 개 주인들이 한가롭게 공원을 거닐고 개는 목줄을 푼 채 그 곁을 얌전히 따라가는 광경을 여러 번 보았다. 그 광경은 내 마음속에 '나도 저렇게 하고 싶다' 는 강렬한 열망을 불러일으켰다. 이 이미지 는 내 마음속에 간직한, 유대관계나 가족에 대한 더 깊은 열망과 관련 되어 있다.

'그래, 나는 부모님도 없고, 인간관계가 모두 불투명하지만 그래도 내게는 이 강아지가 있어. 내 곁에 바짝 달라붙어 있는 이 강아지가.'

개는 나에게 애착의 상징이었다. 그래서 나는 어린 루실을 데리고 열심히 프레시 폰드로 나가서 목줄을 풀어주었다. 그러면 녀석은 재 빨리 덤불 속으로 사라졌다. 녀석을 이끄는 것은 애착이나 유대관계 에 대한 환상이 아니라 후각일 뿐이었다.

내 행동은 내가 읽거나 들은 조언과는 완전히 어긋났다. 명령을 강 화시킬 만한 때가 아니라면 개를 부르지 말라. 개가 목줄에 매여 있어 서 말을 안 들을 때 즉각 끌어당길 수 있는 경우가 아니면 개를 부르 지 마라. 명령을 강제하지 못하면 개는 자신이 가고 싶을 때 가도 된 다고 생각할 것이다. 세상에는 주인에게 가는 것보다 재미있는 일이 널려 있는 법이다. 바로 그런 일이 일어났다. 루실은 쉴 새 없이 주변 의 잡동사니에 코를 박거나 나무 틈을 비집고 들어갔고, 나는 몇 걸음에 한 번씩 돌아서서 제발 따라오라고 사정을 해야 했다. 그러면 녀석은 때로는 얼른 따라왔지만 때로는 전혀 말을 듣지 않았다. 단 일주일 사이에 나는 돌이키기 어렵지만 아주 흔하게 일어나는 잘못을 했다. '오라'는 명령이 선택이라고 가르친 것이다. 명령의 의미는 허공으로 흩어졌다. 나는 소리지르고 고함치고 때로 길 위에 주저앉아 울기도 했다. 그러면 루실은? 물론 그러고 싶을 때에 한해서 내 곁으로 슬금슬금 다가왔다.

말안듣는 개

앞에 말했듯이 인간의 감정이여, 개를 만나보라.

통제란 주인과 개와 또 둘의 관계의 특성이 복잡하게 조합된 아주 개별적인 문제다. 거기다가 품종과 기질이라는 변수는 통제 문제에 아주 구체적인 내용을 규정한다. 썰매를 끄는 사모예드를 키운다면 목줄에 매달려서 "천천히 가!"하고 소리치는 데 많은 시간을 보내야 할 것이다. 오스트레일리아 셰퍼드를 키우면 조깅족들을 쫓지 말라고 가르치는 데 몇 달을, 때로는 몇 년을, 보내게 될 것이다. 테리어는 땅을 파고, 래브라도 리트리버는 물속으로 뛰어든다. 센트하운드는 들판을 내달린다. 이런 본능적 충동은 개의 성품에 따라 더 커지기도 하고 작아지기도 한다. 개에 따라서 지배적 성향이 강한 개가 있고 차분한 개, 신경질적인 개, 훈련하기 쉬운 개, 그리고(솔직히 말해서) 불쾌한 개가 있다. 이런 온갖 속성이 우리가 개와 맺는 통제의 내용을 특징짓는다.

프레시 폰드에서 벌어지는 일만 빼면 루실은 통제 노력에 별달리 반항하지 않는다. 오히려 내게 좌절보다 긍지를 더 많이 안겨주는 편이다. 강아지 시절 어찌나 말귀를 잘 알아듣는지 '앉아'라는 명령을 몇 분 안에 이해했고, 단 며칠 만에 배변훈련을 마쳤다. 녀석은 지금도 복종의 임무를 즐거워하는 것처럼 보인다. 자신의 할 일을 정확히 알고 수행하기 때문이다. 어설픈 하이파이브와 완벽한 하이텐을 할 줄 알고 내가 안아달라면 안아주며, 목줄을 풀고 따라오는 연습을 하면 귀를 납작 접은 채 꼬리를 출랑거리며 내 곁을 걷는다. 그럴 때면 마치 "나도 할 수 있어. 어때, 잘하지?" 하고 말하는 듯하다. 루실은 또 보기 드물게 성숙하다. 내가 있는 어느 방에서나 조용히 엎드려 잠을 잔다. 우리 집 파출부 아줌마가 루실을 두 번째인가 세 번째로 보았을 때 녀석의 나이를 물었다.

"18개월 됐어요."

내 대답에 아줌마는 입이 떡 벌어졌다.

"말도 안 돼! 열한 살은 된 것 같은데!"

루실의 이런 기질은 내 일상에 중대한 영향을 미쳤으며 나는 이 점에 감사한다. 내가 그런 태도를 좋아하기도 하지만 그뿐 아니라 고집 세고 시끄럽고 신경질적인 개와 산다면 내가 얼마나 큰 스트레스를 받을지 잘 알기 때문이다.

하지만 이 역시 제각각이다. 훈련과 질서에 대한 인간의 요구 수준은 그야말로 천차만별이다. 그래서 똑같은 개라 할지라도 어떤 주인은 통제광이 되고, 어떤 주인은 회피자가 되며, 어떤 주인은 즐거운 친구가 된다. 어느 날 프레시 폰드에 나갔을 때 한 남자가 조깅하며 내 앞으로 달려오더니 물었다.

"혹시 큼지막한 골든 리트리버 못 보셨나요?"

내가 못 봤다고 하니 남자는 어깨를 으쓱해 보이고는 웃으며 뛰어갔다.

"그래요? 그러면 그 녀석이 나를 찾겠죠."

남자는 전혀 걱정이 되지 않는 눈치였다. 어쩌면 그동안의 경험을 통해 개가 그를 '찾을' 것임을 알아서일 수도 있다. 또 그는 나처럼 동물의 안전과 사랑과 존경에 대해 오만가지 질문을 하며 쩔쩔매는 사람이 아닐 수 있다.

10분도 지나지 않아서 전에도 자주 봤던 여자가 포메라니안을 데리고 다가왔다. 여자는 적갈색 털이 탐스러운 그 개를 늘 목줄에 묶어 다녔고, 다른 개가 다가오면 얼른 끌어당겨서 들어 올렸다가 그 개가 멀찌감치 사라진 뒤에야 도로 내려놓았다. 때로는 그녀가 "이제 됐어, 아가야." 하며 속삭이는 소리도 들었다. 몇 번인가 그녀는 내게 수줍은 듯 웃어 보이며 말했다.

"다른 개를 무서워하거든요."

그런데 내 눈에는 개가 겁을 먹는 신체적 징표는 보이지 않았다. 목털도 일어서지 않고 짖거나 으르렁거리는 일도 없고, 다가오는 개를 피해 주인의 뒤로 숨지도 않았다. 하지만 어쨌거나 이 사람에게 별일 아닌 일이 다른 사람에게는 공포가 될 수 있는 법이다. 또 이 사람에게는 적절한 통제가 다른 사람에게는 혼란의 초대장일 수 있다.

샌프란시스코에 사는 엘리슨은 조용하고 통제된 행동이야말로 자기 개의 '직업적 임무'라고 말했다. 엘리슨의 개는 스카이라는 이름의 셸티 종인데, 그녀는 스카이에게 자신이 컴퓨터 앞에 앉아서 일을 하거나 전화통화를 할 때 절대 시끄럽게 굴면 안 된다는 점을 확실하게 가르쳤다. 침대나 소파에 올라가서도 안 되고, 칭얼대거나 실내에서 짖는 것도 금지된다. "조용히!"라는 말은 스카이가 가장 먼저 터득한 명령어 가운데 하나였다.

스카이에 대한 엘리슨의 평가는 간단했다.

"훌륭한 개예요."

보스턴의 응급실 간호사 재닛은 이런 엘리슨을 비웃는다. 그녀는 6킬로그램 무게의 포메라니안-테리어 잡종 킴과 함께 산다. 킴이라는 녀석은 도무지 조신하게 앉아 있는 법을 모른다. 끊임없이 칭얼대고 발밑에 스프링이라도 달린 것처럼 깡충깡충 거실을 휘젓고 다니며 잠시도 쉬지 않고 과자를 달라고 조른다. 하지만 스스로 '혼돈을 즐긴다.'고 말하는 재닛은 바로 그런 점 때문에 킴을 더욱 사랑한다.

킴에 대한 재닛의 평가는 이렇다.

"훌륭한 개예요."

통제라는 것은 이렇듯이 개의 품종과 기질, 인간의 성격과 스타일, 혼돈에 대한 내성, 권위와 사랑에 대한 규정 같은 온갖 변수를 '현대 사회에서 인간과 개의 유대'라는 거대한 냄비에 넣고 자아와 불안정을 약간 가미해서 끓인 결과로 나타난다.

그렇게 해서 얼마나 다양한 요리가 만들어지는지 궁금하지 않은

가? 애견공원에 나가서 개들이 별로 예쁘지 않은 짓을 할 때 주인들이 어떻게 반응하는지 한 번 살펴보라. 나는 온갖 다양한 반응을 경험했다. 낯선 개가 갑자기 내 다리 사이로 코를 들이민 적이 있다. 그러면 주인이 깜짝 놀라서 개를 꾸짖었다.

"아서! 이 버릇없는 개야!"

하지만 어떤 주인은 옆에 서서 짐짓 모른 척하거나 때로는 은근히 재미있어한다. 또 다른 주인은 나를 나무란다.

"주머니에 먹을 것이 있나 보죠?"

그러니까 내 잘못이라는 이야기이다.

통제와 관련된 일이 흥미로운 점은 이 문제가 통제력 행사의 방법론에만 국한되지 않는다는 데에 있다. 그런 방법을 고민하는 우리의 모습이 바로 우리 자신을, 우리가 누구이고 우리에게 관계란 어떤 것인지를 드러내 보여준다는 점에 있다.

내가 무슨 과자 자판기니?

루실을 키우기 시작한 첫해에 나는 한 공원에서 스코티 종 맥그리거를 데리고 다니는 준이라는 여자를 자주 보았다. 맥그리거는 다섯 달가량 된 수컷으로, 스코티 종이 대개 그렇듯이 몸집은 작지만 사납고 고집이 셌다. 준은 녀석을 끔찍이 귀여워했다. 맥그리거를 기르는 처음 몇 주 동안 그녀는 공원으로 뛰어들어 와서 선언하듯 말하곤 했다.

"이 녀석만 보면 미치겠어요! 나는 이 개를 사랑해요!"

그러나 시간이 흐르자 그녀는 점점 어려움을 느끼기 시작했다. 맥그리거는 그녀의 말을 듣지 않았다. 불러도 오지 않았고 앉으라고 해도 앉지 않았으며, 끊임없이 그녀의 인내력을 시험했다. 이런 일이 좀 기이하게 여겨진 것은 그 주인이 매우 사납고 고집 센 여자였기 때문이다. 그녀는 뻣센 개 때문에 쩔쩔매거나 겁을 먹을 사람이 아니었다. 그녀는 명료하게 명령을 전달했다. "맥그리거, 앉아!" 그리고 녀석의 불복종을 그냥 보아넘기지 않았다. 앉으라고 했을 때 녀석이 앉지 않으면 강제로 앉혔다.

"어떻게 해야 할지 모르겠어요."

그녀는 걱정했고, 시간이 지날수록 걱정은 커졌다. 맥그리거는 그녀에게 대들기 시작했고, 장난감을 빼앗으려고 하면 이를 드러내고 으르렁거렸다. 녀석을 욕조에 넣으려고 씨름하다가 발목도 두 번이나 물렸다.

복종훈련에 대한 책은 이런 경우를 지배성과 공격성의 전형적 사례라고 말한다. 개가 집에서 최고의 위치를 차지하려고 주인과 겨루는 것이다. 이럴 때 주인은 권위를 더 직접적으로, 더 분명하게 행사해야한다. 행동수정도 더 굳건하게 해야 한다. 개에게 동등한 지위를 부여하는, 사람과 한 침대에서 자는 것과 같은 행동을 중단해야 한다. 맥그리거와 준을 지켜보다 보니 그녀가 지배성 문제를 놓고 녀석과 함께 춤을 추고 있다는 인상이 점점 강해졌다. 개의 행동이 그녀의 깊은 곳에 자리 잡은 해묵은 감정을 흔들어 깨움으로써, 그녀는 자신도 모르는 새 녀석의 지배욕을 부추기는 방식으로 행동했다.

준은 사생활을 별로 감추지 않는 편이라서 공원에서 만나는 동안 자기 어머니 이야기를 많이 했다. 준의 어머니도 매우 공격적인 성격을 지닌 분이었다. '독재 마녀, 폭군 엄마'가 어머니에 대한 준의 평가였다. 준은 반항으로 가득찬 청소년기를 보내고 나서 열여덟 살 때 집을 나왔고, 그 후로 어머니와는 최소한의 접촉만을 유지하며 살았다. 이 사나운 어머니에 대한 그녀의 감정은 그렇게 잘 조절되고 있는 것 같지 않았다. 어느 날 그녀가 맥그리거를 자리에 앉히고 나서 과자를 앞에 놓고 꼼짝하지 말라고 하는 모습을 본 적이 있다. 맥그리거는 아주 잠깐 가만히 있었지만 곧 일어나서 과자로 다가갔다. 나는 준을 보았다. 준은 녀석을 향해 몸을 던졌다. "안 돼!" 하는 외침이 날카롭게 울리면서 그녀가 맥그리거의 목덜미를 움켜잡았다. 그리고 다시 한번 "안 돼!" 하고 외치며 녀석을 확 밀쳐서 잔디 위에 주저앉혔다. 흥분으로 손이 덜덜 떨리고, 얼굴은 분노로 일그러졌다. 그녀가 다시 강아지에게 달려들려는 기색을 보이자 지나가던 사람이 조심스럽게 그녀를 제지했다.

"개들은 귀가 밝아요. 그렇게 소리 안 지르셔도 될 거예요."

그러자 준은 움찔하더니 헛웃음을 터뜨렸다.

"이런, 내가 우리 어머니랑 똑같이 되어버렸네요."

이런 일을 한동안 관찰해보니 한 가지 진실이 보였다. 준은 개의 공격성 앞에서 무력감을 느꼈다. 분개했다. 그것은 지배성과 통제, 그리고 권력과 관련된 그녀의 깊은 감정을 건드린 것 같았다. 정말로 그녀의 개가 천성적으로 지배적 성향을 지닌 대책 없는 녀석인지도 모르지만, 그녀 또한 녀석의 그런 성질을 시험하고 가로막고 분개함으로

써 이런 갈등을 더 불거지게 했다. 그 개는 십대의 그녀처럼 반항했다. 성인 여자와 다섯 달 된 강아지, 둘이 서 있는 곳은 전형적인 권력 투쟁의 장이었다.

또 정말 놀라운 것은 개의 통제 문제와 씨름하다 보면, 우리 자아의식의 핵심부에 있는 불안과 초조, 나와 남에 대한 환상과 망상이 어떤 식으로든 불거져 나온다는 사실이다.

준과 맥그리거를 만난 바로 그 공원에서 엘렌이라는 여자도 만났는데, 그녀는 다른 사람들의 개를 지켜보며 논평하기를 좋아했다. 30대 중반의 대학원생으로 키가 크고 몸집도 컸던 엘렌은 독선적이고 성마른 성격이었다. 또 루실을 자꾸 '루시'라고 불러서 나를 은근히 짜증나게 했다. 개가 사람들에게 과자를 달라고 조르는 모습을 보면 그녀는 인상을 쓴다.

"내 개라면 저런 일은 어림도 없지."

주인이 개를 부르자 개가 쏜살같이 달아나는 모습이 보였다.

"내 개라면 저런 일은 절대 하지 않아."

엘렌의 초콜릿 빛깔의 세 살배기 래브라도는 다른 개보다 특별히 얌전하지도 않았지만, 엘렌은 자신이 개를 잘 통제한다는 생각에 사로잡혀서, 그것은 별로 문제 삼지 않는 듯했다. 그녀가 '나는 완벽한 통제자'라고 쓴 티셔츠를 입는다 해도 전혀 이상할 것이 없을 것 같았다. 엘렌도 개의 목줄을 푼 채 공원을 드나드는 사람들 가운데 하나였는데, 그 모습은 내 마음속에 불편한 삐걱거림을 안겨주었다. 그건 그녀가 실제로 개에게 완벽한 통제력을 발휘해서가 아니라 그것을 볼 때마다 내 마음속에서 경쟁심이 촉발되었기 때문이다. 그것은 루실의 애착에 대한 내 불안감에 잇닿아 있는 경쟁심이었다.

어느 날 오후 나는 공원에 나갔다가 루실을 불렀다. 그리고 녀석이 말을 들으면 과자를 주었다. 그러자 엘렌이 나를 보고 말했다.

"우, 그건 술수예요!"

작은 사건이었지만, 그녀의 말 속에는 개에게 과자를 주는 간단한 행위에 대한 정치적 해석이 담겨 있었다. 그녀의 견해는 애착과 관련된 것이다. '개는 과자 때문이 아니라 스스로 오고 싶어서 와야 한다. 개는 주인을 사랑해서, 주인을 기쁘게 해주려는 내적 욕망에 따라서 와야 한다.'는. 지금 나는 그런 견해는 비합리적이거나 적어도 지나치게 순진한 견해라고 생각하며, 개의 욕망과 관련해서는 뉴스킷 수도원의 견해에 동의한다. 개는 언제나 사람을 기쁘게 하려는 욕망보다는 자신을 기쁘게 하려는 욕망이 더 강하다는 것이다. 사람을 기쁘게 해줘서 과자를 먹거나 어루만짐을 받는 등의 좋은 일이 일어난다면, 개들은 그런 일을 자꾸 하려고 할 것이다. 그러나 그것을 우리에게 행복을 주려는 순수하고도 이타적인 행동이라고 볼 수는 없다는 것이다. 하지만 나는 복종과 통제력을 사랑과 일치시키고 싶은 욕망의 강도를 이해한다. 그리고 엘렌의 말을 들었을 때 마음속을 스치고 지나간 수치심도 생생히 기억한다. '그래, 무언가 잘못됐는지도 몰라. 내가 불렀을 때 녀석이 다가오는 건 나에 대한 애착 때문인가? 아니면 내가 들고 있는 이 과자 때문인가? 나는 녀석에게 과자 자판기에 지나지 않는가?'

나는 아직도 이런 질문에서 말끔히 벗어나지 못했다. 나는 루실을 아주 인간적 방식으로 사랑한다. 다시 말해 사람을 돌보듯이 녀석을 돌본다. 나는 녀석을 안고 잔다. 문을 열고 들어가서 소파 위건, 자기 침대 속이건 녀석이 누워 있는 모습을 보면, 자동으로 다가가서 녀석을 쓰다듬으며 다정한 말을 건넨다. 그러지 않을 수가 없기 때문이다. 때로 아무런 이유 없이 과자를 주고 싶을 때, 또 녀석이 참을 수 없을 만큼 귀엽게 느껴질 때, 나는 녀석의 검은 얼굴을 들여다보며 속으로 묻는다. '너는 이걸 어떻게 생각하니? 이런 내 열렬한 사랑이 따뜻하고 정답게 느껴지니? 아니면 내가 미친 것 같니?'

"어떨 때는 루실이 날 사랑하는 것 같아. 하지만 어떨 때는 집사나 시종이나 뭐 그런 사람으로 보는 것 같아."

얼마 전에 나는 친구와 이런 이야기를 하며 웃었다. 하지만 이 말 속에는 내가 가진 권력과 강제력 대 존경의 관계에 대한 수그러들지 않는 걱정이 담겨 있었다. 내가 루실을 어루만지며 사랑을 퍼부을 때 녀석은 이런 행동을 사랑으로 여기며 행복하게 받아들일 것인가? 아니면 나를 바보라고 생각할 것인가? 다시 말해서 나를 우두머리로 보고 있나? 아니면 상태는 별로 안 좋지만 마음씨는 그런 대로 착한 하인으로 보고 있나?

이런 질문은 오래된 내 사사로운 걱정과 관련이 있다. 나는 이제껏 강하고 권위 있는 사람의 역할을 한 적이 없다. 그래서 개가 내 이런 어수룩한 측면을 알아챌까 봐 걱정스럽다. 이런 걱정은 나름대로 근거가 있으며, 개 주인들 사이에서는 흔히 볼 수 있는 현상이다. 어쨌

거나 개는 본성상 우두머리와 행동규정이 필요한, 다시 말해 위계질
서가 분명해야 하는 동물이다. 루실은 지배 성향이 있는 개는 아닌 것
같다. 또 내 권위에 도전하려는 의욕이 강한 것 같지도 않다. 하지만
때로 나는 개와 사람 사이에 지켜야 할 어떤 중대한 선을 너무 멀리
넘어가는 것 아닌가, '지휘 지도'의 영토를 벗어나 '사랑'이라는 영토
로 헤매어 들어가는 것이 아닌가 하는 걱정에 사로잡힌다.

공짜는 없다

인간의 강제력과 개의 존경의 관계에 대해서는 서로 다른 여러 학설
이 있다. 하지만 복종훈련은 크게 세 진영으로 나뉜다.

　첫째 진영은 가혹하고 냉정한 특징을 지녔다. 이 진영의 대표 주자
빌 콜러는 캘리포니아의 전설적 훈련사로 특히 디즈니 영화에 나오는
개들을 훈련한 것으로 유명하다. 그가 나 같은 주인을 보았으면 경멸
을 감추지 않았을 것이다. 콜러는 인정사정없는 훈련법을 구사했다.
그의 책은 감정에 허덕이는 주인들을 '겁쟁이' '빙충이' '새가슴' 등
으로 부르며 가차 없이 비난했다.

　"그 사람들은 '난 못해요, 못해요.' '세상에 어떻게, 어떻게.' 하며
노래를 부른다."

　그의 관점으로 보면 나는 한심한 주인의 표본이다. 과자 따위로 개
를 구슬리고, 개가 얼마나 영악하고 오만한지 알지 못하는 밸도 없는
사람이다. 콜러에 따르면 통제란 단호하고 절대적이어야 하며, 훈련은
확고하고 선명하고 물리적인 방식으로 향해져야 한다. 그렇게 하지 않

으면 개들은 주인에 대한 존경심을 잃는다. 그리고 게으름, 엉뚱한 반응, 뻔뻔한 불복종으로 그 경멸을 표현한다. 개들이 찻길로 뛰어들거나 집배원에게 달려드는 행동을 예방하지 못하는 주인들은 결국 개를 잃게 된다. 그러므로 개를 향한 사랑은 강인한 사랑이 되어야 한다.

훈련에 대한 두 번째 진영은 『사랑, 칭찬, 보상이 있는 훈련』, 『현대 애견 훈련법: 온유한 방법』 같은 책의 바탕에 깔린 원칙이다. 이 책들의 저자는 개를 인간의 동반자 또는 약간의 정신지체 어린이로 본다. 개들은 근본적으로 착하고 따뜻하고 다정하기 때문에, 벌과 강제보다는 친절한 가르침과 긍정적인 강화 프로그램을 통해서 훈련해야 한다고 말한다. 이들은 콜러 같은 훈련사들이 주장하는 강압적 훈련법은 지나치게 가혹할 뿐 아니라 불필요하다고 본다. 또 개들이 사랑을 경험하는 방식은 인간의 방식과 크게 다르지 않다고 주장한다. 그러니까 개에게 사랑을 퍼부어서 복종을 이끌어낼 수 있다는 것이다. 이런 관점은 마음을 끌기는 하지만 전체적으로 큰 공감을 얻지 못하고 있다.

훈련에 대한 셋째 진영은 가장 규모가 커서, 뉴스킷 수도원, 브라이언 킬커먼스, 매슈 마걸리스 같은 주류 훈련사 또는 훈련 집단이 다수 포함되어 있다. 위에 설명한 양극단의 중간 지점에 있는 이들은 개에게는 공격성과 선량함이 모두 잠재되어 있다고 보고, 물리적 방식을 동원한 행동수정과 열렬한 칭찬을 똑같이 강조한다. 이들은 인간적 방식으로 애정을 베푸는 행위를 무조건 배척하지는 않지만, 그 안에 담긴 위험을 경고한다. 개를 사랑하는 것과 개를 통제하는 것은 별개의 일이며, 우리가 사랑을 베푸는 일이 개에게는 전혀 다르게 받아들여질 수 있다는 점을 지적한다. 루실의 훈련사인 캐시 드 네이탈은 이 진영에 속한다. 루실이 매일 밤 내 침대에서 함께 잔다고 말했을 때 그녀의 얼굴에는 당혹감이 스쳐갔다. 많은 훈련사는 개와, 특히 어린 강아지와 한 침대에서 자는 일을 금기시한다. 개에게 인간과 자신이 동급이라는 메시지를 전달해주기 때문이다. 개가 사람에게 달려들거나 밥그릇에 다가오는 사람에게 으르렁거리게 내버려두는 것도 마찬가지다. 개를 끌어안고 개에게 자유를 주면 '우리' 기분은 좋을지 모르지만, 개와 인간의 관계에는 꼭 좋다고만은 볼 수 없다. 그런 행위는 주인의 권력을 약화시키고 개에게 주인의 권위에 도전해도 좋다는 의식을 형성시킬 수도 있다.

루실이 다녔던 훈련교실에서 나누어준 인쇄물에는 이렇게 씌어 있었다.

"공짜는 없다는 사실을 분명히 일러주십시오. 먼저 개를 앉힌 다음에 과자를 주고 쓰다듬어 주십시오."

이의 논지는 분명하다. 개에게 무언가를 줄 때는 그것이 우리 뜻에 달렸다는 사실을 반복해서 인식시키라는 것이다. 하지만 이 글을 읽자 내 마음속에는 지식과 감정이 충돌을 일으켰다. 녀석을 쓰다듬어 주고 싶을 때마다 자리에 앉히기부터 해야 한단 말인가? '공짜' 먹이는 이제 절대 안 된다는 말인가? 나는 아무 이유 없이 베푼 수많은 선물과 애정 어린 손길을 생각해보았다. 그리고 밀크본 뼈다귀를 거저 한 개씩 줄 때마다 녀석의 존경심이 줄어드는 모습을 떠올렸다. 개의 통제가 그렇게 어려운 것은, 우리가 그토록 큰 불안을 느끼는 것은,

그것이 우리 내면에 너무나 많은 도전 과제를 제기하기 때문이다. 개를 바라볼 때마다, 또 우리 마음속을 들여다볼 때마다 내가 권력의 어느 지점에 서 있는지, 내가 속한 진영은 어디인지 따져봐야 한다. 이 동물은 도대체 무엇인가? 영악하고 오만한 짐승인가? 개의 탈을 쓴 아기인가? 우리는 애정관계를 원하는 우리의 욕구와 위계질서를 원하는 개의 욕구 사이에 균형을 맞추어야 한다. 사랑을 베푸는 데 그치지 않고 녀석에게서 그에 응당한 사랑을 이끌어내고자 노력해야 한다. 그래서 우리는 때로, 정말 쉽지 않은 일이지만, 독해져야 한다.

레슬리의 경우를 보자. 38세의 레슬리는 두 살배기 휘튼테리어인 윌슨을 키우는데, 이 녀석이 지금 조깅 장갑을 빼앗아 물고 달아나고 있다. 윌슨은 통통한 몸집에 탐스러운 구릿빛 털, 천진한 얼굴이 곰 인형처럼 귀엽고 사랑스럽다. 하지만 녀석이 조깅하는 사람을 보더니 그 옆을 뛰다가 장갑을 빼앗아 달아났다. 레슬리가 기겁해서 윌슨을 소리쳐 부르지만 아무 소용이 없었다.

"내려놔! 윌슨, 내려놔!"

역시 무반응. 레슬리가 녀석을 쫓아 뛰기 시작하자, 녀석에게 이것은 신나는 놀이가 되었다. 레슬리가 손을 뻗을만한 거리에 다가오면 녀석은 다시 화살처럼 튀어 달아난다. 녀석의 눈에 짓궂은 장난기가 가득했다. 그러다가 행인 한 사람이 녀석의 목띠를 잡아 입에서 장갑을 빼냈다. 조깅하던 사람은 짜증스런 표정으로 장갑을 받아들고 다시 길을 갔다.

레슬리는 얼이 다 빠졌다. 2주일이 지나서도 그녀는 '정말 창피해 죽겠다.'고 말했다. 이 사건은 그녀에게 수치심과 무력감을 주고, 윌슨 때문에 자신도 좋지 않은 말을 들을까 하는 걱정을 안겨주었다. 다시 말해 녀석이 버릇없이 굴면 그건 개를 다스리지 못하는 그녀의 무능력 상징이 되는 것이다.

"사람들이 녀석을 보고 '참 착하네요.'하고 말하면 '당신도 착하겠죠.'하고 말하는 것 같아요. 반대로 개가 말썽을 부리면 사람들이 나도 그렇게 한심하게 볼 것만 같죠."

처음 윌슨을 키우기 시작했을 때 레슬리도 나만큼이나 개에 대해 아는 게 없었다. 필요한 훈련이라고는 '배변훈련' 밖에 없는 줄 알았다. 개가 사람 화장실을 자기 화장실로 생각하지 않으면, 그걸로 훈련은 끝이라고 생각했다. 윌슨은 휘튼테리어 종답게 활기가 넘쳤고, 레슬리는 윌슨의 그런 점을 사랑한다. 하지만 그 점 때문에 문제도 발생한다. 녀석은 집에 사람만 들어오면 그게 누구건 간에 덮어놓고 뛰어들고 본다. 윌슨을 데리고 산책하러 나가면 녀석이 그녀를 질질 끌고 달려서, 지나가는 사람들이 웃음을 터뜨리곤 한다.

"사람이 개를 산책시키는 건지 개가 사람을 산책시키는 건지 모르겠네!"

그래도 레슬리는 개를 통제할 생각을 하지 못한다. 적어도 주류 훈련사들이 말하는 방식은 아니다. 윌슨이 여섯 달가량 되었을 때 훈련센터를 찾아갔더니 그곳에서는 '목줄 이용 행동수정'이라는 상당히 표준적인 훈련법을 일러주었다. 개의 목에 조임 목띠를 두르고 명령을 내리는 훈련법이다. 개가 말을 듣지 않으면 목줄을 세게 당겨서 녀석이 잘못하고 있다는 사실을 분명하게 인식시킨다. 나에게는 이 방법이 전혀 문제 되지 않았다. 개는 즐거움과 불쾌함을 분별하고 그에 따라 반응하는 물질세계의 동물이다. 그리고 그들은 생각보다 강인하다. 하지만 레슬리는 그 방법을 받아들일 수 없었다.

"정말 불쾌했어요. 훈련사는 냉혹하고 권위적이었어요. 목을 조여서 의사를 전달한다니, 상상도 못한 일이에요. 사람에게 그런 식으로 의사를 전달하는 법은 없잖아요."

그녀는 그 후 다시는 훈련 센터에 가지 않았다. 레슬리는 목을 조이는 권위주의적 훈련의 잔혹함에 대해 성토하고 나서 낮은 목소리로 덧붙였다.

"내가 정말 원하는 건 개와 협상을 하는 거예요."

'나는 개와 협상을 하고 싶다.' 이 간단한 언명의 밑바닥에는 동물의 본성에 대한, 관계에 대한, 그리고 사랑을 주고받는 일에 대한 온갖 어지러운 질문이 놓여 있다. 레슬리는 병원에서 어린이 환자들을 상대로 일하는 미술치료사다. 그녀는 물론 윌슨이 개라는 사실을 잘 알지만, 마음 한구석으로는 개를 자신의 어린 환자처럼 대하고 싶어 한다. 또 레슬리는 모든 협력 관계는 평등해야 한다고 믿는 사람이다. 그래서 윌슨과의 관계도 '서로 주고받는' 상호존중과 타협의 관계가 되기를 희망한다. 게다가 그녀 자신도 권위적이라거나 지배 성향이 강한 사람이 아니다.

"한계를 설정하고 통제력을 행사하는 데는 또 한 겹의 강인한 정신이 필요한 것 같아요. 나는 그런 식으로 행동하면 몹시 불편해져요."

권위는 그녀의 관계 방식, 애정적 유대에 대한 관념, 사랑에 대한 규정과 충돌했다.

물론 이런 갈등이 레슬리만의 고민은 아니다.

"고객의 30퍼센트가 우두머리 역할을 제대로 수행하지 못합니다. 그분들이 가진 사랑에 대한 관념이 그걸 허용하지 않는 거예요."

수의학자 겸 저술가인 머나 밀라니는 답답하다는 어조로 말했다. 그녀뿐이 아니다. 애견훈련사이자 관련서적 저자로 이름이 높은 브라이언 킬커먼스도 개들에게 쩔쩔매는 사람들에 대해서는 상당히 열을 낸다.

"사람이 하면 참지 않을 행동을 개가 하면 참는 사람이 많습니다. 당신의 남자친구가 다른 사람의 바지춤에 코를 들이밀거나 마음에 안 드는 사람을 할퀸다면 그걸 그냥 두겠습니까? 하지만 애완동물에게는 그런 기준을 적용하지 않아요. 개가 다른 사람에게 뛰어들어도 '반가워서 그래' 하고 말하고, 집배원을 물어도 '그 사람이 개를 화나게 했을 거야.' 하고 말하고, 개가 사람 말을 들은 척, 만 척해도 '못 들었나 봐.' 하고 넘어가잖아요. 하지만 개의 청력은 인간보다 훨씬 뛰어납니다."

쩔쩔매는 CEO들

훈련사 조디 앤더슨은 대기업의 경영자들, 그러니까 날마다 많은 사람을 고용하고 해고하고 통제하는 막대한 권력을 휘두르는 사람들이 정작 개에게는 자신이 식사할 동안 가만히 있으라는 명령조차 내리지 못하는 경우를 이야기했다.

이런 이야기는 뭐랄까 한심한 재미 같은 것이 느껴진다.(일터에서는 호랑이 같은 CEO가 집에 돌아가서는 요크셔테리어 한 마리에게 쩔쩔매는 모습을 상상해보라!) 하지만 이런 식의 지도력 부재는 참담한 결과를 불러올 수 있다. 개의 정신건강은 그 지도력에 따라 크게 달라지기 때문이다. 상황을 책임지고 결정하는 이가 없으면 개는 큰 스트레스를 받는다. 그러므로 개에게 규칙과 한계를 설정해주지 못하는 것, 기본적 훈련을 시켜서 잘못을 교정해주지 못하는 것은 어리석을 뿐 아니라 잔인한 일이기도 하다. 지도력이 확립되지 않으면 개의 생활은 말 그대로 망가진다. 통제력이 발휘되지 않는 곳에서 개들은 제멋대로 행동하고, 사람이 부르건 말건 자기 마음대로 돌아다니다가 교통사고를 당하고 만다. 일급 동물병원인 보스턴의 엔젤메모리얼 병원의 직원들은 이런 경우를 너무도 많이 봐서 이를 가리키는 용어까지 만들어 놓았다. 그들은 개가 자동차에 치이는 것을 '중금속 병' 이라고 부른다. 그리고 차에 치이지 않은 개들은 동물보호소에서 죽는다. 해마다 400만~600만 마리의 개가 보호소에 버려지는데, 그렇게 개를 버리는 주인의 약 40퍼센트가 개와 사는 일의 어려움을 뒤늦게 깨닫고 환멸과 좌절에 사로잡힌 경우이다. 이런 수치는 애견훈련사들의 가슴을 아프게 한다. 보호소에는 어린 동물이 많다. 수용 동물의 25퍼센트가 두 살에 이르기 전에 폐기된다. 그들의 주인이 기본훈련에 시간을 들였더라면 구할 수도 있던 생명이다. 최근에 퍼듀 대학에서 실시한 한 연구에 따르면, 기초 복종훈련을 받지 않은 개는 훈련을 받은 개보다 보호소에 버려질 비율이 3.5배나 높다. 당연한 일이지만, 훈련은 개의 품행을 개선할 뿐 아니라 개와 주인의 유대 관계도 더 깊게 해준다.

개를 통제하는 데 필요한 마음 자세는 많은 사람에게 그렇게 쉽게 다가오지 않는다. 우리는 냉정해야 한다. 우리에게 익숙한 것보다 훨씬 더 직접적이고 물리적인 방식으로 갈등을 해결해야 한다. 개들의 세계에 애매모호함이란 없다. 늑대에 관한 다큐멘터리에서 어미 늑대가 새끼들을 꾸짖는 장면을 보았다면 그들의 신호와 반응체계를 이해할 수 있을 것이다. 어미는 새끼들의 주둥이를 때리고 옆구리를 물고 으르렁거린다. 그 태도는 명확하고 직접적이고 가혹하다. 그러나 인간인 우리가 확고하고 엄격하고 일관된 '알파' 우두머리 역할을 하려 할 때 문제가 되는 것은 가혹하고 폭압적이라는 마음속 느낌만이 아니다. 그런 행동은 우리가 겪은 여러 가지 불쾌한 기억과 연결되어, 권위주의적이었던 부모나 교사를 상기시키고, 소외당하고 차별받던 오랜 옛날의 감정을 들쑤셔 놓는다. 레슬리에게 그랬듯이, 통제력을 행사하는 일은 우리가 가진 '사랑과 보살핌'이라는 기본적 이상과 충돌할 수 있다. 특히 그 대상이 우리가 사랑하는 동물이라면 더욱 그렇다.

내 친구 웬디는 오스트레일리아 셰퍼드 종 알래스카를 키우는데, 녀석과 함께 산 처음 몇 주는 그야말로 예방적 훈련에 정신이 없었다고 말한다. 지금은 세 살이 된 알래스카는 자기 혈통의 특징을 그대로 간직한(20킬로그램의 무게, 실크처럼 부드러운 털에 박힌 흰색과 갈색 무늬, 초록색 눈) 개로, 특히 강아지 시절에는 복슬복슬한 모습이 정말로 귀여웠다. 녀석을 보면 웬디의 본능이 일제히 '끌어안아! 쓰다듬어!' 하고 소리치는 것 같았다. 하지만 전문가들의 말은 달랐다.

"책을 보면 다 '한계를 설정'하고 '규칙을 확립'하고 '우두머리가 되라'고 하잖아. 그래서 처음부터 우리는 '안돼!' '안돼!' '안돼!'를 외치면서 살게 되지."

그녀는 이 일을 첫 아기를 낳은 25년 전의 경험과 비교한다. 그때 아기는 많은 시간을 잠만 자며 보냈기 때문에, 웬디는 원 없이 아기를 끌어안으며 넘쳐 오르는 사랑을 분출할 수 있었다.

"그런데 강아지는 두 돌은 지난 아기 같아. 그게 좀 안타깝지."

통제 훈련은 때로 우리의 모성본능과 정면으로 어긋난다. 우리 자신이 아주 인정머리 없는 사람처럼 느껴지기도 하고, 평범한 결정 하나를 둘러싸고도 죄책감에 휩싸이게 된다.

웬디와 이런 이야기를 하다 보니 한 가지 이미지가 떠올랐다. 석 달 된 꼬마 루실이 철장 안에 들어가 검은 눈을 꿈벅이며 나를 바라보던 모습이다. 아, 그때의 두려움과 고통이라니! 그리고 그 어리석음이라니. 애견 훈련에 관한 책을 보면 대부분, 강아지 시절에 철장을 이용해서 훈련을 시키라는 말이 나온다. 그리고 나도 거기 수긍했다. 개는 잠자는 장소를 더럽히려고 하지 않기 때문에 철장을 이용하면 배변훈련에 도움을 받을 수 있다. 또 철장은 강아지가 집안 물건을 망가뜨리지 않게 하고, 강아지에게 굴에 사는 듯한 편안함을 주기도 한다. 그래서 나는 철장을 방구석에 사다 놓고 몸부림치기 시작했다. 그럼에도 이성은 강아지의 가련한 울음소리 앞에서는 아무런 힘도 발휘하지 못한다. 잠자기 전에 루실을 철장에 넣으면 루실은 곧바로 낑낑거렸고, 나도 잠을 못 이뤘다.

'저렇게 괴로워하는데! 슬퍼하는데! 다 나 때문이야!'

그렇게 몇 분이 지나면 루실은 진정하고 잠이 들었지만, 녀석을 잠시나마 고통에 빠뜨린다는 사실은 내게 고문과도 같았다. 그러다 녀석이 오줌이 마려워 깨어나면 나는 녀석을 데리고 밖에 나갔다가 들어와서는 내 침대에서 함께 잤다. 그렇게 사흘째 되던 날, 녀석의 울음소리에 깨어서 나갔다가 돌아와 시계를 보니 11시 30분이었다. 잠든 지 한 시간도 지나지 않은 것이다. 개들은 그토록 영리하다. 철장은 추억 속 물건이 되었다.

나는 당시 그렇게 쉽게 무릎 꿇은 일을 후회한다. 그 무렵 내가 아는 많은 개 주인들이 철장 정책을 꿋꿋이 고수했는데, 그래도 그 개들은 변함없이 주인을 사랑하고 주인의 무릎에 올라와 낮잠도 자고 하기 때문이다. 하지만 그 경험은 지식과 감정싸움에 대한 한편의 증언이 되었다. 녀석을 철장에 넣으면 이성이 아무리 그렇지 않다고 소리쳐도 내 마음 한 부분은 녀석이 그 일로 분노하고 좌절할 거라고, 그래서 나를 덜 사랑하게 될 거라고 굳게 믿었다. 그러나 우리가 사랑에 대해 무엇을 알 수 있을까? 내가 사흘이 아니라 석 달 동안 루실을 철장에 넣었다면, 또는 녀석이 나와 한 침대에서 자는 것을 막았다면, 그랬다면 녀석은 나를 덜 사랑했을까? 내가 더 냉혹하고, 더 통제력

있고, 더 강압적이었다면 녀석은 나를 더 사랑했을까?

녀석은 나를 존경할까?

루실이 14개월 정도 되었을 때 동물행동학자 제이 리빙스턴은 내게 이런 말을 했다.

"양쪽의 사랑과 존경이 균형이 맞지 않습니다. 선생님의 사랑이 훨씬 크네요."

그는 나와 루실을 3분 동안 관찰하고 이런 말을 했다. 나는 루실을 데리고 리빙스턴에게 상담을 간 참이었다. 사람과 개의 관계에 대해 이런저런 이야기를 하던 끝에 그가 자신은 사람과 개의 관계를 몇 분 안에 파악할 수 있다고 말했다. 그리고 그런 판단은 대개 옳다고 했다. 고객과 상담을 하는 나머지 시간에는 그 판단을 확인할 뿐이라는 것이다. 나는 흥미를 느끼고 물었다.

"그러면 나와 루실의 관계는 어떻게 보시나요? 지난 3분 동안 관찰한 모습을 토대로 판단하면요?"

리빙스턴은 개를 오만한 존재로 보는 학파 출신인지라, 나에게 요즘 개 주인들이 얼마나 줏대가 없는지, 개를 다루는 데 필요한 용기와 통제력과 추진력을 얼마나 완강하게 거부하는지를 한참 동안 이야기를 했다. 그런 성향을 고려할 때 그가 루실과 나를 모범적 관계로 보리라는 기대는 하지 않았다. 하지만 그의 말을 듣는 동안에도 내 마음속에는 루실에 대한 자부심, 그리고 루실과 내가 함께 이룬 것에 대한 자부심이 있었다.

나는 그의 말을 메모했다. 내가 공원에서 본 여러 모습, 주인이 아무리 불러도 제멋대로 뛰어다니는 개들, 지나가는 사람에게 진흙 발로 뛰어드는 개들, 다른 개에게 으르렁거리며 싸움을 거는 개들의 모습이 떠올랐다. 그리고 이 세계에서 보고 들은 더 황당한 사건들도 떠올랐다. 그러다보니 나는 조금 으쓱한 기분도 들었다. 지배와 통제 분야에서 나는 독재와는 거리가 멀었지만, 어쨌건 1년 동안 녀석의 훈련에 많은 노력을 기울였기 때문이다. 그리고 여전히 때에 따라 불러도 오지 않는 일이 있기는 했지만, 전체적으로 녀석의 행동은 내 노력을 반영하고 있었다. 리빙스턴과 상담하는 동안 루실은 내가 앉은 의자 밑에 엎드려 잠을 잤고, 나는 때때로 녀석을 내려다보며 '내 예쁜 강아지, 내 착한 강아지' 하고 생각했다. 그래서 나는 리빙스턴이 우리의 관계에 약간은 호의적인 평을 해주리라 기대했다. '별문제 없어 보이네요.' 라던가 '지금 관찰한 것만 가지고는 뭐라고 딱 말씀을 못 드리겠네요.' 하는 식의. 하지만 리빙스턴은 자세를 고쳐 앉고서 말했다.

"몇 가지 AKC(American Kennel Club, 미국 애견협회)식 기본 사항은 잘 가르치신 것 같습니다. 또 개가 애착을 잘 형성한 것 같고요."

그리고 잠시 말을 멈추었다 덧붙였다.

"하지만 양쪽의 사랑과 존경이 균형이 맞지 않습니다. 선생님의 사랑이 훨씬 크네요."

이때 놀라웠던 것은 이 말이 내게 일으킨 상처의 크기였다. 나는 조용히 리빙스턴의 설명을 들었다. 그는 루실이 본래 사역견 혈통인데,

지금 '아무 일도 하지 않고 있다.'고 했다. 상담실에 들어갔을 때 루실은 이 구석 저 구석 코로 쑤시고 다니거나 선반 위에 놓인 장난감을 보려고 뒷다리로 일어서기도 했다.

"루실은 14개월이에요. 선생님한테는 아직도 강아지 같겠지만, 제가 볼 때는 이제 저런 행동을 하면 안 되는 청소년기입니다. 저런 행동은 바람직하지 않습니다."

나는 차분하게 고개를 끄덕였다.

"개들은 깊은 사랑과 확고한 통제를 함께 받을 때 가장 건강합니다."

그가 볼 때 우리에게는 그 두 번째 조건 항목이 빠져 있었다. 루실은 나보다 주변 환경에 더 관심이 컸다. 제멋대로 돌아다니는 대신 내 명령을 받을 준비를 하고 내게 정신을 집중하고 있어야 했다. 나는 몇 가지 모호한 질문을 던졌다.

"그러면 녀석이 해야 하는 '일'이란 어떤 것인가요?"

"선생님에게 기쁨을 주는 일이죠."

그의 대답을 듣고 나서 나는 노트와 개를 챙겨서 집에 돌아오자마자 울음을 터뜨렸다.

그날 나는 내내 미심쩍은 눈초리로 루실을 바라보며 하루를 보냈다. 내가 녀석을 사랑하는 만큼 녀석이 나를 사랑하지 않는다고? 나를 존경하지 않는다고? 내가 이토록 사랑하는 이 개는 나를 얼뜨기로 볼까? 내 가장 깊은 곳에 뿌리 내린 두려움이 봇물 터지듯 쏟아졌다. 너는 사랑받을 자격이 없어. 개도 그걸 알아. 나는 며칠이 흐른 뒤에야, 그리고 루실의 담당 훈련사와 몇 차례 대화를 나눈 뒤에야, 리빙스턴의 말을 나에 대한 평가와 분리시키고, 그와 내 통제 개념이 서로 다르다는 사실과 개를 키우는 사람들은 스스로 그 균형을 찾아야 한다는 사실을 받아들일 수 있었다. 그래도 그 충격은 가시지 않았다. 그것은 개를 통제하는 일이 인간의 자아와 얼마나 깊이 연결되어 있는지, 거기에 사랑에 대한 우리의 두려움이 얼마나 큰 역할을 하는지 명확히 상기시켜 준 사건이었다.

리빙스턴의 분석은 개의 사랑보다는 인간의 공격성과 더 관련이 깊었을지도 모른다. 하지만 이 사건은 의외의 방식으로 내 마음에 물결을 일으켰다. 그 상담을 하던 무렵에 나는 이제는 다시 프레시 폰드에 서서 덤불로 사라지는 루실을 보며 소리지르고 싶지 않았다. 녀석이 그럴 때마다 나는 정말 겁나고 화났으며, 내가 녀석을 사랑한다는 사실 자체가 너무도 불편했다. 그래서 나는 장기간의 수정 프로그램을 시작했다. 일종의 인간과 개의 '관계 개선 프로그램'이다. 한 달 동안 나는 매일같이 9미터짜리 목줄과 냉동 건조 조각 간을 챙겨들고 루실과 함께 프레시 폰드 근처 축구장으로 갔다. 그러고 나서 녀석을 자리에 앉혀놓고 5미터 정도 앞으로 가서는 가장 활기찬 목소리로 부른다.

"루실, 이리 와!"

루실은 고개를 돌렸다. 나는 감정을 실어서 다시 한번 부른다.

"루실, 이리 와!"

그리고 녀석이 이번에도 반응하지 않으면 목줄을 잡아당겨서 물고기를 낚아올리듯 녀석을 끌어당긴다. 녀석은 썩 내키지 않는 듯 꾸물 꾸물 다가왔다. 하지만 나는 무시했다. 그리고 녀석이 내 앞에 도착하면 법석을 떨며 녀석을 끌어안고 쓰다듬었다.

"아유, 착해라! 잘 왔어. 참 잘했어요!"

그런 뒤 얼린 간 조각을 주고 같은 행동을 반복했다.

이런 연습을 하루에 열 번, 스무 번, 서른 번 반복했다. 때로는 해병대 하사관이 된 것 같았고, 때로는 올림픽대표팀 감독이 된 것 같은 느낌도 들었고, 또 때로는 참을 수 없을 만큼 지루했지만 그래도 계속했다. 그리고 이 훈련은 효과를 발휘했다. 한 달이 지나자 녀석은 숲의 썩은 시체를 떨어뜨리고 내게로 왔다. 어떤 유혹적인 냄새도 무시하고 다른 개들도 무시했다. 부르면 덤불을 헤치고 나와 내 곁에 섰다. 내 가슴에는 자랑과 안도감이 물결쳤다.

그러니 이제 녀석의 눈에 나는 우주의 지배자가 된 것인가? 나에 대해 새로운 존경심이 생겼을까? 아니면 이 모든 것이 그저 얼린 간 때문인가? 아무도 모르는 일이다. 어쨌거나 루실의 응답률은 상당히 높아졌다. 내가 부르면 90퍼센트 정도는 왔다. 그리고 나는 통제라는 것과 관련해서 한결 편안해졌다. 물론 그렇다고 모든 것을 초월한 상태는 아니다. 내 자아 일부는 여전히 우주의 지배자 역할을 원하고, 아직도 잘 훈련되고 주인을 완벽하게 따르는 개를 보면 질투가 솟아오른다. 하지만 나에게는 그토록 높은 수준의 통제력을 발휘할 의지도 필요도 없다는 사실을 받아들이기로 했다. 그래서 나는 타협한다. 숲에서는 목줄을 풀고 거리에서는 목줄을 맨다. 아직도 시시때때로 녀석이 나를 충분히 '존경하는지' 걱정은 들지만, 걱정의 강도는 줄어들었다.

리빙스턴의 말은 여전히 내게 불편하지만 어쨌거나 루실이 밤마다 내 곁에 누워 반역을 도모하지는 않을 거로 생각한다. 다시 말해서 나는 살아가는 데 필요한 수준의 통제력을 얻었다. 하지만 우리 사이에 무슨 일이 일어나는지, 녀석이 나를 어떻게 인식하는지, 녀석이 왜 그런 반응을 하는지 내가 많이 모른다는 사실에 나는 아직도(자주 그리고 크게) 놀란다. 나는 어느 정도는 녀석의 행동을 성형한 셈이고, 그런 만큼 일정하게 예측도 할 수 있으며, 전보다 더 편안해졌다. 내가 통제할 수 있건 없건, 불렀을 때 뛰어오건 달아나건, 녀석은 여전히 개다.

불가사의하고 근본적으로 우리가 알 수 없는.

5장
불완전한 이해

녀석들은 우리를 악기처럼 연주한다. 동물행동학자들의 말처럼,

우리가 개를 훈련하는 것이 아니라 개가 우리를 훈련시키는 경우가 비일비재하다.

이들은 자기 의사를 전달하는 데 사람보다 훨씬 분명하고 일관된 태도를 보이기 때문이다.

도대체 무슨 말을 하는 거니?

녀석이 텔레파시라도 보내는 것인가?

우리는 친구 집에 가서 함께 저녁을 보내고 있었다. 녀석은 나와 친구가 커피를 마시는 부엌으로 들어와서 강렬한 눈길로 나를 응시하며 앉았다. 내가 녀석을 보고 물었다.

"왜 그래, 루실?"

녀석은 귀를 쫑긋 세우고 나를 바라보았다. 온몸이 팽팽히 긴장되어 있었다. 나는 뻔한 질문을 했다.

"쉬하고 싶니?"

녀석은 움직이지 않았다. 그게 문제가 아니라는 뜻이다. 그게 맞는다면 녀석은 벌떡 일어나서 가볍게 깡충거릴 것이다. '맞아, 맞아' 하고 말하는 듯이. 어쨌건 나는 목줄을 묶어 녀석을 밖으로 데리고 나갔다. 녀석은 오줌을 눴지만 그게 급했다는 기색은 없었다. 그리고 10분 후 똑같은 일이 반복되었다. 녀석이 부엌으로 들어와서 나를 바라보며 앉았다. 90분 동안 이런 일이 계속되었다. 나는 이따금 손을 뻗어 녀석을 쓰다듬으면서 엎드려 쉬라고 말했다. 그때마다 녀석은 말을 듣지만 곧 다시 몸을 일으켜 나를 바라보았다. 분명히 나에게 무언가 요구하는 것이다. 내가 이런저런 질문을 해보지만 소용이 없었다.

"장난감 줄까?"

녀석은 눈만 멀뚱멀뚱 뜨고 있었다.

"집에 가고 싶니?"

여전히 반응이 없었다. 마치 지금 중요한 약속이라든가 데이트가 있는데 엉뚱하게 여기 와 있다는 것 같았다. 나는 우리 둘 사이에 놓인 깊고 거대한 커뮤니케이션의 골짜기에 다시 한번 낙심했다.

1965년 J.R. 애컬리가 출간한 회고록 『내 개, 튤립』에서는 이런 순간을 이렇게 묘사했다.

"개들의 생활은 얼마나 긴장되고 불안할 것인가? 인간 세계와 정서적으로 그토록 밀접한 관계를 맺고 인간의 사랑을 얻고자 안간힘을 써야 하고, 그들의 권위에 무조건 복종해야 한다. 하지만 인간의 마음이란 개들로서는 완전한 이해가 불가능한 영역이다."

그 순간 루실은 내 마음에 대해 불완전한 이해를 시도하고 있었다. 나는 녀석이 뭘 원하는지 뭘 느끼는지 알 수 없었다. 나는 애컬리의 글을 떠올리며, 인간의 말을 못한다는 것이 개에게 얼마나 큰 스트레스일까 하고 생각했다.

스트레스는 인간 쪽에서도 마찬가지다. 개와 함께 살면서 개를 이해하려 하고 그 행동과 감정 상태를 읽으려 노력하다보면, 현실과 상상이 복잡하게 뒤엉킨다. 때로 루실과 진실로 마음이 통하는 순간이 있다. 서로 종은 다르지만, 그 골짜기를 뛰어넘어 서로 이해한다는 느낌을 주는 작은 행동들이 있다. 눈길 한 번, 손짓 하나, 말 한마디에 보이는 녀석의 반응. 하지만 이런 밝은 순간이 있는가 하면 그날 친구의 부엌에서처럼 도무지 오리무중인 순간도 있다. 뭘 달라는 건가? 그게 뭐지? 기분이 안 좋은가? 어떤 기분인 거지? 그 눈은 아무것도 일러주지 않았다. 녀석의 내면은 나에게 외계의 영토이다. 나는 수많은 개 주인들과 마찬가지로 그 미지의 영토로 들어간다. 때로는 맹목적으로 때로는 조심스럽게. 때로는 우리 사이의 깊은 골짜기를 수긍하지만 때로는 그것을 받아들이지 못하고 인간적인 해석으로 미끄러져 들어갔다.

다시 말해서 나는 '투사投射'를 한다. 나는 투사하고 의인화하고 온갖 것들을 만들어낸다. 나는 내 감정과 경험의 필터를 통해 녀석의 내면을 들여다본다. 이것은 견디기 어려운 일이다. 왜냐하면 나는 루실의 눈 속에서 세상 그 어떤 것도 읽을 수 있기 때문이다. 나는 녀석이 나한테 화가 났다고 생각할 수도 있다.(녀석이 실제로 그러건 말건.) 나는 녀석이 외롭다고, 우울하다고, 걱정한다고, 슬퍼한다고, 안타까워한다고, 아니면 나 때문에 신경질이 났다고 생각할 수도 있다. 얼마전에 나는 개를 키우지 않는, 그래서 개에게 특별한 정서적 유대감이 없는 친구에게 내가 루실에게서 느끼는 이런 감정의 목록을 줄줄 읊은 적이 있다. 그녀는 우울, 후회, 두려움, 원망 등의 감정을 가만 듣더니 빙긋 웃고 따뜻하게 말했다.

"개의 감정은 아주 단순할 거야. 잠잔다, 좋다, 오줌 마렵다, 싫다. 이런 식으로 말이야."

아마도 친구의 말이 옳을 것이다. 나도 어쨌거나 루실의 감정경험은 나와는 다를 거로 생각한다. 녀석의 내면은 즉각적이고 감각적이며, 연상 작용도 흔치 않고, 명확성은 크되 추상성은 훨씬 적을 것이다. 하지만 이런 사실을 인정한다고 해도 '도대체 저 녀석 마음속에 뭐가 들어 있는지 알고 싶다'는 내 호기심은 줄어들지 않고, 내 상상 또한 제동이 걸리지 않는다. 개는 말하자면 텅 빈 스크린이다. 루실은 이따금 아주 강렬한 감정을 느끼는 것 같고, 두 눈에서 뿜어져 나오는 흥분과 기쁨과 욕망을 보면 그 방식이 거의 인간적으로 느껴질 때가 있다. 하지만 녀석의 진정한 감정은 내게 불가사의다. 루실은 자기감정을 표현할 말이 없어서 나는 녀석의 마음속에 대해 어렴풋한 짐작과 막연한 추측밖에는 할 수 없다. 하지만 그 추측도 역시, 때로는 의식적으로 때로는 무의식적으로 감정에 대한 나 자신의 이해에 따라 형성된다. 동물의 세계란 그렇다. 녀석은 내게 로르샤흐 테스트(무정형의 그림을 보고 어떤 모양을 상상하느냐를 통해 심리 상태를 해석하는 테스트–옮긴이)가 된다. 루실이 크고 검은 눈으로 나를 바라보면 나는 그 텅 빈 캔버스에 슬픔, 실망, 공감, 사랑, 어떤 감정도 투사해 넣을 수가 있다. 그리고 녀석이 내게 대답하지 못하기 때문에, 자기감정에 대한 내 해석에 이의를 제기하지 못하기 때문에, 나는 내가 본 것만을 움켜쥐게 된다.

친구들을 집에 불러 중국 요리를 먹고 있는데, 루실이 다시 부엌에 들어와 내 의자 옆에 앉았다. 이번에 녀석의 눈빛은 애처롭고 열렬했다. 그리고 이번에 나는 그 눈빛의 뜻을 알아차렸다. 녀석은 나한테 간청하고 있었다. '나도 그 쇠고기 요리를 먹고 싶어. 나도 사천 닭고기 먹고 싶어. 네가 먹는 음식 나도 먹고 싶어.' 하는 말풍선이 떠오른 것 같았다. 마음속에 불안과 약간의 죄책감이 일어났다. 녀석이 이토록 원하는 음식을 안 준다는 것이 싫고, 녀석이 그런 식의 간청하는 눈길로 나를 보는 게 싫다. 하지만 식탁 위의 음식을 주지 않는 규칙은 내가 절대 어기지 않는 원칙 가운데 하나다. 평상시의 저녁, 그러니까 집에 우리 둘만 있을 때 나는 녀석에게 속이 빈 뼈다귀 속에 사료를 채워서 던져주고 식탁에 앉는다. 이 방법은 아주 효과적이다. 녀석은 뼛속에 든 먹이를 꺼내 먹느라 내가 식사를 끝낼 때까지 딴 짓을 하지 못하고, 그동안 나는 녀석의 눈길을 피해 편안히 식사를 마칠 수 있다. 하지만 오늘밤은 변수가 너무 많다. 새로운 음식, 새로운 냄새, 새로운 사람들, 그러니 녀석은 새로운 기회도 있지 않을까 기대한 것 같았다. 그래서 쳐다보며 간청하고 간청했다. 결국 나는 견디지 못하고 일어나 서랍 속에 든 생가죽 막대기를 꺼내주었다. 녀석은 '드디어 해냈어!' 하는 기쁨에 들떠서 불법 거래물이라도 낚은 듯이 막대기를 물고 신나게 달려나갔다. 하지만 10분이 지나자 녀석은 다시 돌아와 내 의자 곁에 앉았다. 앉아서 하염없이 바라보았다. 나는 다시 갈등에 빠졌다. 그리고 다시금 투사의 비탈길에 올라서서, 나 자신의 감정에 따른 해석 속으로 미끄러져 내려갔다.

연주演奏하는 개

개들은 참으로 대책없이 순수하다. 이들의 생은 우리가 내리는 결정에 따라 형성되고 한정된다. 그래서 내가 아는 주인들은 예외 없이 이런 책임감의 무게에 시달린다. 이런 생각이 식탁에 앉아 개를 내려다보는 내게 밀려들었다. 우리가 무리의 우두머리라는 지위를 어떻게 받아들이건 간에, 우리는 이 동물을 책임지고 있으며, 이들은 어디서 잘지, 얼마나 자주 또 얼마나 오래 외출할지, 얼마나 오랫동안 혼자 지낼지, 다른 개들과 놀지 말지, 짝지을지 말지, 만날지 말지, 그리고 식탁의 음식을 먹을 수 있을지 없을지 등 생존의 모든 측면을 우리의 손에 맡기고 있다. 이와 같은 성생활, 사회생활, 식생활의 영역은 사람이건 개건 아주 강력한 느낌을 갖는 영역이다. 그래서 개에게 인간의 속성을 부여하는 의인화와 나 자신의 감정을 부여하는 투사가 그토록 강력한 충동이 되고, 그토록 저항하기 어려운 것이다. 우리가 다른 존재의 인생을 좌지우지한다면, 그리고 그 존재가 우리가 보살피고자 하는 말 못하는 동물이라면, 우리의 감정을 거기서 떼어놓는 것, 즉 개의 행동에 우리 감정을 섞어 해석하지 않기란 실로 어려운 일이다. 이 순간 루실은 먹을 것을 원한다. 이것은 간단한 사실이고 녀석의 마음속에는 이에 대한 어떤 감정적 연관도 없을지 모른다. '음식, 구미를 당기는 낯선 냄새, 먹고 싶다.'가 전부일 수 있다. 캐런 셰파드가 자신이 키우는 개 버치의 입을 빌려서 쓴 시는 이런 상황을 네 줄로 완벽하게 요약했다.

너 그거 먹을 거니?

너 그거 먹을 거니?

너 그거 먹을 거니?

나도 그거 줘.

하지만 먹는 일, 먹이는 일은 내게는 그렇게 간단하지 않다. 내 마음속에서 음식은 아주 복잡한 의미를 띠고 있으며, 음식을 주거나 안주는 일은 극히 예민하게 다가오는 사안이다. 음식을 주는 나는 사랑이 가득하고 너그러운 주인이다. 그러나 음식을 주지 않는 나는 냉혹하고 야비한 사람이다. 또 개는 내가 자신을 사랑하지 않는다고 생각할 것이다. 이것은 별로 논리적인 생각은 아니지만 이면의 감정은 뿌리가 깊다. 그것은 박탈과 충족, 허기와 포만에 대한 나 자신의 경험으로 빚어진 것이다. 나는 많은 여성과 마찬가지로 지난 수년간 내가 가진 열망을 음식에 대한 집착으로 굴절시켰고, 열망과 보상을 둘러싼 정교한 춤을 추었으며, 내면의 이름 모를 공허를 음식으로 채웠다. 녀석의 간청하는 눈을 바라보면 이 모든 경험이 파도처럼 밀려든다. 그런 연상을 도저히 피할 수가 없다. 그날 나는 녀석의 눈을 피하고자 온 힘을 다했다. 접시를 내려다보고, 친구들과 이야기에 집중했다. 개에게는 아무것도 주지 않았다. 마침내 루실이 포기하고 나가 거실 소파 위에 몸을 웅크렸다. 나는 부엌을 나가는 녀석을 바라보며, 이런 박탈의 경험이 녀석에게는 별일 아닐 거라고 마음을 다졌다. 녀석은 내 접시 위의 쇠고기 요리가 궁금할 것이다. 하지만 그것을 어떤 맹아적 허기나 실존적 열망과 연관시키지는 않을 것이다. 그래서 나는 다시 식탁 위로 고개를 돌리고 애써 모른 척했다.

개를 키우다 보면 이런 전투는 수도 없다. 이는 개와 함께 사는 생활의 핵심적 특징이다. 음식은 인간의 갈망과 결합하고, '애정적 양육養育' 개념에 둘러싸여 아마도 우리에게 가장 많은 감정이입의 현기증을 안겨주는 주범일 것이다. 나는 개에게 베이글을 토스트한 뒤 거기 크림치즈와 라스베리 잼을 발라서 전용 접시에 담아서 준다는 사람들을 알고 있다. 또 밤마다 개에게 아이스크림을 그것도 날마다 다른 맛으로 주고 그 위에 장식 과립까지 얹어준다는 사람들도 안다. 그리고 자기 먹을 것보다 개 먹이를 준비하는 데 더 많은 시간을 보내는 사람들도 알고 있다. 나 또한 때로 여기 포함되기도 한다. 이런 일은 인간이 볼 때 아낌없이 사랑을 베푸는 행동일 수 있다. 개를 먹이는 일은 어쨌거나 우리에게는 친밀감을 준다. 하지만 우리 자신이 먹을 것에 그렇게 복잡한 감정을 품고 있지 않다면 그 정도까지 큰 수고는 하지 않을 것이다.

개는 감정이입의 불길을 부채질한다. 녀석들은 우리를 악기처럼 연주한다. 동물행동학자들의 말처럼, 우리가 개를 훈련하는 것이 아니라 개가 우리를 훈련시키는 경우가 비일비재하다. 이들은 자기 의사를 전달하는 데 사람보다 훨씬 분명하고 일관된 태도를 보이기 때문이다. 또 이들은 먹이와 관련해서는 학습 속도가 매우 빠르다. 어떤 행동에 보상이 따르고 어떤 행동에 따르지 않는지 금세 파악하며, 벌을 받지 않고 넘어갈 만한 행동은 무엇인지, 자기 앞에 놓인 음식을 먹지 않으면 어떤 일이 일어나는지 금방 알아차린다. 도베르만 핀처를 키우는 사라는 먹이에 항상 엑스트라-버진 올리브유를 두 스푼 넣어준다고 한다. 가끔 질 낮은 땅콩기름으로 때우려고 하면 개는 냄새를 슥 맡아보고 나서 그냥 외면하고 가버린다. 사라는 바보 같은 일이라는 걸 잘 알면서도 개를 먹이기 위해 28달러짜리 올리브유 병을 집는다. 어처구니 없는 일이라고 생각하지만, 개가 올리브유가 있어야 밥을 먹으니 주인으로서 굶길 수 없어서 같은 일을 날마다 반복한다.

브라이언 킬커먼스와 사라 윌슨의 책에 보면 개가 밥을 먹는 동안 모두 집 밖에 나가 있는 가족의 이야기가 나온다. 어쩌다 그렇게 되었는지는 아무도 모른다. 하지만 어쨌건 그 집의 개는 식구가 모두 아파트 밖 복도에 나가서 벨을 눌러야 밥을 먹었다. 이 조건이 충족되지 않으면 개는 밥을 먹지 않고 굶는 방법으로 식구를 걱정에 빠뜨렸다. 그래서 식구들은 줄줄이 문밖으로 나가서 벨을 누르고 개가 밥을 다 먹을 때까지 바깥에서 기다린다. 기가 막힌다고? 그럴지도 모른다. 하지만 나는 이런 일을 판단할 수 없다. 나도 루실이 밥을 안 먹으려고 하면 먹이에 간 가루와 파르메산 치즈를 끼얹고, 당근과 값비싼 이탈리아 파스타를 섞고서 무릎을 꿇고 앉아 손으로 먹인다. 내 이런 노력을 녀석이 어떻게 받아들이는지는 알 수 없다. 하지만 어쨌건 이렇게 하면 녀석이 밥을 먹고, 나에게는 그것이 중요하다.

수의학자나 동물행동학자들은 이런 이야기를 들으면 혀를 찬다.

"제발 정신 차려요, 개는 개일 뿐이라고요. 우리가 그런다고 개들이 알아줄 것 같아요? 비싼 음식, 다양한 음식, 사람이 먹는 음식, 건강식, 이런 거 다 필요 없고, 모양이나 색깔이 예쁜 음식도 필요 없어요. 그런 건 다 주인들에게 마케팅하기 위해 꾸며놓은 거라고요. 과자가 집배원 모양이건 고양이 모양이건 개가 차이를 알 것 같아요? 그건 침대나 옷 같은 다른 애견용품들도 마찬가지예요. 지난 가을 어느 비 오는 날, 완벽한 미용 상태의 흰색 푸들이 파란색 우비를 입고 밖에 나와 있더군요. 푸들이 정말 그걸 원했겠어요?" 푸들에게 고어텍스 섬유가 어떻게 느껴졌을지 짐작하기란 그리 어렵지 않지만, 좀더 복잡한 전선에서 개의 경험을 측정하는 일은 때론 매우 어렵다. 휘튼테리어 종 윌슨을 키우는 레슬리는 거의 1년 동안 개의 거세 문제를 두고 고민했다. 이 문제는 섹슈얼리티, 성적性的 존재에 대한 그녀 자신의 감정과 밀접하게 연결되어 있었다. 윌슨이 거세하지 않은 채 한 살 가량 되었을 때 레슬리는 영화《101마리 달마시안》을 보았다. 영화에서는 두 주인공 개가 사랑에 빠지고, 결혼해서 가족을 이룬 뒤 함께 새끼를 기른다. 이 이미지는 그녀가 윌슨의 생에 대해 품고 있던 환상을 고정시켰다. 물론 레슬리도 그것이 디즈니 영화고, 지나치게 인간적인 묘사라는 사실을 알고 있다. 개들은 인간처럼 결혼이나 가족생활을 하지 않는다는 것도 알고 있다. 하지만 영화는 그녀에게 깊은 인상을 주었다. 그녀는 바로 영화가 보여주는 성적性的 사랑을 나누는 개, 성적 존재감을 표현할 기회가 있는 개를 원했다. 거세는 잔혹하고 돌이킬 수 없는 배신으로 여겨졌고, 자신이 녀석의 성적 능력을 해친다는 생각은 악몽이 되었다.

이런 두려움은 남자들에게 더 흔하다. 인간-동물 유대 관계 연구의 선구자인 앨런 벡과 에이런 캐처에 따르면, 일부 남자들은 남성성을 신체 기관의 유무에서 찾기 때문에 개를 거세하느니 차라리 죽이는 것이 낫다고 말한다. 어쨌거나 레슬리는 좀처럼 이 결정을 내리지 못했다. 수술 약속을 잡았다가 취소하기를 몇 번 거듭하는 동안, 윌슨은 발정한 암컷 냄새만 맡으면 공원을 뛰쳐나가서 차도로 뛰어들기 시작했다. 레슬리는 윌슨의 안전을 위해 다시 수술 약속을 잡아야 했다. 나는 수술 전날 그녀와 만났다. 그녀도 이제 그 일이 필요하다는 걸 알았다. 그리고 해낼 거란 결심도 확고했다. 하지만 윌슨에게 섹슈얼리티란 로맨틱한 어떤 것이 아니라 육체적인 호르몬 반응이라는 사실은 끝내 받아들이지 못했다. 내가 일어나기 직전에 그녀가 말했다.

"생각을 좀 해봤는데 암컷을 하나 들여야겠어요. 윌슨의 정관을 자르고 암캐의 난관을 묶으면 공평해질 테니까요. 내가 출근하고 나면 둘이 섹스를 할 수도 있게 말이에요."

멋진 환상이지만 개의 현실과는 동떨어진 이야기였다. 내가 개의 섹슈얼리티는 사람처럼 친밀감과 깊은 관련이 없을 거라고 말하자 레슬리는 한숨을 쉬었다.

"그 말이 맞아요. 하지만 나는 윌슨을 사람 아닌 개로 보기가 왜 이렇게 어려운지 모르겠어요."

실제로 개 주인 가운데 절반 가까이 그런 어려움을 겪는 것으로 보인다. 한 조사 결과를 보면, 응답자의 48퍼센트가 자신들이 키우는 개를 '사람'으로 본다고 말했다. 그리고 조금 더 과격하게 말하자면 개는 개일 뿐이라는 사실을 잘 아는 사람들도 때로는 이 문제 앞에서 혼란스러워한다.

감정이입

42세의 정신과 의사 밀턴도 자신의 개 젤다를 강아지유치원에 데려갔을 때 이런 혼란스런 감정이입을 겪었다. 개를 처음 키우는 그는 개들이 노는 모습을 제대로 본 적이 없었다. 개들은 서로 바닥에 때려눕히고 이를 드러낸 채 으르렁거리고 엉덩이를 사납게 쳐댔다. 밀턴은 참담한 느낌을 피할 수 없었다. 그것은 젤다의 안전이 걱정되어서가 아니라, 녀석들이 뛰어노는 모습을 보니 그의 눈앞에 극도의 수치심 속에 보냈던 그의 중학 시절 체육 시간이 펼쳐졌기 때문이다. 당시 그는 몸집도 극히 왜소하고 운동 신경도 한없이 둔했다고 한다.

"개들을 보는데 가슴이 울컥하면서 머릿속에 이런 소리가 울렸어요. '젤다가 맞고 있어! 젤다가 맞고 있어!' 내 마음속의 오랜 두려움이 솟아오른 거예요."

실제로 젤다는 그 유치원에서 지배 성향이 강한 편에 속했고, 다른 일곱 마리 개를 여유롭게 상대했다. 하지만 밀턴은 아직도 그 생각에 몸서리를 친다.

"놀이 시간은 나에게 공포였어요."

개를 통해서 자신의 어린 시절을 상기하기란 무척 쉬운 일이다. 그러지 않기가 오히려 더 어렵다. 나는 예전보다는 루실에게 내 기억을 투사하는 일이 줄었지만, 녀석이 어렸을 때는 항상 녀석의 세계와 내 경험을 뒤섞지 말라고 스스로 마음을 다그쳐야 했다. 애견공원에서 녀석이 다른 개 무리에 끼지 못하고 바깥에서 빙빙 도는 모습을 보면 내 가슴은 미어졌다. 그 고통스러운 숫기없음, 망설임, 자의식, 다른 개들을 바라보는 눈길. 다시 마음을 다그친다. '개들은 사람처럼 인기 같은 데 연연하지 않아. 외톨이가 된다는 걱정도 없고, 남들에게 어울려야 한다는 강박관념도 없어. 녀석은 그냥 놀고 싶지 않을 뿐이야.' 또 녀석이 복종훈련 교실에서 명령 실행에 실패하면 나는 순간적으로 녀석의 눈 속에 좌절이 지나가는 걸 느끼지만, 곧이어 다시 성공과 실패를 둘러싼 인간과 개의 차이점에 대해서 자신을 타이른다.

'루실은 A 학점 못 받을 걱정은 하지 않아. 개들에게는 수행 불안이라는 게 없어. 이런 걱정은 다 네 마음속에서 나오는 거야.' 하지만 놀라운 것은 이런 감정이 너무도 자동으로 솟아올라서 무의식적으로 개에게 달라붙는다는 것이다.

처음 1년 동안 나는 일주일에 한 번씩 루실을 애견놀이방에 데리고 갔다. 놀이방은 매사추세츠 주 서머빌의 한 쓰러질 듯 낡은 3층 건물에 있었다. 거기 들어가면 사방에 온통 개뿐이다. 넓은 두 개의 방이 개로 가득 차 있다. 낡은 소파에도 개, 침대에도 개, 바닥에도 개, 문 앞에도 개, 큰 개, 작은 개, 중간 개, 온통 개, 개, 개다. 나는 그 모습에 질겁했는데 그것은 개가 무서워서가 아니라, 내가 떠나면 루실이 미아가 된 듯한 공황에 사로잡힐 거라는 본능적이고 무의식적인 두려움 때문이었다. 그것은 바로 내가 어린 시절 낯선 사람들 틈에 남으면 느끼던 감정이었다. 나는 소중한 강아지를 끌고 안으로 들어가며 생각했다. '안 돼! 루실은 이 개의 바다 속으로 사라지고 말 거야.' 내 안에 주목을 받고 싶던 어린 시절의 나, 사람들 속에 섞이면 항상 불안해지던 나, 사교성과 자신감이 부족한 내가 솟구쳐 올라서 거의 눈물이 터져 나올 지경이었다. 녀석을 익명성의 바다로 떠나보낸다는 생각이 그토록 나를 괴롭혔다. 물론 별로 근거 있는 생각은 아니었다. 루실을 보면 겁을 먹었다거나 주눅이 들었다거나 그 많은 개 틈에서 '존재감을 상실한' 기색은 보이지 않았다. 하지만 놀이방 창문에 바짝 붙어 내가 건물 밖으로 나와 차에 오르는 모습을 물끄러미 바라보는 녀석의 검은 얼굴을 보니 나는 죽고만 싶었다.

이럴 때 가장 답답한 것은 개에게 물어볼 수가 없다는 것이다.

'루실, 놀이방에서 나가는 게 좋니? 내가 너를 여기 두고 가는 게 좋니? 아니면 그냥 집에 있는 게 낫니?'

그런데 놀이방에 데리고 간 그 자체가 전형적인 투사의 또 한 가지 예였다. 이런 투사 때문에 우리가 녀석들에게 무언가를 해주려 할 때 무엇이 좋고 무엇이 그렇지 않은지 명확히 판단하기가 어려워진다. 개의 바다에 루실을 두고 떠나는 일이 불안했음에도, 나는 여섯 달가량 녀석을 놀이방에 데리고 갔다. 표면적인 이유는 나 혼자 있을 시간이 필요해서였다. 하지만 지금 보면 거기에도 투사된 믿음이 작용했던 게 아닌가 싶다. 녀석은 다른 개들하고 있는 게 더 좋을 거야, 놀이방은 '재미있을' 거야. 녀석이 14개월 됐을 때, 나는 같은 이유로 녀석을 애견캠프에 데리고 갔다. 시골에 가서 일주일 동안 즐겁게 놀고 (루실도 나도), 새로운 친구도 얻고 경험도 하고 괜찮을 것 같았다.

하지만 지금 돌아보면 그것은 개보다는 인간이 품은 소망, 즉 우정이나 놀이에 대한 인간적인 규정에 기초한 조금 위태로운 계획이었던 것 같다.

두 가지 모두 인간의 환상에 봉사하는 것이다. 보스턴 지역의 한 놀이방에서는 직원들이 개를 '아이들'이라고 부르고, 아이들이 밤에 '베개 싸움'을 한다고 농담한다. 다른 놀이방에서는 밤이면 '파자마 파티'를 연다고 한다. 개를 의인화하는 경향은 캠프 일정표에도 나타나 있다. 복종훈련, 민첩성 훈련 같은 기본 활동 외에 '쌍쌍 댄스', 꼬리 흔들기 대회, 소시지 따먹기 대회 같은 게임이 있다. 개들이 정말 이런 일들을 좋아할까? 잘은 몰라도 내 개는 그렇지 않은 것 같다. 개들은 습관과 일상의 동물이다. 변화를 별로 좋아하지 않으며, 나이가 들수록 더해진다. 또 낯선 개들과 오랫동안 뒤섞여 지내는 일을 아주 피곤해하는 개들도 많다. 특히 예민하거나 수줍은 성격의 개들은 더욱 그렇다. 루실이 다닌 놀이방은 낮에는 서른 마리가 넘는 개를 수용했다. 루실이 조용하고 적응력이 높은 편이긴 하지만 그래도 녀석에게 그 경험이 '재미' 있었는지는 모르겠다. 저녁 무렵 녀석을 찾아서 차에 태우면 녀석은 몇 분도 지나기 전에 털썩 쓰러지곤 했다. 그럴 때 녀석의 얼굴에 떠오른 피로는 익숙한 환경에서 뛰어놀 때 보던 모습과는 다른 정신적인 피로 같았다. 캠프에는 90마리 정도의 개가 있었고, 루실은 지쳤다. 쌍쌍 댄스, 소시지 따먹기에 홀딱 빠져서가 아니라, 그렇게 많은 개 속에 있다는 사실이 과도한 자극과 스트레스를 주었기 때문이다.

감정이입의 위험성을 과장하고 싶은 마음은 없다. 어떤 개에게는 놀이방이 잘 맞을 수 있다. 사교성과 자신감이 크고 강아지 때부터 놀이방에 자주 다닌 개라면 더욱 그렇다. 그리고 개를 8시간, 10시간, 12시간씩 혼자 두는 게 견디기 어려운 사람들에게도 놀이방은 마음의 부담을 덜어주는 좋은 선택이 될 수 있다. 캠프도 어떤 개들에게는 좋은 경험이 될 것이다. 하지만 루실의 스트레스는 내게 인간의 관점과 개들의 욕구 사이의 틈이 얼마나 큰 혼란을 만들어낼 수 있는지를 가르쳐주었다.

한 가지 투사된 감정은 다른 감정, 또 다른 감정으로 이어진다. 이것들은 러시아 인형처럼 서로 안쪽에 겹겹이 포개어 있다. 내가 루실을 놀이방이나 캠프에 데리고 갔던 것은 아주 일찍부터 나를 괴롭히던 한 가지 의구심 때문이었던 것 같다. 녀석이 나랑 사는 걸 별로 좋아하지 않을 거라는 생각, 더 재미있고 신나는 주인이랑 살고 싶을 거라는 생각, 그러니까 녀석이…… 지루할 거라는 생각.

털옷 입은 사람

인간관계에서 나는 늘 내가 사랑하는 사람들이 내게 흥미를 잃을 거라는 두려움에 시달린다. 그러니 개라는 텅 빈 스크린을 앞에 두고 그런 감정이 다시 튀어나온 것이 그리 놀라울 건 없었다. 녀석이 자기 침대에서 나를 바라본다. 속을 읽을 수 없는 무심한 표정이다. 그러면 내 머리에 가장 먼저 떠오르는 생각은 '녀석이 지루해하고 있어. 내가 지겨운 거야. 당연하지.' 하는 생각이다.

나는 때로 이 때문에 미칠 듯한 지경이 된다. 얼마 전, 비바람이 몰아치는 어느 추운 날 루실과 나는 오후 외출을 생략하고 대신 친구 톰의 집에 놀러 갔다. 톰은 코디라는 오스트레일리아 셰퍼드를 키웠는데, 루실은 코디를 좋아했다. 편안한 오후였고, 개들도 사람들도 즐거웠다. 톰과 나는 따뜻한 아파트에서 커피를 마셨고, 개들은 거실에서 서로 엉켜 놀았다. 루실은 톰과 코디를 모두 좋아하는 것 같았다. 그의 집에 갈 때마다 녀석은 계단 위에서 춤이라도 추는 듯했다. 그날 오후 나는 계속 녀석의 기색을 살펴보았고, 행복한 그 모습에 만족했다. 루실은 감정을 늘 뚜렷하게 드러내는 개는 아니다. 어떤 개는 본성이 명랑하고 쾌활해서, 쉴 새 없이 꼬리를 흔들고 즐거운 표정이 가시지 않는다. 하지만 루실의 표정은 주로 심각하고, 행동은 차분한 편이다. 그래서 실제로는 편안히 쉬고 있는 것인데도 언뜻 우울하고 상심한 것처럼 보일 때가 있다. 하지만 톰의 집에 가면 녀석은 기쁨을 발산한다. 우리 앞에 다가와서 꼬리를 흔들고 입을 맞춘다. 신이 나서 코디에게 달려간다. 녀석의 눈빛은 서커스에 간 어린아이처럼 반짝인다. 그렇게 두 시간이 지나서 집에 돌아오자, 녀석이 자기 침대에 가 엎드렸다. 그 표정은⋯⋯. 시무룩했다. 무표정한 얼굴, 반짝이던 기쁨은 사라졌다. 나는 가슴이 덜컹 내려앉았다.

미칠 듯한 지경이 되는 건 바로 이런 순간이다. 실제로 개는 그냥 지쳤던 것일 수 있다. 무표정한 얼굴은 육체적 피로 그 이상이 아닐 수 있다. 하지만 내게는 그 모습이 실망으로 보였다. ‘코디가 보고 싶어.’ 녀석이 비교하고 있을 것 같았다. ‘코디네 집이 우리 집보다 훨

썬 재미있어.' 그리고 체념의 한숨 소리가 들렸다. '다시 왔군. 이 지겨운 집에 말이야. 아 지루해.'

이런 생각이나 감정은 개들의 것이 아니다. 나도 잘 안다. 다시 한 번 나를 다그친다. 개하고 사람은 지루함을 느끼는 방식이 다르다. 개가 지루해지는 것은, 정확히 말해 불안해지는 것은, 너무 오랫동안 혼자 있거나 운동을 충분히 못 하거나 자극이 부족할 때이다. 루실에게는 이런 것이 전혀 해당하지 않는다. 오히려 정반대다. 나는 하루에 두세 시간씩 녀석을 꼬박꼬박 운동시킨다. 산책도 거르지 않고, 코스를 단축하는 일도 없다. 아마 폭우가 내려도 녀석을 데리고 숲으로 나갈 것이다. 지루함을 떨쳐낼 일념으로 나는 개를 약간 혹사시키는 경향이 있다. 개들은 익숙한 환경을 더 편안해한다. 밤이면 밤마다 소파에 누워 빈둥거리며 지내자면 나에게는 끔찍할 만큼 지루한 일이겠지만, 녀석에게는 천국일 것이다. 게다가 무엇보다 개들은 비교를 하지 않는다. 다른 곳에 있기를 바란다거나 다른 주인을 꿈꾼다거나 더 멋진 환경을 상상하지 않는다. 루실이 그런 생각을 할 수 있다는 관념 자체가 전혀 말이 되지 않는 일이다. 나는 잘 안다. 하지만 인간의 불안이 말 못하는 짐승을 만나고, 거기 약간의 편집증이 더해지면, 거기서 감정이입은 피어오른다.

다시 말하면 그것은 내 문제다. 나는 지루해지는 것이 두렵다. 지루한 상황이 극히 싫다. 내 기억 속에서 지루함은 항상 소외와 좌절, 우울과 결부되어 있기 때문이다. 나는 또 내가 지루한 사람일 거라는 생각이 두렵다. 나는 재미도 없고 매력도 없으며, 나와 친해지면 누구라도 그 사실을 금세 알아챌 거라는 생각이 두렵다. 이런 불안이 루실에게 투사된다. 루실의 멍한 눈을 보면, 나는 녀석이 나와 같은 방식으로 지루함을 겪는 건 아닐지 두렵다. 그리고 그 못지않게 섬뜩한 것은 녀석의 텅 빈 표정 속에서 내가 가진 최악의 모습을 발견한다는 것이다.

'사람들이 내 곁에 있는 이유는 아직 다른 기회를 못 찾았기 때문이야.'

이런 고통스러운 두려움은 내 마음 깊은 곳에 살고 있다. 바이러스처럼 끈질기며, 어떤 논리로도 격파되지 않는다. 루실이 지루해 해. 어떡해, 지루해 해. 이런 감정이 불끈 일어나면 이성은 종적을 감춘다. 내 두려움이 녀석의 현실이 된다. 그러므로 나는 내 개고, 내 개는 바로 나다. 둘 사이의 경계는 이렇듯이 삽시간에 흐려진다. 뉴욕 동물병원의 상담부장 수잔 코언은 바로 이런 이유 때문에 투사가 진단에 '흥미로운 도움'을 준다고 말한다.

"누군가 개의 행동에 인간적 해석을 한다면, 바로 그 지점을 탐색하면 됩니다. 그건 개하고는 별로 상관없지만, 그 사람이 무얼 생각하는지, 무얼 희망하고 두려워하는지, 무얼 느끼는지 말해주지요."

내가 투사를 통해 들어가는 곳은 대개 두려움의 영역이다. 나는 루실의 눈 속에서 내 가장 어두운 두려움을 읽는다. 하지만 나와 정반대 방향으로 가는 것도 얼마든지 가능하다. 즉 개의 눈 속에서 실제로 그런 게 있건 없건, 온갖 고상하고 아름다운 감정을 읽을 수도 있다.

1년 전쯤에 나는 인터넷 애견 사이트에서 플로리다에 사는 41세 주부 마샤가 올린 글을 읽었다. 며칠 전에 마샤는 식탁에서 먹던 피자

부스러기를 네 살배기 에어데일 테리어와 다섯 달 된 자기 딸에게 주었다. 그러자 개가 갑자기 아기에게 으르렁거리며 허공을 무는 시늉을 했다. 마샤는 알 수 없었다.

"개가 왜 그럴까요? 제가 걱정해야 하는 일인가요? 무슨 조치를 취해야 하나요?"

그녀의 질문에 사람들이 열심히 답변을 달았다. '공격성 경보! 개가 아기를 먹이의 경쟁자로 생각하는 거예요! 맞아요, 걱정해야 해요. 에어데일 개들은 잘못하면 아주 사나워져요. 맞아요, 조치를 취해야 해요. 복종훈련을 시키고, 먹이를 준비하는 동안 꼼짝 말고 기다리게 하고, 사람과 따로 먹이세요.' 마샤는 이런 대답이 별로 믿기지 않았다. 그 후 나는 그녀와 이메일 대화를 나누었는데, 그녀는 이 사건을 '일상의 사건'으로 받아들이고 있었으며, 개가 아기에게 해를 끼칠 수도 있다는 생각을 전혀 하지 못했다.

"개가 아기를 얼마나 사랑하는데요. 자기 동생이라는 걸 잘 알아요."

이것은 근거 있는 믿음인가? 아니면 개를 인간화시킨 소망인가? 아기를 생각하면 전자의 경우가 좋을 것이다. 하지만 마샤의 감정은 사실이 아니라, 개를 인간과 다름없는 존재로 보고 싶은 소망에 뿌리를 두고 있었다. 그 소망은 여러 가지 방식으로 표출된다. 그리고 우리 마음 깊은 곳을 흐른다. 개 주인들이 옷깃에 달고 다니는 버튼의 글귀가 생각난다.

"개는 털옷 입은 사람이다."

애견공원에서 만난 도베르만 강아지의 주인 여자가 생각난다. 여자는 6개월 된 어린 강아지가 자신이 물을 가지러 길을 건너갔다 올 동안 목줄이 풀려 있는 상태에서도 얌전히 가방을 지키고 있었다고 자랑했다. 루실이 어렸을 때 공원에서 자주 만난 독일 셰퍼드의 주인 남자가 생각난다. 그 개는 루실만 보면 목털을 세우고 이를 드러내며 덤벼들곤 했다. 그러면 남자는 즐겁다는 듯 웃으며 말했다.

"친하게 지내고 싶어서 그러는 거예요. 같이 놀고 싶어서요."

우리가 갖고자 하는 훌륭한 속성을 우리 개가 구현하고 있다는 생각은 매우 유혹적이다. 개는 금세 우리 인격의 연장이 되고 쉽게 이상화의 대상이 된다. 개의 행동이 우리의 덕망을 높여주기를 바란다. 그래서 많은 사람이 자신이 가진 희망의 렌즈를 통해서 개를 보고, 여러 가지 사실을 견강부회牽強附會하는 것이다. 저 허공을 물어뜯는 에어데일도 우리의 행복을 바라는 성실한 가족의 일원이다. 저 6개월 된 도베르만은 충성과 영민함이 넘치는 동반자다. 사나운 셰퍼드도 그저 애정이 넘치고 활달한 것이다. 환상, 투사된 소망은 깊고 질기다. 개는 개의 탈을 쓰고 있을 뿐, 우리를 사랑하는 사람이 된다.

나는 개를 낭만적으로 보고자 하는 충동을 이해한다. 나 자신도 그런 충동에서 자유롭지 못하니까. 내가 의자에 조용히 앉아 있으면 루실은 하루에 적어도 꼭 한 번은 내게 다가와서 내 손에 코를 문지른다. 이런 순간 나는 우리 둘의 유대를 확인하는 듯한 깊은 교감을 느끼고, 이런 느낌은 내게 몹시 소중하다. 녀석이 내게 손을 달라고 한다. 내가 손을 내밀면 녀석은 몇 분 동안 내 손을 핥는다. 그럴 때면 녀석은 소금을 핥는 새끼 사슴 같다. 귀는 뒤로 접히고, 행동은 조용하고 단호하다. 그리고 때때로 흔들림을 막고자 앞발을 내 손목에 얹는데, 이 행동은 내게 무척 섬세하고 따뜻하고 다정하게 느껴진다. 하지만 정말 그런가? 나는 이게 사랑이라고, 루실 나름의 키스라고 생각하고 싶다. 하지만 녀석이 다른 것, 예를 들면 핸드 로션의 맛 같은 것 때문에, 그러는 것일 수도 있다. '어떤 해석이 맞을까?' 나는 녀석의 '손 핥기'는 로션하고 나를 동시에 좋아해서 하는 행동이라고 생각하는 쪽을 선택했다.(어쨌건 녀석이 핥는 건 내 손이니까.) 하지만 이것은 명백한 사실이 아니라 개와 나누는 사랑에 대한 내 방식의 해석에 기초한 '선택적 견해'임을 나는 잘 알고 있다.

그래서 어쩌면 우리에게 남는 것은 선택뿐이다. 개에 대해 극히 낭만적인 견해를 담은 책『개는 사랑을 속이지 않는다』에서 저자 제프리 무세예프 메이선은 자신의 개 세 마리를 데리고 산책하는 이야기를 썼다. 함께 산책을 하다가 한 마리가 무리에서 떨어지면 '두 마리가 멈추어 서서 동료가 따라오기를 기다린다.'는 것이다.

"녀석들은 자기들이 옳다는 듯, 나도 함께 기다려야 한다는 듯 나를 바라본다. 녀석들은 셋 중 하나라도 무리에서 빠지면 움직이지 않는다."

어떤 사람들은 이런 행동을 오직 본능과 연관해 해석한다. 개의 조상인 늑대에게 무리를 보존하는 행동은 생사를 가르는 일이기 때문이다. 하지만 메이선은 정서적인 해석을 선택했다. '이 행동은 녀석들의 동료애를 뚜렷이 보여준다.' 그럴 수도 있고 아닐 수도 있다. 어쨌건 메이선도 녀석들의 동료애가 인간의 동료애와 같은지 어떤지는 결코 알 수 없을 테고, 나 또한 루실이 내 손을 핥는 게 로션 때문인지 사랑 때문인지 끝까지 모를 것이다. 그들은 개다. 우리에게 아무것도 설명해주지 못한다. 그리고 나도 그들의 설명이 꼭 듣고 싶은 건 아니다.

텔레파시

루실이 한 살가량 되었을 때 주변에서 '이종 간 텔레파시 커뮤니케이션'이라는 이야기들이 들려오기 시작했다. 텔레파시를 통해서 동물과 대화를 나눌 수 있다는 것이었다. 나는 잡지에서 기사를 읽었는데, 뉴욕의 한 애완동물 박람회에서 열린 그 세미나는 입석 참가까지 받을 정도로 성황이었다고 했다. 애견 상점에도 그에 대한 광고지가 쌓여 있었고, 루실의 훈련사도 자신의 고객 가운데 많은 수가 '동물 커뮤니케이터'(그 분야 전문가들이 스스로 부르는 말)와 상담한다는 말을 했다. 지난 몇 년 동안 이 활동은 일종의 사회운동 비슷한 지위를 얻었다. 그 분야 사람들은 동물의 감정에 대한 질문에 아주 딱 부러지는 말로 대답한다. '예, 동물도 우리처럼 사랑이나 연민 같은 감정을 느낍니다.' '예, 종의 경계를 뛰어넘는 직접적 커뮤니케이션이 가능합니다.'

300년 전에 누가 이런 주장을 했다면 화형대가 그를 기다리고 있었을 것이다. 당시는 동물에게 감정이 있다는 생각 자체가 이단이었고, 그 시절 학문 활동을 장악하고 있던 교회로서는 그런 견해가 유지되는 쪽이 유리했다. 동물에게 의식과 감정이 있다면, 동물이 영혼이 있는 존재라면 교회는 엄청난 윤리적 문제에 부닥쳤을 것이다. 감정과 정서가 있는 동물을 어떻게 잡아먹을 수 있는가? 어떻게 그들의 자유의지를 부정하고 강제 노역을 시키는가? 천국에는 이 동물 영혼들이 갈 자리도 마련되어 있는가? 동물은 아무것도 느끼지 못하는 살아 있는 기계로 여기는 쪽이 훨씬 편리했다. 동물에게는 의식이 없다고 주장한 최초의 학자는 17세기 철학자 르네 데카르트인데, 그의 주장을 이어받은 니콜라 드 말브랑슈는 다음과 같은 말을 남겼다.

"동물은 먹지만 즐거움을 모르고, 울지만 슬픔을 모르고, 행동하지만 이유를 모른다. 그들은 욕망도 없고 두려움도 없으며, 아는 것 또한 없다."

오늘날의 관점으로 보면 어처구니없고 잔인하기까지 하지만 이런 견해는 오래도록 면면히 이어져 내려왔고, 현대에 이르러서는 1950년대 행동주의 심리학자들의 기계적 관점으로 계승되었다. 이들에 따르면 동물을 움직이는 것은 '정서'가 아니라 본능이며, 뉴런, 근육, 호르몬처럼 외적으로 관찰 가능한 요소들이다. 적어도 과학 영역에서는 동물의 내면은 탐구의 대상이 아니었다.

오늘날의 과학자들도 동물의 감정을 학문의 영역으로 끌어안았다고 볼 수는 없다. 여기에는 동물이 자신의 느낌을 직접 말해줄 수 없다는 실제적인 이유도 있다. 하지만 일반 대중은 분명히 그런 시도를 하고 있다. 애완동물에게 쏟는 애정이 커지고, 동물을 어떤 수단 대신 생활의 동반자로 여기는 경향이 강해졌기 때문에, 오늘날 사람들의 눈에는 데카르트 같은 사람이 오히려 이단으로 보일 것이다. 우리는 동물이 감정을 느낀다는 견해에 깊은 관심을 기울이고 있으며, 그 구체적 내용을 알고 싶어 촉각을 곤두세운다. 그리고 어떤 주인들은 이런 흐름을 조금 더 밀고 나가서, 동물 커뮤니케이터 같은 사람들을 찾아간다.

나도 궁금함이 발동해서 그들 중 세 사람에게 전화를 걸어보았다. 하지만 그들이 루실에게서 실제로 무엇을 듣는가 하는 것보다는 동물과 대화할 수 있다는 주장 자체에 더 호기심이 갔다. 세 사람은 비슷한 방식으로 작업했다. 가격은 한 번에 45달러에서 65달러 정도였다. 그리고 작업 자체를 '텔레파시'로 하기 때문에 굳이 그들에게 루실을 데리고 갈 필요도 없었다. 그냥 전화를 걸어서 루실에 대해 설명해주고 궁금한 것을 물어보면 그들은 전화로 개와 커뮤니케이션을 했다.

나를 놀라게 한 것은 감정이 배제된 그들의 담담한 태도였다.

"루실은 행복한가요?"

그러면 몇 초의 시간이 흐르고 아주 명확한 대답이 되돌아왔다.

"네, 아주 행복해요."

한 사람은 이렇게 대답했다.

"루실은 선생님하고 사는 것을 한없이 기뻐하고 있어요. 선생님이 왜 그런 질문을 하시는지도 모르겠다고 하는데요."

좀더 구체적으로 질문해도 마찬가지다.

"루실이 가장 좋아하는 놀이 친구는 누구죠?"

"살구 빛깔의 스패니얼 개가 보이네요."

"먹이에 문제는 없나요?"

"채소를 좀더 먹고 싶어 하네요."

그들의 말투는 확신에 차 있었고 절대적이었다. 그들의 신념도 마찬가지였다. 물으라, 그러면 들을 것이다. 이 얼마나 간단한가.

나는 이런 일이 조악한 사기로 여겨지지 않았다. 커뮤니케이터들은 모두 제정신인 것 같았다. 그들의 태도는 진지했고, 진실로 내 개와 접촉한다고 믿는 듯했다. 물론 그들과의 통화가 내 머릿속을 특별히 밝혀준 건 없지만, 찻잎에 대한 글을 읽는 듯 신선한 경험이 되었다. '한없이 기뻐한다고?' 듣기 좋은 말인 건 분명했다. '스패니얼 개? 시금치? 글쎄, 알 수 없지.' 나는 고개를 끄덕이며, 노트 위에 질문을 끄적였다. '포투기즈 워터독은 포르투갈어를 할까요?' 그리고 나는 채소를 사들이지도 않았다.

하지만 그들의 말이 모두 재미있지는 않았다. 루실에게는 두 가지 공포증이 있다. 나는 세 명의 커뮤니케이터에게 이것을 물어보았다. 첫째 공포증은 고속도로를 달리는 것이다. 녀석은 고속도로를 싫어한다. 이유는 분명하지 않지만 여섯 달 무렵부터 고속도로에만 나가면 뒷좌석에 앉은 채 벌벌 떨었고, 트럭이 옆을 지나갈 때마다 몸을 아래로 곤두박질쳤다. 둘째는 파리에 대한 두려움으로, 한 살 무렵 버몬트 주의 농가에서 일주일 동안 지내다 온 이후 생긴 현상이다. 그 집은 낡고 으슬으슬했으며, 밤이면 전등 주변에 나방이 잔뜩 몰려들었다. 당시의 남자친구였던 마이클은 잡지를 말아 쥔 채 나방을 쫓거나 그게 안 되면 벽에다 철썩철썩 때려서 죽였다. 루실은 이 일이 겁나는 듯했다. 철썩 소리가 나면 루실은 자기 침대로 슬금슬금 기어들고 있었다. 파리 공포증은 우리가 집으로 돌아오고 나서 구체적으로 나타났다. 집안에 파리 소리가 윙윙거리면 녀석은 불안한 표정을 짓고 일어나서 다른 곳으로 갔다.

두 명의 커뮤니케이터는 막연하지만 나름대로 일리 있는 해석을 했다. 고속도로 운전은 속도 때문에 불편함을 주는 것이고, 파리에 대한 두려움은 그 농가에서 벌에 쏘여서 그럴 거라는 거였다. 그런데 세 번째로 전화를 걸었던 마샤라는 여자는 좀더 복잡한 이야기를 했다.

"아, 참 슬픈 이야기예요."

그녀는 루실이 전생에 '검은 머리에 갈색 피부를 가진' 못된 부부와 함께 살았는데, 그 부부가 루실을 학대했다는 이야기를 했다. 루실이 마샤에게 전생의 한 장면인, 그 부부가 고속도로를 달리다가 녀석을 차창 밖으로 던져서 죽인 순간을 텔레파시로 전해준 듯했다. 마샤는 루실과 나눈 대화의 '녹취록'을 보내주었다.

"내가 죽어갈 때 파리들이 사방에 날았어요. 파리는 내 눈에도 들어오고 내 살을 뜯어먹었어요. 파리들은 아주 크고 무서웠어요. 내 몸을 뜯어 먹었어요. 나는 너무 아팠어요."

그래서 고속도로와 파리를 동시에 두려워하게 되었다고 한다.

나는 그녀가 보내준 글을 읽으며 한 마디도 믿지 않는 것을 다행으로 여겼다. 나는 고개를 저었다. 이것이 개의 두려움인가, 사람의 두려움인가? 개에 대한 의인화나 검증되지 않은 투사를 볼 때 내가 안타까운 것은 개의 경험이라는, 가닿기 어려운 진실을 전화 한 통화로 알아낼 수 있다는 생각이다. 커뮤니케이터 가운데 한 명은 상담이 끝나갈 무렵 나에게 직접 루실과 대화하는 법을 배우라고 권했다. 머릿속에 녀석에게 보낼 이미지를 떠올리고, 나도 마음을 열고 녀석의 의식 속에 있는 이미지나 감각을 받아들이라는 것이다.

"루실이 선생님과 대화하고 싶다고 하네요. 언제나 선생님을 돕고 싶대요. 아주 간절히 말이어요."

나는 전화를 끊고서 내 발밑에서 자는 녀석을 내려다보았다.

"너 나랑 얘기하고 싶니?"

"그러면 좋겠니?"

녀석은 고개를 들고 다시 한번 그 무심한 표정을 지어 보였다.

나를 빤히 바라보는 검은 눈, 총명하고 차분하지만 전혀 속을 짐작할 수 없는 표정……

나는 허리를 숙여 녀석의 배를 쓰다듬으며, 아무것도 말해주지 않는 두 눈을 들여다보았다. 그리고 미소 지었다. 나는 루실이 이 세상을 어떻게 경험하는지 모른 채로 지내는 게 좋다. 개와 함께 사는 이런 미스터리가 좋다. 녀석과 내가 언어의 장벽을 뛰어넘는 순간, 인간과 동물의 경계선을 넘어서 상대와 커뮤니케이션을 이루는 순간, 상대가 무얼 원하고 느끼는지 이해하는 순간은 분명히 우리의 영혼을 밝히는 소중한 순간이다. 하지만 그러지 못하는 순간을 존중하는 것도 그 못지않게 영혼을 밝히는 일이다.

6장
은밀한 '이인무'
二人舞

개들은 우리를 판단하지 않는다.
그들은 인간들이 서로 판단하는 외모,
사회적 지위, 인종, 계급, 직업 등의 기준을 모른다.
그래서 녀석들과 있을 때 우리는 경계심을 풀고
사람들 앞과는 다른 말과 행동과 감정의 자유를 느낀다.

🐾 위험한 보호본능

2년 전 어느 날, 작은 몸집에, 검은 머리를 한 30대 후반의 진은 11개월짜리 독일 셰퍼드 샘과 함께 샛길을 걷고 있었다. 그때 길 저편에서 한 남자가 다가왔다. 목줄을 잡은 손이 뻣뻣해지고, 심장 박동이 빨라졌다. 헤어진 남자친구. 그녀는 숨을 깊게 들이쉬었다. 거의 1년 만이었다. 짧은 연애 후 남자는 어느 날 저녁식사 자리에서 이별을 통고했다. '좋은 친구로 지내자'는 등 '계속 연락하자'는 등 여러 가지 약속을 했지만, 그러고 나서 그는 그녀의 궤도에서 사라졌다. 그런 그와 길모퉁이에 꼼짝없이 마주칠 생각을 하니 그녀는 머리가 아찔해졌다.

남자가 다가오자 샘이 목털을 세우고 으르렁거렸다. 진은 별로 놀라지 않았다. 샘은 강아지 시절부터 진에 대한 보호본능이 강했기 때문에, 지나가는 사람들에게 달려들 듯 으르렁거리는 일이 많았다. 그래서 그녀는 지금 샘이 보이는 행동도 대수롭지 않게 여기고,

"샘, 그러지 마. 괜찮아."

하고 말하며 목줄만 몇 번 잡아당겼다. 물론 효과는 없었다. 잠시

후 남자가 다가와 손을 흔들며 그녀의 이름을 불렀다. 그리고 포옹하겠다는 듯 두 팔을 벌렸다. 진은 아직도 그다음 순간을 잘 기억하지 못한다. 샘이 앞으로 돌진하는 것이 느껴졌다. 검정과 갈색 몸뚱이가 눈앞에서 날뛰었다. 사나운 소리가 한꺼번에 울렸다. 개 짖는 소리, 옷 찢어지는 소리, 고함치고 욕하는 소리. 샘은 남자에게 달려들어 그의 가죽 재킷을 찢고, 팔을 할퀴어서 일곱 바늘을 꿰매는 상처를 남겼다.

이 사례는 개 주인의 의식적이거나 무의식적인 두려움, 결핍, 소망 등의 감정이 개에게도 또 개와 우리의 관계에도 영향을 미친다는 사실을 보여준다. 진은 9개월 전 아파트가 도둑에게 침입당한 이후 샘을 키우기 시작했는데, 그 침입 사건은 인제 보니 그녀가 일생 지녀온 두려움과 연결되어 있었다.

"불안한 사람이라는 말로는 내 상태를 다 표현할 수가 없죠."

아파트 침입 사건은 그녀의 오랜 상처를 다시 끌어냈다. 어린 시절 진은 아버지에게서 성적性的 학대에 버금가는 행동을 당했다. 열여덟 살에는 공항 주차장에서 성폭행을 당했고 몇 달 동안 불면증으로 고통받아야 했다. 한 친구가 그녀에게 개를 키워보라고 했을 때, 기운차고 영리하고 고집이 있어 보이는 샘은 진에게 꼭 맞는 개로 보였다.

"장난감 같은 개는 싫었어요. 나는 크고 힘센 개를 원했어요. 커다란 수컷으로 말이죠. 나한테는 이 세상이 너무도 무서웠으니까요."

진은 샘이 사나운 개로 자라난 데는 자신의 역할도 있었다고 말했다. 독일 셰퍼드가 대개 그렇듯이 녀석에게도 기본적인 보호본능이 있었다. 강아지 때도 녀석은 문앞에 사람만 나타나면 짖고, 길에서도 행인들에게 짖고, 집 창가에 앉아서 아파트 옆을 지나가는 사람들에게도 으르렁거렸다. 하지만 진은 녀석의 보호본능이 뿌듯했던 나머지 은근히 때로는 무의식적으로 그것을 조장했다. 샘이 짖거나 으르렁거려도 모른 척했고, 때로는 녀석이 위협적 행동을 보여도 '나를 지켜주려고 그러는 거지?' 하며 흐뭇한 마음을 내비쳤다. 다시 말해서 그녀는 녀석에게 공격성을 보여도 된다는 신호를 지속적으로 보냈다. 진은 개가 자신의 마음을 읽은 게 아닐까, 목줄을 타고 전해지는 두려움과 긴장을 통해서 자신이 이 세상을 무서워한다는 것을 안 게 아닐까 의심했다. 실제로 샘의 행동은 그랬다. 샘은 진을 지키는 것이 자신의 임무인 것처럼 행동했다. 샘이 어릴 때는 이런 것이 문제가 되지 않았다. 하지만 10킬로그램 강아지가 촐싹거리는 것과 35킬로그램이나 되는 큰 개가 으르렁거리는 건 전혀 달랐다. 진이 전 남자친구를 만나던 무렵, 샘은 그야말로 폭력 무기가 되어서 길에서건 집에서건 친구들, 수도 기사, 진의 칠순 노모를 막론하고 짖어대며 물었다.

진은 말했다.

"동물하고 기이한 정신적 관계를 맺는 사람들의 이야기가 있죠. 그게 바로 나예요."

개가 사나워져 갈수록 진의 행동반경은 좁아져 갔다. 다른 곳에 맡긴다는 건 불가능했다. 녀석이 하루 24시간 동안 낯선 사람과 개들 틈에서 어떻게 지낼지 상상할 수 없었기 때문이다. 그래서 그녀는 1년 동안 휴가를 낼 계획을 세웠다. 녀석을 산책시키는 것도 무척 힘든 일이라서 그녀는 거리가 한산한 새벽 한 시라던가 오후 두 시 같은 때 개를 데리고 나갔다. 사람들을 집에 부르는 일이 고역스러워서 사람 만날 일을 줄였고, 그 결과 다른 사람들과의 관계가 점점 멀어졌다.

"내 생활에 남은 것은 이 큰 개뿐이었어요."

그런데 그녀는 이런 일이 기묘한 방식으로 자신의 의도에 맞았다는 사실을 알았다.

"샘을 키우고 일 년도 지나지 않아서 나는 사람하고는 거의 만나지 않게 되었어요. 힘들지 않은 건 아니었지만, 한편으로는……. 안심도 되었죠. 아무도 내 근처에 올 수 없었으니까요."

애초에 진이 원한 것은 위험을 막아주는 안전의 그물이었는데, 결국 그녀가 쌓은 것은 견고한 성채였다.

개를 인간화해서 개의 감정을 멋대로 상상하고, 그 행동을 인간적 관점에서 해석하고, 있지도 않은 악의를 읽고, '박탈감'을 주지 않으려고 호사스런 음식을 대접하는 등도 문제지만, 개를 복잡한 인간 드라마 속에 엮어 넣는 것도 문제다. 개는 고도로 예민한 지각으로 우리가 전달하는 신호에 반응하는 동물이다. 미묘한 신호도 놓치지 않는다. 그러므로 녀석들은 인간 감정의 대상에 그치지 않고, 부지불식간에 거기 동참한다. 진의 경우에서 보듯이 우리가 녀석들에게 쏟는 감정은 우리와 녀석들의 관계에 예기치 못한 영향을 끼칠 수 있다.

우리의 드라마, 우리의 개. 이 어둠 나라에 온 것을 환영한다.

어찌 보면 개와 함께 사는 건 말 없는 정신분석가에게 24시간 관찰을 당하는 것과도 비슷하다. 그 텅 빈 스크린은 아무런 비판도 하지 않고, 어떤 해석도 제공하지 않으며, 어떤 통찰도 방향제시도 이성적 설명도 없다. 하지만 우리 안에서 떠오른 온갖 감정이 개에게 달라붙는다. 개는 그것들이 유효한지 묻지 않고, 우리 행동을 탐구하지도 않고, 우리의 인식에 의문을 제기하지도 않는다. 개의 탈을 쓴 프로이트, 치료의 임무가 없는 프로이트. 개 앞에서 우리는 자유롭게 행동하고 표현할 수 있다.

개가 가진 연민의 눈길은 낭만적으로 포장되기 십상이며, 여기서 굳이 그 힘을 과장하고 싶은 생각은 없다. 루실이 넉 달가량 되었을 때 나는 처음으로 녀석 앞에서 울었다. 그러고서 나는 공감과 위안을 찾아 녀석의 얼굴로 고개를 돌렸다. 녀석은 연민과 근심이 가득한 커다란 눈으로 나를 보더니 돌아서서 하품을 하고 조용히 성기를 핥았다. 그러나 루실이 좀더 나이가 든 후로는 내가 눈물을 흘릴 때 큰 위안이 되었다. 내가 울면 녀석은 가만히 앉아서 나를 바라본다. 때로는 근심과 연민을 전달하려는 듯 앞발을 내 팔 또는 무릎에 가만히 올려놓기도 한다. 이런 종류의 말 없는 공감, 고통스러운 사람을 지켜보면서 이해심을 전달하는 능력은 사람들 관계에서는 흔히 찾아볼 수 없다. 그래서 사람들은 개 앞에서 그토록 큰 정서적 자유를 느끼는 것이다.

사람과 동물 사이에 가로놓인 언어의 장벽도 커다란 해방의 효과를 발휘한다. 개 앞에서는 우리의 말과 감정을 묶어두는 내면의 검열 장치가 풀린다. 지난 여름내 친구 호프가 며칠 동안 출장을 가면서 자기 부모님에게 개를 맡겨둔 일이 있었다. 그래서 그의 부모님이 개를 데리러 애견공원에 들렀다. 두 분을 보자 호프의 개는 펄쩍펄쩍 뛰며 두 분에게 달려들고 정신없이 핥아댔다. 나는 이 모든 광경을 차분히 지켜보았다.

'호프도 그렇고 부모님들도 참 좋으신 분들이야.'

그러고 나서 2분도 지나지 않아 고개를 돌려보니 루실이 그 무표정한 얼굴로 잔디에 가만히 앉아 있었다. 그런데 난데없이 내가 이런 말을 던졌다.

"루실, 할머니 할아버지가 없어서 속상하지 않니?"

그 날 저녁 집으로 돌아간 뒤에도 내 마음속에는 루실이 '우울한 것 같다' 는 막연한 걱정이 들었다. 결국 나는 밤이 깊어서야 그 감정의 정체를 알 수 있었다. 나는 30대 중반 되는 내 또래들에게 부모님이 살아 계신 걸 보면 늘 고통스러웠다. 부모님이 내 세계에서 너무도 순식간에 사라져버렸다는 사실이 울컥하게 곱씹히기 때문이다. 이것은 전형적인 투사의 사례지만 개의 표정이 인간의 감정을 촉발하고, 다른 방도로는 접촉하기 어려운 느낌을 일깨우는 것도 분명한 사실이다.

그리고 또 개의 깊은 수용력도 있다. 이는 아마도 개가 가진 가장 소중한 특징일 것이다. 개는 우리를 판단하지 않는다. 개는 인간들이 서로를 판단하는 외모, 사회적 지위, 인종, 계급, 직업 등의 기준을 모른다. 그래서 녀석들과 있을 때 우리는 경계심을 풀고 사람들 앞과는 다른 말과 행동과 감정의 자유를 느낀다. 우리는 개와 함께 바닥을 구르고 틀린 음정으로 노래 부르고 자유 연상을 하면서도, 그 꼴이 얼마나 우스울지 걱정하지 않는다. 마찬가지로 우리는 슬픔을 개들에게 멋대로 전가할 수 있다. 그들에게 끝없는 두려움을 퍼붓고, 밤새 끌어안고 자기도 한다. 그들은 우리의 품에서 벗어나고 싶어서 몸부림을 치면서도 우리를 비난하지 않는다. 다시 말해 개 앞에서 우리는 어떤 미친 짓도 할 수 있으며, 그에 대해 개는 한 마디도 하지 않는다.

이것이 바로 이 관계가 사람들에게 해방감을 주는 가장 큰 특징이다. 사람들은 흔히 개 앞에서 '진정한 자아'를 만난다고 말한다. 개 앞에서 우리는 자의식의 짐을 내리고 비판의 두려움에서 벗어나 끝없이 수용되는 느낌을 받는다. 하지만 이것이 문제를 복잡하게 만들기도 하는데, 그 '진정한 자아'란 게 그리 아름다운 모양이 아닐 때가 많기 때문이다. 그래서 우리는 때로 개와 함께 아주 이상한 방향으로 가기도 한다.

못 말리는 분리불안

루실은 이제 5개월이다. 녀석을 집에 두고 영화를 보러 갔다. 그런데 나도 놀랄 만큼 거센 불안이 휘몰아쳐서 나는 극장 의자에 앉은 채 몸을 비틀었다. 나는 개를 혼자 두고 나오는 게 싫다. 너무도 싫다. 내가 문을 향해 갈 때마다 녀석은 불안한 시선으로 나를 바라본다. 그 표정을 보면 내 가슴은 무너진다. 너무도 슬프고 겁먹은 표정. 나는 참을 수가 없다. 그래서 6분에 한 번씩 시계를 들여다보며 안절부절못한다. '괜찮을까? 버려졌다고 느끼지는 않을까? 내가 돌아온다는 사실을 알까? 아니면 그냥 겁에 질려 있을까?'

이런 두려움은 나만의 것이 아니다. 내가 아는 주인 대부분이 어린 강아지를 집에 혼자 두고 나올 때 죄책감을 느끼며, 개와 일정 수준의 애착을 이룬 거의 모든 사람이 우리가 나가는 모습을 바라보는 그 애처로운 눈길을 힘들어한다. 우리는 개들의 시간감각을 걱정한다. 녀석들이 5분과 다섯 시간의 차이를 알까? 또 우리의 귀환을 확실히 알지 걱정한다.

"금방 돌아올게"라는 말뜻을 녀석들이 알까?

녀석들을 두고 나올 때마다 그들이 우리 없이는 꼼짝도 못한다는 사실을 다시 한번 절감한다. 그러므로 내가 느끼는 불안이 그리 특별할 건 없다. 하지만 그 강도는 나를 당혹하게 한다. 나는 스스로가 다른 사람에게서 많은 것을 기대하지도 않고 그들에게 많은 것을 베풀지도 않는 상당히 독립적이고 독자적인 사람이라고 생각한다. 그런데 루실을 얻고 나서 이런 독립심은 온데간데없어지고, 겨우 두 시간 동안 영화를 보려고 개와 떨어진다는 사실이 무슨 생사를 좌우하는 일처럼 여겨진다. 나는 다시 시계를 보고 고개를 든다. 그리고 몸부림친다.

끝나지 않을 것 같던 긴 영화가 드디어 끝나자 나는 병원 응급실이라도 가듯 전속력으로 달려가서 문을 열고 위층으로 올라갔다. 루실이 달려와서 기쁨에 펄쩍펄쩍 뛰었다. 그러면 나는 안도감과 함께 참담함에 휩싸였다. 집안은 회오리바람이라도 휩쓸고 지나간 것 같았다. 빨래 바구니가 쓰러져 있고, 그 안의 내용물이 사방에 찢어발겨져 있었다. 구멍 난 운동복이 여기, 찢어진 속옷이 저기, 부서진 바구니

조각이 또 여기저기. 녀석은 또 실크 커튼도 끌어내렸다. 커튼 봉이 바닥을 구르고, 커튼 한 곳에 포도만한 구멍이 나 있었다. 나는 바닥에 주저앉았다. 아! 루실, 나더러 어쩌라고! 그때는 몰랐지만, 당시 우리는 이미 복잡한 드라마를 만들어가고 있었다. 하나는 강아지의 행동으로 이루어지고, 나머지 여섯은 인간의 감정으로 이루어진 드라마. 우리는 분리불안의 교과서적인 사례였다.

이 행동을 자세히 분석해보자. 녀석을 두고 나가는 게 문제가 되기 시작한 것은 녀석을 얻고 불과 며칠도 지나지 않아서였다. 녀석을 혼자 두고는 도저히 5분도 외출할 수가 없었다. 그럴 엄두도 나지 않았다. 이런 불안이 전혀 근거 없지는 않았다. 루실은 아직 어렸고, 아무런 훈련도 받지 않은 상태였다. 나는 녀석이 공포에 휩싸일까 봐 걱정이었고, 온 집안에 오줌을 눌까 봐 걱정이었고, 가구들을 물어뜯을까 봐 걱정이었다. 하지만 여기에는 좀더 모호한 차원의 걱정도 있었는데, 그것은 쉽게 파악할 수도 이해할 수도 없는 것이었다. 내가 아는 것은 그저 그럴 때마다 내가 미칠 것 같았다는 것이다. 손에 열쇠를 들고 문 앞에 서서 녀석을 바라보았다. 나를 올려다보는 녀석의 작은 몸 전체가 물음표가 되어 있다. '무슨 일이야? 나를 두고 나갈 거야?' 녀석의 눈은 그렇게 말하는 것 같았다. '그러면 나는 어떻게 해? 나는 어떻게 되는 거야?'

전문가들은 개들을 우리의 외출에 적응시키기 위한 구체적인 조언을 해준다. 개를 철장에 넣고 잠시 외출했다 돌아옴으로써 개가 우리의 부재에 익숙해지게 한다. 나갈 때도 돌아올 때도 조용히 행동해서 개가 흥분하지 않도록 한다. 나는 이런 조언을 모두 읽고 거기 수긍했지만, 결국 그런 것과 전혀 상관없이 나 스스로 스트레스를 받지 않는 방법을 채택했다. 아예 집을 나가지 않은 것이다. 루실을 얻고 나서 처음 6개월 동안 나는 단 한 차례의 저녁 외출도 하지 않았다. 그리고 꼭 외출해야 할 경우에는 녀석을 놀이방에 맡기고 점심, 각종 잡무, 병원 가기 등의 모든 일을 반나절 동안 우겨넣어 해치웠다. 친구가 연락하면 우리 집으로 부르거나, 친구의 집으로 루실을 데리고 갔다. 또 개를 별로 환영하지 않을 만한 상점, 커피숍, AA 모임 등에도 녀석을 데리고 다녔다. 더불어 예전에 하던 일을 많이 단념했다. '쇼핑? 개랑 갈 수가 없잖아. 마사지? 손톱 손질? 안 돼, 거기도 개랑 못 가. 여행? 농담하나?' 그리고 몇 번 되지는 않았지만 피치 못하게 개를 혼자 두고 나갈 때는 참으로 바람직하지 못하게 행동했다. 나는 그냥 불안을 뚝뚝 흘렸다. 과자를 들고 루실을 내 방에 꾀어드린 뒤 다정한 말로 녀석을 달랜다.

"금방 돌아올게. 정말이야!"

그리고 녀석이 방에서 못 나가도록 보호망을 친 뒤, 계속 불안한 눈길을 던지다가 획 돌아서서 달아났다. 문제행동을 원한다면 바로 이렇게 하면 된다. 개들은 놀라울 만큼 가소성이 높은 동물이다. 그들과 함께 사는 일이 한편으로 그렇게 멋지고 한편으로 그렇게 복잡한 것은 그 때문이다. 집단생활 동물로서 개의 생존은 주변 환경을 얼마나 철저하게 이해하느냐에 달려 있다. 이 집단이 어떤 원리로 움직이는 가, 누가 대장인가, 내 자리는 어디인가? 그러므로 녀석들은 생래적으로 주인의 의도를 읽기 위해, 무엇이 적절한지 무엇이 안전한지 무엇이 위험한지, 자신이 할 일은 무엇인지 지금 벌어지는 일은 무엇인지에 대한 신호를 받고자 노력하도록 프로그램됐다.

생리적으로 독립적이고 환경에 초연한 고양이와 달리 개들은 주인에게 정교하게 코드를 맞추고, 우리의 감정 변화에 민감하게 반응하며, 놀라운 적응력을 발휘한다. 그렇다고 고양이 주인들이 동물을 둘러싸고 복잡한 정서의 그물에 사로잡히지 않는다는 뜻은 아니다. 고양이도 당연히 그런 대상이 된다. 하지만 고양이는 스스로 우리와 그렇게 깊이 얽혀들지 않는다. 그들은 우리가 괴롭히면 다른 곳으로 가버리고, 우리를 따라 외출하지 않으며, 개처럼 직접적으로 우리의 내면을 받아들이지도 거기 반응하지도 않는다. 반대로 개는 스펀지와 같다. 녀석들의 본능은 우리의 기분과 행동에 따라 촉발되며, 정서상태도 우리가 전달하는 욕구, 필요, 감정에 따라 형성된다.

인질로 잡히다

루실도 마찬가지였다. 내가 외출하는 일을 두고 불안에 떨수록 녀석의 불안도 커졌고, 시간이 갈수록 외출은 우리에게 점점 더 어려운 일이 되었다. 내가 "얌전히 있어!" 또는 "베개 물어뜯지 마!" 같은 말을 하면, 녀석은 말뜻은 몰라도 내 목소리에 깃든 안타까운 어조를 알아차리고서 무언가 안 좋은 일이 일어날 거라는 두려움에 빠진다. 그러다 결국 내가 나가면 루실은 스트레스 받은 자존심 있는 개가 할 수 있는 정당한 행동을 한다. 빨래 바구니를 뒤엎고 속옷들을 씹어놓는 일이다. 그러면 나는 이런 난장판을 녀석의 스트레스의 증거로 읽고 다음번 외출에 더 어려움을 겪게 된다. 문제는 갈수록 커지고, 악순환이 거듭하였다. 외출을 주제로 한 내 내면 드라마는 순식간에 녀석의 내면 드라마가 되었고, 나는 결국 10킬로그램 강아지에게 인질로 잡힌 것처럼 거실에 갇혀 살게 되었다.

물론 루실이 나를 인질로 잡은 것은 아니다. 나를 사로잡은 건 해묵은 기억이다. 녀석이 10개월쯤 된 어느 날 밤, 자리에 누워 이렇게 외출이 어려워서야 어떻게 하나 하는 생각을 하던 중 내 마음은 내가 열두 살, 열세 살, 열네 살 때 갔던 케이프 코드의 승마 캠프로 흘러들었다. 그 캠프는 좋은 기억을 많이 남겨주었다. 캠프에 참가한 여학생들은 모두 자기가 돌볼 말을 배정받았다. 멋진 소녀들, 멋진 말들, 멋진 시설, 나는 그런 종류의 활동을 즐겁고 여유롭게 즐겼다. 하지만 그날 밤 나는 아주 오랜만에, 내가 승마 캠프에만 가면 처음 며칠 동안은 알 수 없는 슬픔에 사로잡혀 보냈다는 사실이 떠올랐다. 그런 감정은 조용히 있는 시간이면 울컥 솟아올랐다. 그것은 어떤 두려움, 불안, 그리고 이 세상에 나한테 안전한 곳은 없다는 처절한 외로움이 뒤섞인 감정이었다. 다른 아이들은 웃기도 하고 이층 침대에서 책을 읽기도 하고, 승마화를 닦기도 했지만, 나는 낮잠을 자는 척 벽을 바라보고 누워서 눈물을 삼켰다. 그때 나는 집 생각이 나서 그런 거라고 여겼다. 하지만 지금 생각해보면 그게 아니었다. 그건 다른 결핍감이었다. 캠프는 케임브리지의 우리 집에서 차로 두시간 거리였는데, 어머니가 거기까지 나를 태워다주셨다. 그런데 어머니는 운전을 싫어해서 캠프에 갈 때마다 두 손으로 운전대를 움켜잡은 채 아무 말도 하지 않았다. 그런 어머니 곁에 앉아서 나 역시 아무 말도 할 수 없었다. 나는 막연한 열망을 느꼈고, 그 침묵이 싫었고, 그 침묵을 채워줄 어떤 것을 간절히 바랐다.

자리에 누워 이런 기억을 떠올리다 보니 그때 내가 원했던 것이 '사랑의 확인'이었다는 생각이 들었다. 어머니가 차를 타고 가면서 '이제 한 동안 못 봐서 어쩌니'라든가 '여름이 빨리 끝나서 네가 집으로 돌아올 날만을 기다리겠다.'는 식의 말을 해주기를 바랐다. 그리고 캠프에 도착하면 나를 끌어안고 작별 인사를 해주기를 바랐다. 하지만 어머니는 그러지 않았다. 우리 어머니는 매우 내성적인 성격이라 자기감정을 말이나 몸짓으로 표현하는 데 서툴렀다. 어머니와 아버지는 그분들 방식대로 우리를 깊이 사랑하셨겠지만, 두 분 다 말수가 적은 데다 약간 병적일 만큼 신체접촉을 싫어했다. 그래서 캠프에 도착하면 어머니는 내 뺨에 점을 찍듯 가벼운 키스만 살짝 남기고 얼른 차로 돌아갔다. 캠프장 앞에 서서 어머니의 차가 사라지는 모습을 지켜보고 있으면, 내 마음속에서는 불안이 싹터 올랐다. '저렇게 말을 안 하는 게 나에 대한 엄마의 진심인가? 엄마도 나를 떼어놓는 게 좋은 건 아닌가? 과연 엄마가 나를 데리러 올까?' 캠프의 침대에 누우면 그런 고통이 마음속에 솟아올라 나를 눈물과 비참함에 잠기게 했다. 내가 루실을 두고 나갈 때 솟아오르던 고통도 바로 그것이었다. 내가 그냥 조용히, 포옹도 키스도 따뜻한 말 한마디도 없이 나가버리면, 내가 어릴 때 겪은 그런 슬픔을 녀석 또한 겪지 않을 수 없을 것만 같았다.

개라는 텅 빈 스크린의 힘은 이렇게 강력하다. 만약 루실이 사람이라면 나를 올려다보며 이렇게 말했을지도 모른다.

"외출하는 일 가지고 왜 그렇게 힘들어 해? 영화 한 편 보러 간다며? 나는 잘 있을 테니 걱정하지 마."

하지만 녀석이 말을 하지 않기 때문에 나는 녀석의 눈 속에 내 생각을 읽어 투사시킨다.

'나는 어떡하라고? 나는 어떻게 되는 거야?'

그것은 내가 가진 질문이다. 내가 평생 끌고 다닌 무거운 실존의 질문이다. 그리고 아무런 악의도 없는 루실은 그저 말없이 내 곁에 산다는 사실만으로 나를 천천히 그리로, 어린 시절 내가 지나온 불안의 영토로 몰고 간다. 나는 오랫동안 심리치료를 받으며 그 땅을 밟고 지나왔다. 하지만 집을 나서다가 녀석의 근심스런 얼굴을 보면, 그 두려움과 의심의 오랜 역사가 내게 되튀어오는 게 느껴진다. 저 눈. 나는 열두 살이다. 부모님이 파티에서 돌아오기를 기다린다. 그런데 아무래도 오는 길에 교통사고가 나서 부모님이 돌아가셨을 것만 같다. 저 두려운 표정. 나는 열세 살이다. 아버지가 마사즈 비니어드 섬의 앞바다에서 수영하는 걸 본다. 아버지는 서서히 조그만 점이 된다. 나는 아버지에게서 눈을 뗄 수가 없다. 잠시라도 눈을 뗐다가는 아버지가 물에 빠져서 내가 아버지를 사랑한다는 말도 할 겨를 없이 눈앞에서 사라져버릴 것만 같다. 저 불안한 눈길. 나는 여섯 살인가 일곱 살이다. 열 살, 열다섯 살, 아니 서른다섯 살이 되어도 나는 내가 사랑하는 사람들이 그만큼 나를 사랑할지, 그들이 내가 원하는 걸 줄 수 있을지 알지 못한다.

이런 연결고리를 발견하고 나서, 나는 마음을 굳히고 전문가의 조언을 받아들였다. 집을 나가거나 들어올 때 되도록 차분하게 행동했고, 떠날 때마다 땅콩 버터를 바른 뼈다귀를 주어서, 내 외출이 긍정적인 것을 연상시킬 수 있게 하는 등의 노력을 했다. 녀석은 이미 오래전에 물건을 물어뜯는 습관을 버렸다. 그리고 내가 없는 동안 울부짖거나 끙끙거리지도 않으며, 불안했다거나 스트레스를 받았다는 기색도 보이지 않았다. 내가 짐작하는 한 녀석은 혼자 남으면 대부분 개가 그렇듯이 소파에 엎드려서 잔다. 그래서 나는 녀석을 혼자 두고 다닐 수 있게 되었다. 하지만 여전히 그러기 싫은 것은 어쩔 수 없다. 그리고 녀석의 눈길이 내게서 이끌어내는 감정의 폭은 아직도 놀랍기만 하다.

지나친 관심은 No!

만약 알코올 중독자를 위한 12단계의 프로그램 같은 것이 상호의존적인 개 주인을 위해서도 마련된다면, 나는 의심할 여지없이 거기 참여해야 하는 강력한 후보가 될 것이다. 그리고 거기 동참할 사람이 나뿐은 아닐 것이다. 그런 프로그램이 실행되는 교회 지하실에는 나와함께 조너선이 있을 것이다. 네 살짜리 바센지 종 토비를 키우는 41세의 조너선은 나와 맞먹는 수준의 분리불안을 지니고 있다. 조너선은 1년 동안 거의 한시도 개와 떨어져 있지 않았다. 직장으로 그를 찾아간 친구들은 개가 그의 무릎에 엎드려 있는 모습을 보고도 별로 놀라지 않았다. 조너선 옆에는 39세의 엘리자베스가 있다. 그녀는 비글 종 마지를 키우는데, 개의 건강에 대한 걱정이 어쩌나 큰지 개가 딸꾹질만 해도 기겁을 한다. 그녀 옆에는 34세의 조안이 있다. 스프링어 스패니얼 종 에마를 키우는 그녀는 3년 만에 처음으로 개를 두고 휴가를 갔다. 그리고 이 때문에 너무도 큰 죄책감에 시달린 나머지 여행을 떠나기 전 며칠 동안 생가죽, 골수가 든 진짜 뼈, 식탁 음식들을 정신없이 퍼부어주었다. 조안이 떠날 때가 되자 에마는 침울한 기색으로 밥도 먹으려 하지 않았다. 조안은 자신이 떠나서 에마가 우울해졌다고 생각했다. 하지만 실제로 에마는 위 창자가 막히는 병이 생겼던 거고, 결국 조안이 떠나 있는 동안 동물병원에 실려 갔다.

인간의 내적 고투와 개는 그렇게도 쉽게 얽혀든다. 조너선은 광역 보스턴 지역에 산재한 일군의 중독 치료 센터를 이끄는 책임자로, 많은 인간관계에서 '과도한 개입'의 문제를 겪었다. 그는 관계들의 경계선을 잘 지키지 못했고 상대에게 지나친 친절과 관심을 베풀었는데, 이런 상호의존성은 토비와의 관계에서도 유감없이 발휘되었다.

"내가 없을 때 일어나는 일은 내가 통제할 수 없다는 것도 나한테는 문제였어요. 자기 인생의 구석구석을 완벽하게 통제하고 싶어하는 저 같은 사람에게 이토록 의존적인 동물을 혼자 둔다는 일은 정말 괴로운 일이었어요."

조너선의 말이다. 게다가 그 괴로움은 조너선이 토비를 얻은 상황 때문에 더욱 복잡한 성격을 띠었다. 토비는 조너선의 애인 케빈이 에이즈로 숨지면서 그에게 물려준 개기 때문이다. 깊은 슬픔을 느낄 때 보다 통제력에 대한 욕구를(그리고 그것을 잃을지도 모른다는 두려움을) 더욱 강하게 불어넣어 주는 순간은 흔치 않다. 조너선이 가진 두려움, 거기에 인력과 상황을 관리하는 직무의 특성이 합해져서 그는 토비에게 과도하게 집착했고, 토비는(루실과 마찬가지로) 조너선의 불안을 읽고 그것을 그에게 고스란히 돌려주었다. 토비는 갈색 털에 덮인 날렵한 몸집에 꼬리가 동그랗게 말린 작은 개지만, 마음만 먹으면 10초 사이에 온 방을 흩어놓을 만큼 사납고 격렬한 특성이 있었다. 그래서 똑같은 악순환이 일어난다. 조너선은 토비를 직장이건 모임이건 가리지 않고 데리고 다녔다. 그리고 개를 데려갈 수 없는 영역은 그의 주변에서 점점 정리되어 나갔다. 그렇게 1년가량 흐르자 직장 사람들은 조너선에게 조심스럽게 말하기 시작했다.

"이번 투자자 회의에 토비를 데려가면 조금 부적절해 보이지 않을까 걱정되는데요."

조너선은 그래도 토비를 데리고 갔다. 이런 갈등은 시간이 지나면서 조금씩 누그러들었고(물론 철장을 사용한 것도 도움이 되었다.), 조너선은 지금은 웃으면서 초기의 일들을 이야기한다. 하지만 그의 경험은 개와 주인 사이에 일어나는 상호의존성의(그리고 그 굴절된 고통의) 교과서적인 사례다.

인간의 내적 고투가 개의 행동에 언제나 직접적 영향을 미치는 것은 아니지만, 그 고투가 빚어내는 감정들은 개 주인들을 미칠 지경으로 몰아간다. 엘리자베스는 자리에 누워 천장을 바라보며 개가 죽을지도 모른다는 걱정에 한숨 쉬며(때로는 울며) 지샌 밤이 얼마나 되는지 헤아리지 못한다. 그녀도 자신이 심하다는 걸 잘 안다. 그녀의 개 마지는 이제 겨우 네 살이며, 15킬로그램 몸무게로 나무랄 데 없이 건강한 비글 종이다. 하지만 그래도 걱정을 막을 수가 없다. 그녀는 열네 살 때 어머니를 암으로 잃었고, 3년 후에는 할머니가 돌아가셨으며, 다시 2년 후에는 언니가 죽었다. 시간이 흐르면서 슬픔은 누그러들었지만, 사랑하는 사람들이 언제라도 세상을 떠날 수 있다는 두려움은 사라지지 않았고, 그 두려움은 마지를 보호해야 한다는 강렬한 충동으로 이어졌다. 엘리자베스 자신은 몇 년 동안 정기검진 정도를 빼고는 병원에 가지 않았다. 그녀는 열이 나거나 두통에 시달려도 아스피린 하나 먹지 않는 사람이다. 하지만 개한테 조금 이상한 기색만 보이면(다리를 절뚝거린다거나 밥을 안 먹는다거나 기운 없어 보인다거나) 온통 녀석에 대한 걱정에 사로잡혀 버린다. 마지가 왜 저러지? 어디가 아픈가? 죽으려는 건가?

그녀는 이렇게 말한다.

"나한테는 안 그래요. 나 자신의 안전이나 건강은 걱정하지 않아요. 나 때문에 걱정하는 일 같은 건 없어요. 내가 하는 걱정은 모두 마지 걱정이죠. 내가 마지 걱정에 쏟아붓는 정신적 에너지는 엄청나답니다."

조안의 경우, 정신적 에너지는 죄책감과 싸우는 데 쓰인다.(죄책감은 참으로 많은 개 주인에게 심리적 독이 된다.) 모든 것이 조안에게 죄책감을 일으킨다. 아침에 녀석을 두고 출근하는 것, 산책을 짧게 줄이는 것, 조금이라도 짜증을 부리는 것 등. 조안은 이런 감정들에 괴로워하지만, 그것이 갖는 의미도 알고 있다. 조안은 어느 겨울 아침

뒷문에 서서 마당에 나간 에마를 부르던 일을 이야기했다. 그녀는 바빴고 피곤했고 또 생리 직전이었다.(그러니까 총체적으로 괴로웠다.) 그런데 개가 말을 안 듣자 그녀는 참을 수가 없었다. 슬리퍼와 가운 차림으로 마당으로 나가 목띠를 움켜쥔 채 씩씩대며 에마를 끌고 들어왔다. 그러고서 허겁지겁 준비하고 출근하고서, 종일 책상에 앉아 죄책감에 몸을 비틀었다. 내가 에마를 괴롭혔어. 외로움과 비참함에 빠뜨렸어. 이것은 그다지 극적인 사건도 아니고, 많은 해석을 이끌어 낼 만한 상황도 아니었지만, 이 사건을 통해 조안은 개에 대한 자신의 과민한 감정을 돌아보게 되었다.

"개와 나의 관계가 자꾸 나와 어머니의 관계처럼 생각되는 거예요. 내가 어머니한테 느끼던 감정을 개가 나한테 느낄 거라고 말예요. 우리 어머니는 철저한 완벽주의자였고 그 곁에서 나는 잔뜩 주눅이 들어 지냈죠. '나는 실망스런 딸이야. 아무것도 제대로 하지 못해. 머지않아 나는 모든 걸 망칠 테고, 엄마는 나를 더는 사랑하지 않을 거야.' 나는 그런 느낌 속에서 자랐어요. 언제나 극도로 아슬아슬한 느낌 속에서 말예요. 그래서 내가 소리를 지른다거나 해서 에마의 기를 죽이면, 에마 또한 그런 느낌에 사로잡힐 것 같아요."

휴가 전 에마에게 정신없이 먹을 것을 던져주다 탈을 낸 사건은 그녀에게 각성의 계기가 되었다. 그녀는 자신의 죄책감과 불안이 얼마나 지나친 수준에 이르렀으며, 이런 감정이 얼마나 큰 위험을 부를 수 있는지 깨달았다.

개 주인을 위한 12단계 프로그램에 모인 우리 가운데 개에게 이렇게 복잡한 감정을 갖는 걸 자랑스러워하는 사람은 없을 것이다. 동물과 심리 드라마를 연출하는 것은 아주 위험하고 기묘해질 수 있다는 데도 모두 동의할 것이다. 이는 과도한 의존관계를 만들고, 개의 육체 건강을 해치며, 걱정하는 우리 자신의 정신건강도 해칠 수 있다. 그리고 이보다 훨씬 나쁜 일도 있을 수 있다. 동물학대는 인간의 감정(공격성, 적대감)이 개를 해칠 수 있다는 가장 강력한 증거이다. 12단계 프로그램의 언어로 말하자면 우리는 모두 무력감을 경험했음을, 개 앞에서 시시때때로 이성을 잃었음을 인정해야 할 것이다.

엘리자베스는 이렇게 말했다.

"개들은 그렇게 오묘한 차원을 건드립니다. 달리 어떻게 표현할 방법을 모르겠어요. 다른 때는 칼 같은 이성을 빛내는 사람도 개 옆에서는 완전히 미치광이가 되는 거죠."

개에 관해 열다섯 권의 책을 저술하고 현재 미국 애견작가협회 회장이기도 한 모더케이 시겔은 이렇게 말했다.

"개를 키우는 건 인간이 자기 친척을 직접 고르는 유일한 기회인지도 모릅니다."

재미있는 이야기이다. 하지만 인간의 친척은(자신이 고른 배우자의 경우라도) 개만큼 우리 약점을 수용해주지 않으며, 그들만큼 우리 뜻대로 만들어지지 않는다. 인간은 훈련될 수 없다. 인간은 상대에게 자기감정의 고삐를 넘겨주지 않으며, 제약 없는 감정 표현도 허락하지 않는다. 그러므로 나는 시겔의 말을 약간 바꾸어서 표현해보고 싶다.

개를 키우는 것은 우리가 친척을 '만들고' 서로 규칙을 정하고, 그 규칙의 조건을 규정하는 모든 일을 내 마음대로 할 유일한 기회라고.

이런 일에는 좋은 소식과 나쁜 소식이 함께 있다. 좋은 소식은 개들은 우리의 소망에 맞추어 능란하게 자신을 변화시킨다는 것이다. 그들은 예민한 레이더를 갖춘 적응의 동물이다. 우리가 메시지 전달만 명확하게 한다면 녀석들은 우리가 정한 규칙에 따라 행동한다. 우리가 개에게서 최소한의 애정을 요구하면 녀석들은 거리를 지킨다. 집 안의 2인자 역할을 요구하면 그 역할을 받아들인다. 산책 시간을 하루 한 시간으로 정하건, 20분으로 하건 또는 두 시간으로 정하건 녀석들은 정확히 그만큼을 기대한다. 이 때문에 녀석들은 우리와 진실로 만족스러운 파트너십을 이룰 수 있다.

개들과의 관계는 일정 정도는 우리가 '설계' 할 수 있다. 그들은 조직구조와 위계질서에 반응하기 때문에, 양쪽이 다 만족하는 결과를 이룰 수가 있다. 하지만 나쁜 소식은 우리가 때로 지배성의 개념과 거기 뒤따르는 책임에 대해 더없이 흐릿해진다는 것이다. 언제나 개의 행동을 명료하게 이해하지도 못할뿐더러, 우리가 녀석들에게서 무엇을 원하고 요구하는지도 제대로 파악하지 못한다. 또 우리의 상대적인 둔감함이 개와 사람 모두를 문제에 빠뜨릴 수 있다.

사소하지만 의미심장했던 예를 하나 들어보겠다. 얼마 전에 나는 개와 함께 외출하려다가 현관 자물쇠가 고장 났다는 걸 알았다. 열쇠가 들어가지 않고 중간에 막혀버린 것이다. 안 그래도 기분이 별로였던 데다 시간이 촉박했기 때문에 나는 짜증이 왈칵 났다. 그래서 가방을 바닥에 거칠게 내려놓고 나서 개를 도로 집안으로 끌고 들어가서는 부엌으로 투덜투덜 달려가 열쇠에 올리브유를 발랐다. 그러고서 다시 현관으로 가니 빙고! 열쇠는 미끄러져 들어갔고 문은 잠겼다.

루실은 이런 사정을 몰랐다. 그저 내게서 예닐곱 발짝 뒤에 서서 내가 화내는 모습을 가만히 지켜보았을 뿐이다. 그런데 내가 문을 잠그고 돌아서 보니 녀석의 얼굴에 걱정이 가득했다. 녀석은 내게 애원하는 눈길을 보내더니, 펄쩍 뛰어서 내 팔에 앞발을 댔다. 귀가 뒤로 접히고 꼬리가 정신없이 흔들렸다. 윗입술이 말려서 이빨을 모두 드러낸 입은 비굴한 미소를 지었고, 목은 내 얼굴을 핥으려는 일념으로 뻗어 올랐다. 마치 '화내지 마, 나는 아무 짓도 안 했어.' 라고 말하는 것 같았다. 이 모습에 나는 잠시 가슴이 뭉클하면서 개의 적응력에 다시 한번 놀랐다. 녀석들은 그렇게 우리의 일거수일투족에 호흡을 맞추며, 우리의 일에 책임감을 느낀다. 그만큼 우리의 기분과 행동이 녀석들에게 크나큰 영향을 미치는 것이다. 나는 녀석을 보며 생각했다. 세상에, 이 녀석 하나 망치기는 정말 쉽겠구나. 개가 지닌 예민함은 둔감한 인간의 손에서는 위험한 결과로 이어질 수도 있다. 우리는 우리가 녀석들에게 어떤 신호를 전달하는지, 우리의 마음속에 어떤 결핍과 감정이 끓고 있는지 모를 때가 잦기 때문이다.

마사라는 여자의 경우를 보자. 마사는 남편이 죽은 뒤 여섯 살짜리 잡종 개를 떠맡아 키우게 되었다. 마사의 남편은 알코올 중독에 폭력 남편이었다. 툭하면 술에 취해 마사에게 싸움을 걸었으며, 그녀를 거실 한쪽에 몰아넣고 때렸다. 어느 날 마사는 광견병 예방접종을 위해 동물병원을 찾았다가 수의사에게 개를 키우는 일이 어렵다고, 개가 자기를 싫어하는 것 같다고 털어놓았다. 수의사가 자세히 묻자 마사는 남편이 죽은 뒤 개가 남편의 자리를 이어받은 것처럼 자신을 거실 한쪽으로 몰아넣고 으르렁거리며 물려한다고 대답했다.

이 이야기를 보고한 수의사는 이 개의 공격성은 학습된 행동의 전형적인 사례라고 주장했다. 개는 전 주인의 행동을 보고서 이유는 잘 몰라도 마사는 거실 한쪽에서 공격당할 필요가 있다고 생각하고, 이제 남편이 죽었으니 자신이 그 임무를 떠맡아야 한다고 판단했다는 것이다. 그런데 수의사는 그뿐 아니라 마사 또한 이 관계에서 일정한 역할을 했을 것으로 보았다. 일상적으로 벌어지던 부부 싸움은 그녀에게도 학습효과를 발휘해서, 그녀는 부지불식간에 개에게 공격을 요구하는 듯한 신호를 주었고, 그 결과 결혼생활의 드라마를 개와 다시 펼치게 되었다는 것이다. 말하자면 매 맞는 아내 현상이 개에게 전이된 것이다. 피해자를 비난하는 논리라고 하지만 무의식의 막강한 힘을 믿는 나는 개가 마사의 신호를 받고 그에 따라 행동했다는 견해도 상당히 일리 있다고 생각한다.

나는 또한 개가 우리의 세계관을 흡수한다고 믿는다. 녀석들은 우리가 자신들에게 무엇을 원하는지 능란하게 알아채고 기꺼이 그 역할을 떠맡는다. 사람과 개의 관계는 '미니 결혼'과 같다. 그것은 때에 따라 크나큰 만족과 행복을 주기도 하고 때에 따라서는 고통스럽게 삐걱거리기도 하지만, 어느 경우에나 서로 욕구와 기질, 의사소통과 단절의 복잡한 작용에 그 토대를 두고 있다.

내 친구 조앤은 자기 어머니가 개와 '정신병적 관계'를 가졌다고 한다. 조앤의 말에 따르자면 60대 후반인 그녀의 홀어머니는 성미가 사납고 불평불만이 많은 데다 편집증적 경향이 있는데, 어머니가 키우는 네 살짜리 테리어 잡종도 성미가 사납고 불평불만이 많은데다 편집증적 경향이 있다는 것이다. 이 개는 지배성향과 영토의식이 강해서, 길에서 마주치는 다른 개들에게도 집으로 찾아오는 손님에게도 사납게 으르렁거리며 짖는다. 그동안 녀석에게 물린 사람만 해도 조앤의 남편을 포함해서 헤아릴 수 없다. 조앤은 어머니에게 개를 어떻게 좀 하라고 부탁하지만(저 개는 대책이 없어요. 복종훈련을 받게 하세요. 이건 정말 문제라니까요.) 어머니는 들은 척도 하지 않았다. 개가 조앤의 남편을 물었을 때도 어머니는 개를 옹호했다. 네 남편이 먼저 신경을 건드렸을 게다. 개가 공연히 그랬을 리는 없어.

얼마 전 조앤이 어머니와 함께 길을 가는데, 젊은 여자가 미니어처 푸들을 데리고 옆을 지나갔다. 그러자 두 개가 서로에게 으르렁거렸다. 팽팽한 분위기가 형성되는 순간, 조앤의 어머니가 테리어를 번쩍 들어 안고는 젊은 여자에게 "못된 개" 어쩌고 하며 악다구니를 퍼부었다. 그러다 여자가 멀어지자 다시 개를 내려놓고 도대체 어딜 가도 문제가 생기지 않는 곳이 없다며 사람들에 대해, 이 세상에 대해 독설을 쏟아냈다. 그때 조앤에게는 이런 생각이 들었다. 저 개는 우리 어머니의 완벽한 동반자구나. 저 맹렬한 성격, 자기 영토에 대한 텃세,

들끓는 분노가 어머니와 똑같아. 어머니는 녀석의 저런 행동을 부추기고 있어. 녀석이 궁지에 몰리면 들어올려 보듬어주고, 사납게 행동해도 아무런 추궁을 하지 않는 방식으로 녀석의 공격성을 강화시켜주는 거야. 어머니에게도 그런 행동이 필요하니까. 개는 우리 어머니의 악의와 이 세상에 대한 경멸을 담아두는 저수지야. 녀석은 우리 어머니의 감정을 대신 발산해주고 있어. 어머니가 가진 두려움과 적의의 표현 수단이 되고 있어.

개와 함께 만드는 드라마

물론 그렇다고 내가 대부분 사람이 개와 복잡한 정서적 관계를 엮어간다고 생각하는 것은 아니다. 또 오늘날 개를 키우는 모든 미국인들이 자신의 두려움과 신경증을 개에게 무의식적으로 불어넣어서 동굴 속처럼 어두운 드라마를 엮어낸다고 생각하지도 않는다. 개를 둘러싼 여러 강렬한 감정들(혼자 두고 나가는 죄책감, 건강 걱정, 녀석들의 안녕에 불안)은 대개 애착의 산물이며, 우리가 다른 존재를 깊이 사랑할 때 겪는 심리적 지평 일부일 뿐이다. 하지만 나는 개가 심리 드라마의 가능성을 높이는 것 또한 사실이라고 생각한다.

그들과 우리의 관계는 극히 내밀하다. 우리가 개와 함께 있는 시간은 대부분 집에서 문을 닫아건 시간이며 그 공간에서 우리는 비교적 꾸밈없는 본연의 모습을 보인다. 바깥세상은 우리를 이토록 근거리에서 보지 못한다. 그러므로 나와 개 사이에서 벌어지는 일들은 인간관계와 같은 수준의 사회적 추궁을 받지 않는다.(나와 개 사이에 아무리 이상한 일이 벌어지더라도, 학교 선생님이 나한테 전화를 걸어서 걔가 요즘 왜 그렇게 침울해하느냐고 묻지 않는다.) 또 인간관계와 같은 수준의 개인적 추궁도 받지 않는다. 개들은 우리에게 맞서지도 않고 협상을 요구하지도 않기 때문에, 우리가 보내는 온갖 크고 작은 신호를 놓치지 않고 받아들이기 때문에, 우리는 정작 개와 함께 있는 동안 무슨 일이 일어나는지, 우리가 녀석들에게 무얼 요구하는지, 우리가 녀석들을 어떻게 이용하고 해석하는지, 녀석들과 어떤 동맹을 이루는지 모르는 경우가 허다하다.

사람과 개의 '이인무二人舞'는 비밀스런 안무를 거쳐 탄생하며, 그 배경 음악도 우리 의식에 걸릴 듯 말 듯 미묘하다. 우리는 그저 느끼고 움직이며, 그런 우리를 개가 따라 움직인다.

우리에게 행운이 있다면(또 실수를 통해서 성장할 지혜가 있다면) 우리는 우아하게 이 춤을 추며 우리가 가야 할 곳으로 갈 수 있다. 이 춤은 때로 인간 세계에서 맞닥뜨린 힘든 감정들을 처리해준다. 이곳은 우리의 복잡한 충동을 표현할 상대적으로 안전한 공간이기 때문이다.

엘리자베스는 이렇게 말한다.

"만약 나한테 마지가 없으면 내가 가진 두려움을 어떻게 다 처리할 수 있을지 모르겠어요. 그러면 나 자신이나 친구들 걱정에 정신이 없었을지도 모르죠. 하지만 녀석은 두려움을 막아주는 힘이 있어요. 그 조그만 몸뚱이가 내 두려움을 모두 빨아들여서 내가 처리할 수 있도록 해주는 것 같아요."

조녀선도 여기 동의한다. 토비가 다른 존재를 돌보고자 하는 그의 욕구를 충분히 채워주기 때문에, 그가 가진 '과도한 개입'의 충동이 사람들에 대해서는 많이 줄어들었다. 그는 이렇게 말한다.

"내 예전의 인간관계를 돌아보면 내가 사람들을 마치 애완동물처럼 대했던 것 같아요. 내 마음대로 통제하려고 할 뿐, 자유로운 공간을 주지 못했죠. 토비는 이런 감정의 방출구가 됩니다."

그렇다고 그게 녀석에게 나쁜 것도 아니다. 토비는 기본적으로 외부의 돌봄과 통제를 요구하는 의존적 동물이기 때문이다.

"내가 20년 전에 개를 키웠다면 인간관계의 문제도 좀 덜해지지 않았을까 하는 생각이 들 때가 있어요. 상호의존성이 높은 저 같은 사람에게는 개가 최고의 해결책입니다."

개와 함께 엮는 드라마는 좀더 복잡한 사례에도 도움이 될 수 있다. 진은 예전에 자신과 샘이 함께 추었던 춤은 '기묘한 아름다움'이 있었다고 회고한다. 일부러 노력했다 해도 그보다 더 강렬하게 마음을 끄는 안무를 만들지 못했을 거라는 것이다. 개는 그녀와 세상 사이를 가로막아서 그녀를 은둔자와도 비슷하게 만들었지만, 한편으로 그 생활은 '크고 위협적인 수컷'에게 지배당하는, 그녀에게 익숙한 생활이기도 했다. 하지만 이번에는 분명한 차이가 있었다. 그 수컷의 위협 대상이 진이 아니라 다른 사람들이었다는 것이다. 그녀는 이렇게 말한다.

"이 무서운 개하고 사는 일은 나한테 대단한 만족감을 주었어요. 어떻게 보면 나는 전과 다름없이 무력감과 두려움에 휩싸여 지냈지만 (초인종이 울릴 때마다 샘이 어떻게 반응할지 몰라 가슴이 오그라들었거든요.) 하지만 녀석과 함께 있으면 폭 파묻힌 듯 편안하기도 했어요. 아무도 날 건드릴 수 없었으니까요."

진의 친구들이 개에게 조치를 좀 취하라고 했다. 훈련 센터에 보내든지 어떻게 하든지 해서 통제가 되는 녀석으로 만들라고. 결국 옛 남자친구와 거리에서 부딪힌 사건 이후 진은 샘을 훈련 센터에 보내서 기초 복종훈련을 받게 했다. 그 결과 둘 사이의 의사소통도 훨씬 원활해졌고, 위계 서열 속에서 그녀의 위치도 상승했으며, 녀석의 방어 행동도 통제할 수 있게 되었다. 하지만 그녀는 일 년 가까이 이를 미루었고, 그녀도 그 이유를 잘 알았다.

"내 마음 일부는 이 문제를 만든 게 나라는 걸 알았어요. 내가 이 사나운 짐승을 만든 거죠. 하지만 다른 일부는 그냥 그대로 살고 싶었어요. 녀석은 나한테 그냥 개 한 마리가 아니었으니까요. 녀석은 내가 이 불안한 세상을 살아가는 무기였어요."

비록 사나운 개는 아니지만 루실을 놓고도 이와 똑같은 이야기를 할 수 있을 것이다. 관계가 지극히 가까워지면, 개들 또한 사람과 마찬가지로 우리가 가진 여러 층위의 감정을 자극하면서 여러 가지 다른 드라마를 만들어낸다. 예를 들어 내가 외출하는 문제를 두고 루실과 펼쳤던 드라마는 내 어린 시절의 드라마이기도 했지만, 한편으로는 내가 그 무렵 품고 있던 친밀감에 대한 갈등, 인간 세상에 대한 두려움과도 연관된 것이었다.

마지막 산책을 마치고 개와 함께 집에 돌아와 문을 잠글 때면 나는 때로 커다란 안도감을 느낀다. 무서운 세상을 벗어나 안전한 곳에 도착했다는 느낌, 우리가(좀더 정확히 말하면 내가) 긴장을 풀고 방어벽을 내리고 숨 쉴 수 있다는 느낌이다. 이럴 때 느껴지는 안도감이 너무도 순수해서 어떤 때는 구원의 순간처럼 여겨지기도 한다.

'다 했어.' 그런 느낌이다. '세상에서 내가 해야 할 일을 다 했어. 이제 집에 개하고 나뿐이야. 더는 두려워하지 않아도 돼.'

이때의 두려움, 그러니까 내가 집 밖에 두고 문을 잠가버렸다는 두려움이란 아주 간단한 일들(직업 관련 약속, 사회활동, 아니면 평범한 잡무들 같은)에서도 빚어지는데, 이것들은 모두 인간 교류라는 카테고리로 분류되는 것들이다. 인간 교류란 두려운 일일 수 있다. 게다가 당사자가 술이라는 마취제와 인연을 끊고, 단절감과 불안감에 붙잡힌 채 이 세상을 헤쳐가려고 할 때는 말이다.

'다 했어. 무서운 세상(실망시키는 사람, 어지럽히는 사람, 심지어 죽어버리는 사람들이 있는)은 저 바깥에 있어. 우리는 여기 들어왔고 이제 안전해.'

이런 느낌은 진이 샘과 함께 아파트에 '파묻혀 있는' 것 같다고 한 그런 느낌만큼 깊고 강렬하다. 샘이 그렇듯이 루실 또한 내게 개의 몸을 입고 온 부적이다. 루실은 어떤 면에서는 내가 집에 은둔하는 데 필요한 구실이 되었다. '가기 싫어.'라고 말하는 것보다는 '갈 수 없어.'라고 말하는 편이 훨씬 쉬우니까. 내가 두려워한다는 것보다 녀석이 두려워한다고 말하는 게 훨씬 쉬우니까.

물론 이런 전략에는 단점도 있다. 숨어 지내는 생활은 고립으로 이어질 수 있다. 그리고 그 때문에 우리와 관계 맺은 다른 사람들이 영향받을 수 있다. 그들은 우리가 바깥세상을 등지고 문을 잠가버릴 때, 문 바깥에 함께 남는다. 그래서 남자친구와 문제가 빚어질 수 있다.

7장
너는 내 운명

그녀가 남편과 잠자리를 하려고 할 때마다 개가 짖고
으르렁거리고 침대 시트를 물어뜯는다는 것이다.
남편은 짜증을 내며 개를 밖으로 몰아낸다.
그러면 개는 울부짖으면서 문을 긁어댄다.
여자는 죄책감에 개를 달래러 나간다.

넌 내 거야!

루실을 키운 지 15개월쯤 되는 11월 중순의 어느 날 아침, 나는 남자 친구와 함께 커플 치료사의 사무실에 와 있었다. 나는 눈물을 참으며 말을 했다. 우리는 처음으로 커플 치료를 받고 있고, 우리는…… 개에 대해 이야기했다.

내가 말했다.

"저는 개가 제 것이라고 느끼고 싶어요."

마이클이 옆에서 말했다.

"루실은 당신 거야. 개가 당신을 얼마나 사랑하는지 알잖아."

"하지만……. 하지만……."

나는 목이 메었다. 사랑과 신뢰와 독점욕을 둘러싼 어설픈 생각이 목구멍에 걸려 빠져나오지 않았다.

루실은 처음부터 우리 관계에 문제가 되었다. 대낮의 토크쇼에서나 들을 법한 한심한 이야기 '개를 지나치게 사랑하는 여자들' 같지만 사실이 그랬다.

루실을 데려온 그날부터 나는 녀석에게 엄청난 소유욕을 느꼈다. '내 거야, 내 거, 내 거. 이 녀석은 내 거야.' 루실이 없던 시절 나는 일주일에 4~5일, 때로는 6일 밤을 마이클의 집에서 보냈다. 그러나 루실이 생긴 이후 그 횟수를 사흘, 때로 이틀로 줄였다. 그런데 그 횟수도 불편해지기 시작했고, 그의 집에 있을 때마다 내 집으로 돌아가고 싶은 충동을 누르기가 어려웠다. 물론 핑곗거리는 있었다. 우리 집에는 파티오가 있었다. 그래서 루실이 밤중에 오줌이 마려워 깨어나면 잠자던 차림 그대로 파티오로 녀석을 데리고 나가 일을 보게 할 수 있었다. 하지만 마이클의 집은 아파트였기 때문에, 울타리로 둘러쳐진 공간이 없었다. 그렇다 보니 우리 집에 있는 게 훨씬 편리했다. 하지만 진실은 루실을 오직 나 혼자 누리고 싶다는 것이었다. 나는 녀석이 오직 나하고만 유대를 맺기를 바랐다. 이런 소유욕은 나 자신도 놀랄 만큼 격렬한 기세로 나를 감쌌다. 나는 녀석이 그가 아니라 내 뒤를 따라다니길 원했고, 침대에서도 내 곁에 그가 아니라 녀석이 자기를 원했다. 마이클과 내가 함께 소파에 앉아 있을 때 녀석이 그의 다리에 머리를 얹거나 그의 몸에 기대어 누우면 나는 사악한 질투에 사로잡혔다. 하지만 그런 사실을 밝히기는 고통스럽고 또 민망한 일이기도 했다. 그래서 나는 그를 만나는 시간을 줄이는 방향으로 일을 꾸며나갔다.

"하룻밤 나 혼자 있어야겠어."

"오늘은 그냥 우리 집에 있을게."

그리고 내가 마이클을 우리 집으로 부르지 않는다는 사실에 대해서 마이클도 나도 아무 말도 하지 않았다. 이런 식으로 그와 거리를 벌리는 나 자신이 한심했지만 그래도 어쩔 수 없었다. 그런 열망은 몸속에서 치솟듯이 내 전 존재를 압도했다.

마이클은 내가 지금껏 만난 남자들 가운데 가장 친절한 사람이다. 커플 치료를 받기 시작했을 때 우리는 이미 7년을 함께 한 사이였다. 그동안 그는 내 가장 가까운 보호자이자 최고의 친구였다. 나는 친절함과는 거리가 멀었던 옛 남자친구와 동거를 끝낸 직후에 그를 만났고, 마이클은 내가 그 결별의 시기를 다 건널 때까지 차분히 지켜주고 도와주었다. 내가 옛 남자친구 줄리안을 떠나 새 아파트로 이사한 직후 직장에서 마이클에게 전화를 걸어 미칠 것 같다고 울던 일이 기억난다. 그는 보스턴 공원에서 나를 만나주었고, 우리는 양지바른 벤치에 앉았다. 나는 울고 또 울며 줄리안과 헤어진 괴로움을 토로했고, 그는 내 어깨를 감싼 채 가만히 이야기를 들었다. 그는 언제나 그랬다. 내가 아무리 그에게 상처와 좌절을 안기는 이야기를 해도 늘 내 곁을 지키며 가만히 이야기를 들었다. 때로 그것은 보기 드문 너그러움으로 보이기도 하고, 때로는 한계를 설정할 줄 모르는 어떤 무능력으로도 보였지만, 이유가 무엇이건 간에 마이클이라는 남자는 '꾸준함' 그 자체였다. 그는 우리 아버지가 투병하던 11개월 동안 고통에 몸부림치던 나를 보았고, 그 1년 후 어머니의 죽음을 겪는 나를 보았고, 그 8개월 후 내가 술을 끊고 재활 센터에 들어가는 것을 보았다. 그 시절 그는 내게 레드 소스를 얹은 리가토니, 덤플링을 곁들인 닭고기, 으깬 감자를 곁들인 이탈리아 소시지 등 헤아릴 수 없이 많은 요리를 해주었다. 그리고 내가 그의 헌신에 충분히 응답하지 않는다는 사실을 한 번도 원망하지 않았다.

나는 그와 한 마디 상의 없이 루실을 데려왔다. 녀석을 데려온 날 아침, 나는 동물보호소에 구경이나 한 번 가보겠다고 말했다. 그리고 그날 오후 녀석을 그의 집으로 데리고 갔다. 루실은 불안한 기색으로 걸어들어 가더니 30초도 지나지 않아 카펫 위에 오줌을 누었고, 잠깐 사이에 두 번이나 배변을 했다. 한 번은 거실에 또 한 번은 그의 침실에. 돌아보면 녀석의 행동은 기이한 방식으로 나에게 딱 들어맞았던 것 같다. 말하자면 녀석은 내 마음의 메시지, 다시 말해 나는 이렇게 일을 지저분하게 만들 수 있다는 신호를 전달했던 셈이다. 마이클은 언짢아했지만, 언제나처럼 이 일을 두고 왈가왈부하지는 않았다. 내가 루실을 데리고 나가자 그가 오물을 치웠다. 그는 이번에도 내가 그를 배제한 채 이런 중대한 결단을 내린 것을 질책하지 않았다.

나는 그로부터 1년 전에도 똑같은 일을 했다. 그때도 거의 하룻밤 새 결심을 하고, 이곳 케임브리지에 우리 둘이 살기에는 지나치게 좁은 집을 샀다. 나는 말했다. 언제일지 몰라도 앞으로 3층을 그의 작업실로 고칠 수도 있을 거라고. 아니면 부엌 옆을 달아내서 공간을 넓힐 수도 있을 거라고. 하지만 내 마음속에 울리는 다른 목소리를 나는 잘 알았다. '여긴 내 집이지, 우리의 집이 아니야.'

루실의 경우도 마찬가지였다. '내 개야. 녀석은 내 거야.' 나는 이런 마음이 차츰 누그러들기를 바랐다. 내 마음이 여유를 갖고 마이클도 루실의 곁에 허락할 수 있게 되기를 바랐다. 하지만 소유욕의 불길은 사그라지질 않았고, 나는 그를 허락할 수 없었다. 나도 이런 내가 싫었고 내가 가진 이기심에 진저리가 났지만, 그래도 어쩔 수 없었다.

당신은 삼촌, 난 엄마

개는 상징이 되고, 거울이 되고, 인간사의 바로미터가 된다. 우리는 흔히 개를 가족생활의 단순한 장식물 정도로 여기고, 그들에게는 단순한 역할을 부여한다. 개는 이런 일을 잘할 수 있고 실제로도 잘 해내지만, 가족관계의 복잡한 그물 속에서 그와는 다른 역할을 수행해 내기도 한다. 그리고 때로는 그 그물을 만드는 데 직접 참여하기도 한다.

루실은 마이클에 대한 내 한계, 가장 중요한 것을 그와 나누지 못하는 내 상태를 표현하는 수단이 되었다. 루실과 함께한 지 일주일쯤 지났을 때 나는 마이클과 함께 루실을 차에 태우고 어디론가 가고 있었다. 그런데 내가 마이클을 루실의 삼촌이라고 말했다. 마이클 삼촌. 마이클은 나를 돌아보더니 분명하게 말했다.

"삼촌이라니, 무슨 소리. 나는 아빠야!"

그 목소리의 단호함이 귀에 거슬렸다. 나는 아무 말도 하지 않았지만, 속으로는 '미안하군요. 하지만 당신은 삼촌이야.' 하고 생각했다. 마이클은 오랫동안 '우리 셋'이라는 말을 많이 썼다. '루실은 우리 셋이 함께 있을 때 가장 좋아하는 것 같아. 우리 셋이 다 있을 때 말이야.' 이런 말에 깃들인 소망은 나를 심한 죄책감과 갈등 속으로 밀어넣었다. 왜냐하면 나는 그 소망을 공유하지 않았기 때문이다. 거기 화답할 수 없었기 때문이다. 내 마음속에서는 루실과 내가 '우리 둘'을 이루었고, 마이클은 그 테두리 바깥에 있었다. 가까운 거리였지만 안쪽은 분명히 아니었다.

　루실에 대한 이런 느낌은 내가 마이클이나 그와의 앞날을 생각할 때 느끼는 양면감정에서 생겨난 것이 아니었다. 그에 대한 양면감정은 루실이 오기 전부터 이미 우리 관계의 현실을 이루고 있었다. 루실에 대한 느낌은 다른 절박한 필요에 의해 생겨난 것이다. '나는 이 개가 필요해. 나한테는 이 개가 필요하고, 이 개는 나만의 개여야 해. 나는 이 개에 대한 소속감과 애착을 키워야 해. 그 일은 나 혼자서 해야해. 나에게 그런 능력이 있다는 걸 알아야 하니까. 나는 녀석을 사랑해야 하고, 녀석의 사랑을 받아야 해. 그러기 전까지 아직은 이 테두리를 넓힐 수 없어.' 이런 절박성에서 나온 이기심은 미안하고 한심했지만, 어떻게 보면 나는 오랫동안 사탕을 금지당하다가 갑자기 할로윈을 맞은 아이와도 같았다. 나는 그 모든 사탕을 움켜쥐고 놓아줄 수 없었다.

　'루실은 오직 나에게만 있어야 해. 나는 녀석이 주는 사랑을 혼자서 다 받아야 해.'

　이것은 내가 녀석을 두고 외출할 때 느끼던 감정의 변주라고도 할 수 있었다. 그 역시 어린 시절에 겪은 사랑의 결핍, 사랑이라는 자원은 너무도 한정돼 있어서 부단한 노력을 기울여야 겨우 지켜낼 수 있다는 느낌에 뿌리를 둔 것이다.

　'녀석은 내 거야. 나는 녀석을 두고 떠날 수 없고, 녀석도 나를 두고 떠날 수 없어.'

내가 개를 다른 사람과 공유하지 못했다는 것은 나를 슬프게 한다. 하지만 이것이 그렇게 보기 드문 현상만은 아닐 것이다. 개와 함께 살기 시작하면 우리가 가진 관계의 강점과 한계들이 뚜렷하게 떠오른다. 개는 동맹이 되기도 하고, 동맹을 해체하기도 하며, 어려움을 밝히기도 하고 그 어려움을 가리기도 하며, 집단이 움직이는 내적 작동 방식을 순식간에 드러내 버린다.

인생에 개를 더하면 때로 우리는 가족을 얻는다. 내가 아는 많은 커플이 개를 키우면서 유대 관계가 깊어졌다. 이 집단 지향적인 동물과 함께 사는 동안 사람들은 가족을 꿈꾸고, 아이를 키우는 모습을 떠올리며 서로 개입의 강도를 높인다. 내 친구 베스와 데이비드는 두 살짜리 독일 셰퍼드-시베리안 허스키 잡종을 키운 지 1년이 지나지 않아 결혼했고, 그 1년 후에 아기를 낳았다. 두 사람은 개로 말미암아 사랑은 베푸는 것임을 깨달았고, 녀석을 함께 돌보면서 서로에게 그런 능력이 있다는 걸 인식하게 되었다.

똑같은 일이 캘리포니아에 사는, 역시 베스라는 이름을 가진 여성에게도 일어났다. 그녀는 내가 루실을 만나기 1년 전에 셰퍼드 잡종을 키우기 시작했는데, 그러고서 남자친구 앤디와 샌프란시스코로 이사해서 작년 여름에 결혼했다. 개는 두 사람 관계의 접착제가 되었고, 둘의 테두리는 셋의 테두리로 넓어졌다.

트러블 메이커

인생에 개를 더하면 때로는 재앙이 빚어진다.

"내가 볼 때 개는 사람들을 헤어지게 하는 것 같아요."

시카고의 저널리스트 리즈의 말이다. 그녀는, 애착 강도의 차이가 그런 결과를 빚었다. 리즈는 크리스마스 때 남자친구에게서 강아지를 선물을 받았다. 그녀는 개를 몹시 사랑하게 되었는데, 그 뒤 그만한 깊이의 감정이 남자친구에게는 생기지 않는다는 걸 깨달았다. 그에게는 그만큼 헌신하고 싶지도 않았고, 그만큼 매혹되지도 않았다. 그녀는 강아지를 오직 혼자만이 간직하고 싶었고, 6개월 후 남자친구는 옛일이 되어버렸다.

제시카의 남자친구도 옛일이 되었다. 둘은 함께 강아지를 키우기 시작했다. 그랬더니 남자친구는 개를 상당히 가혹하게 다루었고, 그와 더불어 아기를 키우겠다는 제시카의 환상은 모두 사라졌다. 남자가 개를 학대할 때, 해결책은 개를 선택하고 남자를 버리는 것이다. 사람이 개와 어울리는 모습, 개가 그 사람에게서 불러일으키는 친절함과 애정과 유쾌함은 그에 대해 많은 것을 일러주는 자료가 된다.

때로는 개를 통해서 제3자에 대한 정보를 얻을 수도 있다. 로스앤젤레스의 공공 방송국에 근무하는 웬디는 이 방법을 효과적으로 활용하고 있다.

"우리 집 아래층에 친구 한 명이 살았어요. 친구가 데이트를 할 때마다 나와 남편은 우리 개를 내려보내서 남자를 살펴보게 했지요."

웬디의 개는 배시라는 이름의 조그만 흰색 말티즈였는데, 녀석은 남자 탐색에 관한 한 감별력이 아주 놀라워서 웬디의 친구는 언제나 녀석의 반응에 근거해서 남자에 대한 판단을 내렸다. 녀석이 꼬리를 흔들면 즐거운 데이트가 몇 차례 이어졌고, 녀석이 으르렁거리거나 어떤 식으로든 못마땅한 기색을 보이면 미련을 갖지 않았다. 개는 이렇게 영혼의 냄새를 맡는 구실도 한다.

배시는 웬디의 집에서도 중요한 역할을 했다.

웬디가 말한다.

"나는 아이를 가질까 어찌할까 고민하는 맞벌이 커플을 많이 알아요."

웬디 자신도 맞벌이 부부다.

"책임감과 관련한 중대한 문제들이 생기니까요. 아이는 누가 돌볼 것인가? 누가 업무를 줄일 것인가? 물론 개하고 아이는 다르지만, 남편하고 나는 오랫동안 이런 걸 의논했어요."

누가 배시에게 밥을 줄 것인가? 누가 동물병원에 데리고 갈 것인가? 둘의 역할 분담은 공평한가 그렇지 못한가?

"개를 키우면 그런 고민을 할 수밖에 없어요."

폴리와 웬다라는 또 다른 친구들은 개를 키우기 전에 오랫동안 미루어오던 대화를 시도해야 했다. 그것은 사소해 보이지만 전혀 간단치 않은 주제인 '가사노동' 에 대한 것이었다. 개가 생기면 할 일이 늘어나는 건 분명했고, 그에 따라 두 사람은 물어야 했다. 누가 개를 산책시킬 것인가? 누가 밤에 데리고 나가 오줌을 누일 것인가? 누가 털손질을 해줄 것인가? 거기다 누가 집을 청소하고 요리를 하며 장을 볼 것인가? 기타 등등 기타 등등. 웬디는 폴리보다 13살이 많고 그들이 사는 아파트도 가구 대부분도 웬디 소유이다. 게다가 그녀는 카펫 청소나 가구 닦기 같은 비일상적 가사 노동을 자신이 전적으로 떠맡

다시피 하고 있다고 생각해왔다. 반면에 폴리는 쓰레기를 내놓는 것처럼 육체적 힘이 필요한 일은 모두 자기 차지라고 생각했다. 둘 다 불공평함을 느끼던 와중에 개를 키우게 되면서 가사분담의 문제와 그 뒤에 오랜 세월 감추어졌던 불안과 긴장의 문제를 비로소 솔직하게 의논하게 되었다.

그들의 이야기는 해피엔딩이었다. 하지만 개를 키운다고 커플 문제가 해결을 향해 움직이는 것은 아니다.

각각 과학 저술가와 목수인 캐롤린과 마크 부부는 9년 결혼 생활 중 7년을 위기 속에 보내고 나서 강아지를 키우기로 했다. 이런 결정은 별로 특이할 것 없어 보였다. 두 사람 다 개를 무척 좋아했으니까. 하지만 캐롤린은 두 사람 모두 숨겨진 의도가 있었던 건 아닐까 생각한다. 그러니까 아기가 생기면 어려움이 극복되지 않을까 기대하는 커플과도 비슷하게. 그녀는 말한다.

"물론 그런 식으로 말하지는 않았지요. 하지만 우리 둘 다 개가 긍정적인 도움이 되기를 희망했던 것 같아요. 우리 둘이 함께 공유하고 돌볼 대상, 그러면서 다투지 않을 대상으로요."

하지만 어쩌면 당연하게도 이들의 개(조조라는 이름의 에너지가 넘치고 손이 많이 가는 바이마라너 종)는 정반대의 효과를 냈다. 10년 가까이 조용히 부글거려온 두 사람의 문제를 완전히 끓어 넘치게 한 것이다. 지금은 30대 후반이 된 캐롤린은 무슨 일이든 똑 떨어지게 해야 직성이 풀리는 여자다. 수표책도 1원 1전까지 맞추어 쓰고, 승용차는 정기적으로 점검하고, 집에 페인트가 벗겨진 것도 그냥 보아넘기지 못하는 유형이다. 반대로 남편 마크는 모든 일에 훨씬 방임적이었다.(캐롤린에 따르면 '미성숙한' 성격.) 늘 약속시간에 늦고 연체료를 밥을 먹듯이 하고, 가사 일도 마지 못해 대강대강 했다. 둘은 조조를 두고 끊임없이 부딪혔다. 캐롤린은 조조를 지성으로 복종훈련 교실에 데려갔지만, 마크는 조조가 배운 모든 것을 즉시 망쳐놓았다. 캐롤린은 녀석이 '오라'는 명령을 확실히 따를 때까지는 외출할 때마다 반드시 목줄을 사용하려고 했다. 하지만 마크는 아무 때고 목줄을 풀어서 녀석이 사방팔방 멋대로 뛰어다니게 했다. 둘은 식탁 위의 음식을 주는 일, 소파나 침대 위에 올라오게 하는 일, 거세하는 일을 두고 싸웠다. 조임 목띠 사용을 두고도 싸웠고, 먹이와 운동을 두고도 싸웠고, 심지어는 조조의 발톱을 깎는 일을 두고도 싸웠다.(캐롤린에게는 그게 중요했지만, 마크는 '바보 같은' 일이라며 도와주지 않았다.) 무엇보다 둘은 누가 더 많은 책임을 지고 있느냐를 두고 싸웠다.

캐롤린은 인내심이 한계에 부딪히는 것을 느꼈다. 그리고 두 주인에게서 모순된 메시지를 받은 강아지는 강아지대로 대책 없는 녀석('무법 강아지')이 되어갔다. 그에 따라 결혼생활에 대한 캐롤린의 생각은 차츰 또렷해졌다.

"개는 우리에게서 엄청나게 많은 갈등을 이끌어냈어요. 남편의 모든 미성숙함, 나의 모든 분노, 우리가 지닌 그 모든 차이. 그리고 무엇보다 오래전부터 내 마음속에서 달싹거리던 느낌, '이 남자는 내가 믿고 의지할 만한 사람이 아니다'라는 느낌을요."

조조를 키운 지 1년도 지나지 않아 캐롤린과 마크는 별거에 들어갔고 곧 이혼했다. 누가 개를 키울 것인가 하는 문제는 다행히 캐롤린의 승리로 돌아갔다.

캐롤린은 자기가 조조 때문에 마크와 헤어졌다고 생각하는 친구들이 많다고 했다.

"사람들이 황당했을 거예요. '뭐? 개 때문에 남편과 헤어져? 개 때문에 이혼을 한단 말이야?' 하고 말이에요. 하지만 개를 키우지 않는 사람들은 개를 둘러싸고 얼마나 많은 문제가 생겨나는지 이해하지 못해요."

아, 그렇고말고. 당연히 많은 문제가 생겨나며, 그 형식도 매우 다양하다. 개는 가족 가운데 한 사람을 진짜 주인(알파 하느님, 이 우주의 왕)으로 섬기기 때문에, 부지불식간에 질투와 불안감, 또 잠자던 경쟁심을 일깨우기도 한다.

내가 아는 수라는 여자는 자신이 먹이고 산책시키고 목욕시키고 아낌없이 사랑해주는 콜리 잡종이 그녀의 남자친구 매트만 집에 나타나면 몸을 던지듯이 기뻐 날뛰는 모습을 참을 수가 없었다. 하루에도 몇 시간을 개에게 바치며 정성을 기울이건만 매트만 있으면 그녀는 개의 레이더에서 사라지는 것 같았다. 물론 개는 인간의 性정치학 같은 것은 알지 못한다. 이것은 개, 특히 암캐와 함께 사는 여자들이 겪는 슬프지만 어쩔 수 없는 현실이다. 어떤 암캐들은 남자만 보면 온몸으로 굴종을 내뿜는다. 남성 호르몬이 허공에 날리면 녀석들은 꼬리를 치고 바닥을 데굴데굴 구른다. 그걸 보는 페미니스트 주인들의 속이 편할 리 없다. 41세의 변호사인 수는 많은 여성과 마찬가지로 성인이 된 이후 많은 시간을 독립적인 사람이 되려고, 자신의 능력에 긍지를 갖고자 노력하며 보냈다. 그런데 자신의 개가 남자친구의 발밑에서 굴종에 몸부림치는 모습을 보니, 자신이 그렇게도 벗어던지려고 했던 자아 일부가 녀석의 몸을 빌려 드러나는 것만 같았다. 그녀의 반응? 남자친구에게 화를 내고 개에게는 텃세를 부렸다. 매트와 사귄 처음 1년 동안 두 사람은 싸웠다 하면 개 문제였다. 지금 보면 사소해 보이는 모든 일들이 수에게는 불평거리가 되었다.(매트가 개를 아주 예뻐한다. 아니면 개랑 매우 잘 논다. 매트가 훈련을 힘들게 하고 수의 권위를 실종시킨다.) 하지만 실제로 그 속에 담긴 긴장은 더욱 깊은 것이었다. 그녀의 머릿속에서는 이런 말이 후렴처럼 울렸다. 개가 주인인 나보다 저 남자를 더 사랑해.(나보다 더 존경해, 말도 더 잘 들어.)

사랑의 메신저

때론 이와 정반대의 후렴(당신은 나보다 개를 더 사랑해)을 읊는 커플도 있다. 가정생활에서 개는 흔히 애정의 초점 역할을 하고, 다른 인간 가족보다 더 큰 사랑을 받는다.

정신과 간호사 앤 케인은 애완동물의 가족 내 역할에 대한 선구적 연구에서 개를 키우는 60가족을 대상으로 '쓰다듬기'(어루만짐, 미소, 손짓 등 애정적인 모든 행동을 지칭)의 정도와 빈도를 분석했다. 전체 가족의 44퍼센트가 다른 어떤 식구보다 개를 가장 많이 쓰다듬는 것으로 나타났다. 18퍼센트의 가족만이 개와 식구가 같은 횟수의 쓰다듬기를 받았다. 이것은 별로 놀라운 일이 아닐지도 모른다. 관심과 애정을 동물에게 집중시키기는 아주 쉬운 일이다. 개에게 사랑을 표현하는 것은 인간에게 그러는 것만큼 복잡한 감정적 고려를 동반하지 않는다. 하지만 짐작할 수 있듯이 이 때문에 해묵은 긴장이 솟아오르는 일이 적지 않다. 남편들은 아내가 개한테만 정성을 쏟는다고 불평한다. 아내들은 남편이 자신이나 아이들보다 개한테 더 다정하다고 불평한다.

개는 초점 역할을 한다. 우리 부모님은 극도로 과묵하신 분들이었다. 식구들 사이에는 여러 가지 복잡한 감정이 흘렀지만, 그것이 공공연하게 표출되는 일은 몹시 드물었다. 싸우는 일도 언성이 올라가는 일도 없었으며, 어떤 감정이든 뜨겁게 표현되는 일이 없었다. 두 분 사이에도 그랬지만, 아이들에게도 그랬다. 그런데 여기 예외가 있었으니, 그게 바로 개였다. 우리 가족의 저녁 식사는 늘 무겁고 음울했다. 변함없는 침묵 속에 둘러앉은 다섯 식구. 식탁 위에서 일렁거리는 촛불. 누구도 아무 말도 하지 않았다. 하지만 이따금 아버지가 식탁 음식을 탐내는 개를 꾸짖었다.

"톰, 저리 가지 못해!"

아버지가 소리치면 개는 슬금슬금 물러갔다. 우리는 모두 침을 꿀꺽 삼키고 본래의 침묵으로 돌아갔다. 이런 순간은 고요의 강둑 어딘가에 작은 실금이 터진 듯한 느낌이 들었다. 부모님의 침묵 아래로는 분노의 강물이 흘렀지만, 그것의 배출통로는 고통스러울 만큼 찾기 어려웠다. 그런데 개가 하나의 방출구가 되었다. 그것은 아마도 두 분에게 가장 안전한 방출구일 것이다.

이것은 긍정적인 감정도 마찬가지였다. 긴장된 가족 식사가 끝나면 언제나 긴장된 가족 칵테일 시간이 이어졌다. 부모님이 술을 들고 거실 소파에 앉으면, 개는 누군가 땅콩을 떨어뜨릴지도 모른다는 식지 않는 희망을 품고 바닥에 엎드려 있었다. 그리고 실제로 땅콩 한 조각이 떨어지면(아니 반 조각이라도) 개는 엄청난 기세로 땅콩을 향해 돌진했다. 지금 커피 테이블 밑으로 지나간 게 다람쥐가 아닌가 싶을 정도였다. 녀석의 눈에는 땅콩을 쟁취한 기쁨이 넘쳤고, 그걸 보면 우리 가족은 웃었다. 두 분이 두 번째로 키운 엘크하운드 토비는 특히 마티니를 좋아했다. 녀석은 아버지에게 다가가 아버지 손에 들린 마티니 냄새를 맡고는 뒤로 몇 발짝 물러서서 사납게 재채기를 한 다음 다시 냄새를 맡으러 다가갔다. 우리 가족은 가족의 일로 웃음을 주고 받는 일이 없었다. 하지만 개를 두고는 언제나 웃었다. 개는 안전한 대화 주제였고, 즐거움의 근원이었으며, 긴장 해소제였다.

47세의 지나는 이혼 후 1년가량 지난 어느 날, 당시 열 살과 열두 살이던 두 아들이 길 잃은 강아지를 주워온 일을 이야기했다. 코요테하고도 비슷한 데다 털도 여기저기 떨어져 나가서 보기 드물게 못생긴 개였지만, 그들은 개를 키우기로 하고 러키라는 이름을 붙였다. 그 후 녀석은 점차로 가족이 일구어나가는 새로운 생활의 상징이 되었다.

지나는 말한다.

"처음에 이 개는 놀 줄을 몰랐어요."

아이들이 공을 던져도 가만히 서 있었다. 도로 달라는 거면 뭐 하러 던졌느냐 하고 말하는 듯한 모양이었다. 얼굴 앞에서 장난감을 흔들면, 의심에 찬 표정으로 물러섰다. 하지만 1년도 지나기 전에 아이들은 개에게 원반 물고오기를 비롯한 상당히 복잡한 규칙의 술래잡기를 가르쳤고, 그 밖에 실내에서 할 수 있는 여러 가지 재주를 익혀주었다. 러키는 리모컨으로 TV를 켜고 끌 줄 알게 되었으며, 코 위에 과자를 올려놓을 수도 있고, '치즈!' 라고 말하면 이빨을 드러내며 웃을 수도 있다.

"이혼 뒤 우리는 즐겁게 지내는 법을 잊었던 거 같아요. 그러다가 러키 덕분에 함께 놀 수 있는 새로운 방법을 찾았어요. 아빠 자리에 이제 개가 들어온 거죠."

그녀는 잠시 말을 멈추었다가 다시 말한다.

"그리고 개는 아빠보다도 훨씬 더 많은 웃음을 주고 있어요."

사람들, 특히 여자들이 개를 소원한 아버지와 연결하는 것은 그리 드문 일이 아니다.

뉴욕의 인테리어 디자이너 낸시는 이렇게 말한다.

"어린 시절 우리 집에서 아버지가 말을 거는 대상은 개밖에 없었어요. 아버지는 자기 속에 갇힌 사람이라서, 아무도 아버지와 친하지 않았죠. 하지만 아버지도 나도 개하고 연결되어 있었으니까 부녀관계도 계속 이어졌어요. 우리는 개를 매개로 삼아서 숲을 산책하곤 했어요."

낸시는 지금 저먼 쇼트헤어드 포인터 종 토마토와 산다. 녀석은 그녀의 네 번째 개인데, 아직도 개는 그녀와 아버지를 이어주는 가장 큰 연결고리다.

"그렇게 많은 시간이 지났는데도 우리는 개 이야기만 해요. 아버지는 개만 보면 생기를 찾아요. 그분이 이 세상에 연결되는 방식이니까요."

이혼모 캐슬린은 여섯 살짜리 오스트레일리아 셰퍼드 오즈가 '아들과의 연결고리'라고 말한다. 오즈는 두 사람의 생각이 합치하는 지점이다. 다른 도시에서 대학에 다니는 스무 살의 이안이 집에 오면 두 사람은 우선 개를 주제로 말문을 연 뒤 그다음에 다른 이야기로 넘어간다. 오즈는 캐슬린과 이안 모두에게 깊은 위안이 된다.

"오즈가 옆에 있으면 어려운 이야기도 하기 쉬워지는 것 같아요."

녀석은 긴장을 다스리고 애정이 깃들일 공간을 열어준다.

"이안은 사랑이 가득한 환경에서 자랐어요. 그건 상당 부분 오즈 덕분이죠. 그 녀석이 우리 마음을 열어서 사랑을 이끌어냈어요."

오즈는 팬케이크를 아주 좋아해서 이안이 집에 돌아오면 캐슬린은 팬케이크를 잔뜩 만든 뒤 오즈에게도 접시에 한 몫을 따로 챙겨준다. 별로 대단한 일도 아니고, 치의학적 관점에서는 권장할 만한 일이 아니겠지만(실제로 오즈가 팬케이크를 좋아하는 건 메이플시럽 때문이다.) 이런 작은 일은 따뜻한 유대효과가 있다. 엄마와 아들, 그리고 그 곁에서 함께 팬케이크를 먹는 개의 정경은 엄마와 아들 둘만 있는 풍경보다 정겨운 법이다. 두 사람은 오즈를 보고 웃는다. 둘은 녀석의 고약한 입맛을 조장한 공범자다. 녀석은 공유된 기쁨의 근원이다.

원하는 건 오직 사랑뿐!

사람들은 다른 사람(특히 가족)에게 하지 못하는 말을 개 앞에서는 쉽게 말한다. 그래서 개는 우회 전달의 수단이 된다. 우리 아버지가 그랬듯이 배우자나 아이들 대신 개에게 소리지르는 것이다. 개는 기막힌 간접 커뮤니케이션의 수단이 되어서, 식구들이 서로 하지 못하는 말을 이끌어낸다.("저 아저씨 말 듣지 마. 자기 욕심밖에 모르거든." 그 욕심쟁이 남편을 옆에 두고 개에게 이렇게 말할 수도 있다.) 그리고 때로는 부지불식간에 자유연상의 대상이 되기도 한다. 내 친구 메그는 청소년기의 어느 주말의 일을 이야기한다. 그녀의 집은 코네티컷 주 뉴헤이븐에 있었는데, 어느 날 부모님의 친구들이 갑자기 찾아왔다. 친구들은 모두 예일대 졸업생으로 중요한 미식축구 경기를 두고 열을 올렸는데, 조용한 데다 약간 고립적 성향도 있던 메그의 아버지는 거기서 분명히 소외된 모습을 띠었다. 친구들이 모두 떠나고 나서 아버지가 집에서 키우는 검은 래브라도 개를 돌아보고 서글픈 목소리로 말했다.

"터커야, 너하고 나뿐이구나."

메그는 이 기억을 30년 동안 간직하고 있었다. 아버지의 외로움을 간접적이면서도 생생하게 드러낸 사건이었기 때문이다.

물론 개는 사람보다 더 훌륭한 가족의 일원이 될 수 있다. 이들은 쉽게 비난하지 않고, 우울해하지도 않으며, 충성심이 강하고, 우리의 요리 솜씨를 헐뜯지도 않는다.

몬태나 주에 사는 41세의 도서관 사서 애니타는 스파키라는 이름의 코커스패니얼-푸들 잡종을 키우는데, 딸이 이렇게 말한다고 한다.

"엄마, 어떨 때 보면 개가 엄마한테 제일 친한 친구 같아."

그러면 애니타는 고개를 젓고 말한다.

"아니, 어떤 때는 개가 유일한 친구이기도 하단다."

개는 애니타의 확고한 동맹군이며, 그녀가 퇴근해 돌아올 때 언제라도 변함없이 진심으로 환영해주는 유일한 존재이다. 개는 그녀의 행동 하나하나에 반응하고, 잠시도 그녀를 외면하지 않는다.

"개는 불평도 없고 요구 사항도 없어요. 원하는 건 나를 사랑하는 것뿐이에요. 내게서 아무 트집거리도 찾지 않고, 내가 아무리 엉망이라도 나를 우러러보는 그런 존재가 곁에 있는 건 정말 뿌듯한 일이죠. 왜 그럴 때 있잖아요. 내 인생이 완전히 엉망이라고 생각될 때, 되는 일도 하나도 없고, 나를 사랑하는 사람도 하나 없다고 느껴질 때 말예요. 하지만 돌아보면 있어요. 날 사랑하는 존재가. 바로 개죠."

게다가 개는 아주 특별한 방식으로 우리를 사랑한다. 그들의 사랑에 깃들인 집중력과 일관성은 아무리 애정 가득한 가족에게서도 찾아보기 쉽지 않다. 애니타는 이를 설명하려고, 개에 대한 사랑과 세 자녀(이제 열아홉, 스물, 스물셋인)에 대한 사랑의 차이점을 예로 든다.

"가장 큰 차이는 나에 대한 상대의 감정이에요. 아이들이 나를 사랑한다는 건 잘 알아요. 우리 관계는 언제나 친밀하고 솔직하니까요. 그래도 분명한 건, 아이들이 나를 사랑하는 것보다는 내가 아이들을 더 사랑한다는 거예요. 그걸 불평하는 건 아니에요. 우리 아이들은 자식이 부모에게 바칠 수 있는 최대의 사랑을 주고 있어요. 하지만 엄마는 언제나 아이들에게 받는 사랑보다 주는 사랑이 크게 마련이죠. 나는 내가 준 만큼 돌려받고 싶은 생각이 없어요. 오히려 그 사랑은 아이들이 자기 아이에게 넘겨주기를 원해요. 나와 아이들의 관계는 이렇게 좀 기울어져 있지만, 그건 아이들이 집을 떠나서 새로운 관계를 맺을 수밖에 없어서, 이 관계의 숙명이라고도 할 수 있어요. 하지만 스파키 에게는 우리 집이 평생의 집이에요. 우리 관계가 기울어져 있다면 그 방향은 반대예요. 스파키의 삶은 가족과 함께 지내는 시간을 위해서 존재해요. 내가 외출하면 녀석은 내가 돌아오는 그 순간을 위해 살죠. 나를 그토록 사랑하는 존재가 곁에 있다는 건 더없이 흐뭇한 일이랍 니다."

버지니아 의대교수 샌드라 바커와 랜돌프 바커 부부가 실행한 개를 키우는 122가족에 대한 연구를 보면, 조사 대상의 삼분의 일에 가까 운 사람들이 가족 가운데 개에게 가장 큰 친밀감을 느끼는 것으로 나 타났다. 정신의학과 조교수인 샌드라 바커는 개에 대한 애착의 강도 에는 별로 놀라지 않는다고 말한다.(그녀 자신이 라사압소 종 네 마리 를 직장에까지 데리고 다닌다.) 하지만 그녀도 가족 가운데 가장 가까 운 상대로 개를 꼽은 사람들의 숫자에는 적잖이 놀랐다.

그녀는 이렇게 말한다.

"개는 사람에게서는 찾아보기 어려운 많은 특징이 있어요. 우리 인 생의 어떤 관계에서 이토록 완벽한 수용이 있겠어요? 조종도구도 필 요 없고, 방을 청소하면, 다이아몬드 반지를 사주면, 쓰레기를 내놓아 주면 같은 전제조건도 없이 말예요."

내가 아는 한 빌딩 관리인은 우람한 래브라도 개를 날마다 직장에 데리고 다니는데, 그는 바커 교수의 연구결과를 보아도 별로 놀라지 않을 것이다.

"저는 아내도 사랑하고 아이들도 사랑해요. 하지만 이 개에 대한 사랑은 차원이 다르죠."

그의 말은 애니타의 감정과 일맥상통한다. 개가 주는 애정은 인간 가족의 애정에는 빠진 일관성이 있으며, 그들에게는 친근감을 느끼기가 훨씬 쉽다.

그러나 이렇게 언제나 곁에 있고 아무런 불평도 하지 않는다는 점 때문에, 개들은 온갖 문제를 빨아들이는 피뢰침 같은 역할도 하며, 사랑뿐 아니라 다른 감정들의 표현 대상이 되기도 한다. 훈련사들은 늘 이런 일을 본다. 집안의 막내, 그러니까 가족 서열이 가장 낮은 아이가 형이나 누나들에게 괴롭힘을 당하면 그 분풀이를 개에게 한다. 부모들은 자신들의 불화를 개의 훈련을 둘러싸고 표출한다.(엄마들은 개에게 더 많은 사랑을 주고 싶어하고, 아빠들은 신문지로 주둥이를 내리치고 싶어한다.) 개는 거의 예외 없이 가족생활의 작은 거울이 된다. TV가 요란하게 떠들고 아이들은 길길이 뛰어다니는 정신 사나운 집에 가보라. 그러면 역시 대책 없이 고삐 풀린 개를 발견할 수 있을 것이다. 그들은 개의 탈을 쓴 가족의 거울이다.

개 때문에 헤어져

때때로 훈련사들은 좀더 복잡한 문제도 본다. 개가 가족 삼각관계에 얽힌다거나 문제 드라마 속에 놓이는 경우다. 한 훈련사는 개가 '결혼

생활에 문제를 일으킨다.'고 한 여자 고객의 이야기를 했다. 그녀가 남편과 잠자리를 하려고 할 때마다 개가 짖고 으르렁거리고 침대 시트를 물어뜯는다는 것이다. 남편은 짜증을 내며 개를 밖으로 몰아낸다. 그러면 개는 울부짖으면서 문을 긁어댄다. 여자는 죄책감에 개를 달래러 나간다. 남편은 이 일에 더 크게 화를 내고, 여자는 남편에게 화를 내고, 개는 결국 다시 방으로 들어오게 된다. 그러면 두 사람은 아무 말 없이 다시 침대에 눕는다. 여자는 훈련사에게 어떻게 해야 하느냐고 물었다. 그런데 여자는 남편보다 개의 감정을 더 걱정하는 것 같았고, 결혼생활의 안정보다 개하고 평화로운 관계를 이루는 걸 더 중요하게 여기는 것 같았다. 훈련사는 그녀에게 몇 가지 대응책을 제시했다. 개에게 이제 침실에 들어올 수 없다는 걸 분명히 일러줄 것, 녀석이 아무리 울부짖어도 굴복하지 말 것, 그런 식으로 자기 뜻을 관철할 수 없다는 걸 알면, 녀석은 적응을 할 것이다,라고. 하지만 그녀는 훈련사의 말을 들으면서 다른 결론을 내렸다.

'나한테 필요한 건 애견훈련사가 아니라 섹스 치료사였어.'

또 다른 훈련사는 사나운 차우차우 개를 키우는 여자의 이야기를 했다. 개는 그녀하고는 깊은 유대를 이루었지만, 다른 식구들에게는 적개심을 품은 듯했다. 여자의 남편을 보고도 늘 으르렁거렸고, 다섯 살짜리 아들이 엄마 곁에 있는 것도 가만 내버려두지 않았다. 그녀는 남편의 부탁에 따라 훈련사를 불렀다. 남편은 개를 몹시 싫어했고, 개가 아들을 물까 봐 걱정했다. 남편은 이 문제가 해결되지 않으면 개를 없애버려야 할 거라고 말했다. 훈련사는 남편의 견해를 인정했다. '개가 지나치게 공격적이며, 아이와 남자를 싫어한다. 이런 행동을 그냥 두면 안 된다. 이 품종의 개는 완고하고 훈련하기도 어렵다. 자칫하면 큰 문제를 일으킬 것이다.'라고 평가하고 '개를 처치하던지 다른 사람에게 주는 게 좋겠다, 특히 집에 남자가 없는 독신 여성이 좋겠다.'라는 조언을 했다. 그러나 여자는 훈련사의 조언을 한마디로 거절했다. 그것은 개를 포기할 수 없어서만이 아니라, 그녀도 인정했다시피 자신이 개에게서 '특별한 대접'을 받는 것이 좋고, 개 덕분에 가족 위계 속에서 높은 위치를 차지하게 된 것 또한 만족스러웠기 때문이다. 훈련사가 볼 때 그녀는 개에게서 남편은 주지 못하는 유대감을 얻는 한편, 개와 함께 가족 삼각관계를 이루어 배우자 간 권력 갈등을 주제로 한 드라마를 만들어가고 있었다. 그녀에게는 이런 개와의 관계가 너무도 소중했기 때문에, 아이의 안전이 위험에 처하는 상황까지도 감수할 수 있었다.

그러나 개가 이렇게 사람들 사이의 갈등을 표출시키기도 하지만 때로는 결혼생활의 문제에서 시선을 돌리게 함으로써 갈등을 은폐하기도 한다. 토론토에서 열린 미국심리학회에서는 깊은 유대를 오직 개를 통해서만 이루었던 부부의 사례가 보고되었다. 두 사람은 개를 사랑하고 개에 대해 이야기하고 함께 개를 돌보았지만, 개는 두 사람이 거리를 유지할 수 있는 수단도 되었다. 일례로 두 사람은 개와 한 침대에서 잤기 때문에 잠자리를 할 수 없었다. 그러다가 개가 갑자기 죽자 이런 전략도 사라졌다. 개에게 집중하는 방식으로 요령 있게 피해왔던 둘 사이의 거리와 공허함이 전면에 떠올랐고, 결국 두 사람은 얼마 지나지 않아 별거하게 되었다.

　개가 인간의 문제에 끼어들어 그 냄새를 맡는 능력은 가히 놀라울 정도다. 내 경우를 보면, 그동안 내가 여러 관계에서 느낀 핵심적인 어려움 하나는 모든 일이 어느 정도쯤 되어야 '만족할 만한' 수준인지, 다시 말해 어느 정도가 '충분한' 건지 판단하지 못하는 깊은 의구심과 불확실성이었다. 우리 부모님은 나를 충분히 사랑하시나? 다른 사람들은 어떤가? 이만하면 내가 아주 착한 건가? 충분히 사랑받을 만한가? 그래서 충분히 받고 있나? 질문의 대상은 헤아릴 수 없이 바뀌었지만, 질문 자체는 늘 남아 있었다. 결국 낙심하고 말 거라는 불안, 무언가 불충분하다는 막연하고도 집요한 불안은 언제나 새로운 대상에 집착하는 방식으로 발산되었다. 오랫동안 그 집착 대상은 음식이었다. 20대 시절 나는 격심한 거식증을 겪었고, 54킬로그램이던 몸무게는 45킬로그램으로, 43킬로그램으로, 마침내는 37킬로그램으로 줄었다. 어떤 면에서 그것은 '어느 정도가 충분한가?' 하는 질문에 답이 되었다. 나에게는 아무것도 필요 없다고, 남들과 같은 방식으로 삶의 윤기를 구하지 않겠다고 결심하는 일종의 우회방식이었다. 비틀린 방식이었지만, 나름대로 멋진 해결책이었다. 필요한 게 없으니 충족시킬 것도 없었다. 하지만 이 방법은 나를 총체적인 야윔과 슬픔과 외로움에 빠뜨렸다. 그래서 30대 초반이 되었을 때 나는 집착 대상을 줄리안이라는 나를 사랑하지 않는 남자로 바꾸었다. 육체적 거식증을 정신적인 것으로 바꾼 셈이었다. 당시 나는 이것을 내면의 몸부림이 아닌 내면의 도전 과제로 여겼다. 이 차갑고 냉정하고 인색한 남자가 나를 사랑하게 한다면, 내가 사랑받을 가치가 있다는 걸 증명하게 된다는 식이었다. 이 사람이 내게 삶의 양식을 주게 한다면 나는 승자가 된다고 생각했다. 그러나 줄리안이 내게 준 양식은 먹다 남은 부스러기뿐이었다. 하지만 시간이 흐르고 흐르면서 나는 그것이 충분하지 않다는 걸, 이 남자와 함께 사는 것은 어린 시절 내가 자란 환경을 극단적인 형태로 반복할 뿐임을 깨달았다. 나는 술에 젖기 시작했다. 그것은 이 정체모를 허기를 채우려는 새로운 시도였지만, 거기서도 역시 충분함의 답은 주지 않았다. 나 자신을 어떻게 먹일 것인가? 또 어떻게 받아먹을 것인가? 적절한 수준의 식량과 물, 접촉과 관심이란 어떤 것인가? 나는 과도함과 미흡함을 일러주는 어떤 핵심적 메커니즘이 부재한 세계로 흘러들었고, 내 인생의 많은 시기를 박탈과 과잉 사이를, 갈망과 폐쇄공포 사이를, 흑과 백 사이를 진자처럼 왕복하며 보냈다.

루실을 만났을 때 내 인생의 핵심문제는 마이클과의 관계였다. 어느 정도의 거리, 어느 정도의 친밀성을 유지해야 하는가? 어느 만큼이 두 가지의 적절한 수준인가? 마이클이 멀어지면 나는 그의 결핍을 견디지 못하고 공황에 빠졌다. '그 사람 없이는 살 수 없어. 그 없이는 내가 아무것도 먹을 수 없어. 제대로 살 수 없어.' 하지만 그가 책임감과 미래의 약속을 기대하고 다가오면 나는 두려움에 사로잡혔다. '갑갑해. 질식할 것 같아. 숨이 막혀 쓰러질 거야.' 이 논리회로에서 빠진 것은 어떤 믿음의 씨앗, 내가 나를 돌보는 일과 타인이 나를 돌보는 일이 서로 균형을 이룰 수 있다는 이해, 내 허기가 충족될 수 있다는 확신이었다.

루실은 이런 혼란의 한가운데 내려앉았다. 녀석은 확고한 심리적 대상인 '충분함'을 만드는 관계, 다른 누구도 다가올 수 없을 만큼 절대적이고 독점적인 유대 관계를 원하는 내 소망의 상징 기호가 되었다. 그래서 나는 녀석에게 그토록 집착했고, 그토록 녀석의 애정을 질투했다. 녀석은 이 세상에 내가 아무런 제한 없이 사랑할 수 있는 유일한 존재였다. 그러니 그 대가로 나는 녀석의 사랑을 독차지해야 했다. 그 밖의 다른 길이란 모든 걸 잃는 길뿐이라고 생각했다.

그래서 우리는 커플 치료를 받으러 갔다.

마이클이 말했다.

"루실은 당신 거야. 개가 당신을 얼마나 사랑하는지 알잖아."

나는 고개를 젓고 눈물을 참았다. 이성적으로는 나도 이해한다. 하지만 마음 깊은 곳은 수긍하지 않았다. 나에게 사랑이란, 루실의 사랑이건 그 누구의 사랑이건 다른 사람과 공유할 만큼 충분한 것이 되지 못했다.

우리는 대여섯 차례 커플 치료를 받고 나서 결국 헤어졌다. 오랫동안 나는 무슨 일이 있던 건지 온통 안갯속이었다. 개는 그저 우리 사이에 이미 있던 갈등, 각자의 요구와 관계의 진전 문제를 둘러싼 견해 차이를 뚜렷이 부각시켰을 뿐인가? 아니면 내가 미친 짓을 한 것인가? 내가 정말 개 때문에 남자친구를 버린 것인가?

8장
대리만족

개는 아이를 가질 만큼 고결하거나 용감하거나 정상적이지 않은 사람들이
아이 대신 선택하는 저비용의 대체물이라는 말이 나를 몹시 화나게 한다.

 비웃는 사람들

에너지가 끓어 넘치는 맬러뮤트 오클리를 키우는, 내 친구 그레이스는 한 친구를 만났다. 그레이스는 개에게 푹 빠져 있던 터라 오클리의 사진을 몇 장 가지고 있었다. 그런데 그녀가 가방을 열어 사진을 보여주려고 하자, 친구가 테이블에서 몸을 떼며 눈썹을 치켜세웠다.

"그레이스 제발, 넌 지금 동물의 세계로 퇴행하고 있는 것 같아."

그레이스는 나와 함께 산책하면서 이 이야기를 했다. 우리는 잠깐 연못가에 멈추어 있었고, 루실과 오클리는 모래밭을 달리면서 신나게 놀고 있었다. 하늘은 청회색이었고, 바람이 없어 물결도 잔잔했다. 우리는 개에 대해 그리고 개 덕분에 선명해지는 인생의 선택문제에 대해 한 시간 가량 이야기했다. 그레이스는 저수지를 등지고 서서 한쪽 팔을 내뻗으며 말했다.

"퇴행? 이게 퇴행이란 말야?"

그레이스와 나는 세상 사람들이 흔히 개를 대리자로 삼아서, 복잡하고 힘든 인간관계를 피해서 동물의 세계로 '퇴행'한다고 일컫는 부류들이다. 나는 사람들이 무슨 생각으로 이런 말을 하는지 잘 안다. 그레이스와 나는 모두 독신여성으로 혼자 살고 집에서 일하며 막대한 시간과 에너지를 개에게 쏟는다. 우리는 고립과 자기폐쇄에 빠질 위험이 많고, 뉴베리 거리의 멋진 카페에서 사람들과 어울리기보다 집 구석에서 개하고 같이 있는 걸 더 좋아한다. 우리는 아이가 없다. 그리고 내 경우를 보면 집에 틀어박혀 개와 더 많은 시간을 보내려고 선량한 한 남자와의 7년 관계를 끝냈다. 그러므로 사람들이 우리에게 약간 삐딱한 시선을 던지는 것도 전혀 이해하지 못할 바는 아니다. 적어도 표면적으로 우리는 사람 대신에 개를, 아이 대신에 개를, 남자 대신에 개를 선택한 것처럼 보이기 때문이다.

하지만 우리는 자연 속에서 동물에 대한 사랑을 공유한 채 진지한 대화를 나누는 두 여자이기도 했다. 마이클과 헤어질 무렵에 만난 그레이스는 보기 드문 지성과 이해력을 지닌 여자였다. 하지만 개라는 매개가 없었으면 그녀와 만날 계기가 없었을 것이다. 우리는 같은 훈련사에게 개를 훈련시켰고, 같은 애견 캠프에 갔으며, 비슷한 시기에 개의 세계에 빠져들었다. 지난 2년 동안 우리는 여러 숲에서 수많은 시간을 함께 보냈고, 그녀와 함께하는 산책은 내 가장 편안한 시간 가운데 하나가 되었다. 그것은 일주일 단위로 내 영혼에 유대감과 웃음의 주사를 맞는 것 같았다. 우리는 같은 길 위에 서서 똑같이 이 세상을 혼자 헤쳐가면서, 의미 있고 진실한 길을 찾아나가려고 노력한다. 그리고 그런 노력에 우리의 개와 우정이 얼마나 중요한 역할을 하는지 잘 알고 있다. 그레이스가 물었듯이, 이것이 퇴행이란 말인가?

우리 사회는 개를 사랑하는 문제에 이르면, 수용과 회의가 공존하는 다분히 분열적인 양상을 띤다. 긍정적인 면에서 보면 애완동물, 특히 개는 사람들에게 '정상'이라는 표지를 달아준다. 애완동물은 우리를 자연스럽게 사회집단 속으로 이끌어주는 역할을 한다. 뉴욕의 심리학자 랜달 로크우드가 행한 잘 알려진 한 연구에 따르면, 개를 키우는 사람들은 거의 예외 없이 그러지 않는 사람보다 더 다정하고 행복하고 여유롭고 덜 공격적이라는 인상을 준다. 애완견의 사회적 효과와 관련해서 널리 인용되는 연구로, 영국의 동물학자 피터 메센트는 공원에서 개를 데리고 산책하는 사람들은 혼자 산책하거나 어린아이와 함께 산책하는 사람들보다 긍정적인 접근과 대화를 훨씬 더 많이 이끌어낸다는 것을 밝혀냈다.

하지만 개에 대한 '정상적인' 사랑과 '지나친' 사랑 사이에는 미세한 경계선이 존재한다. 개에게 지나치게 많은 신경을 쓰면,(개를 지나치게 사랑하고, 개와 너무 많은 시간을 보내고, 개에게 과도한 애착을 보이면) 사회기피증이라는 전혀 다른 낙인을 얻는다. 그리고 비웃음을 받는다. 『동물과 함께 하는 삶』이라는 책에서 제임스 서펠은 애완동물 주인들을 헐뜯는 현상은 대중매체의 탓이 적지 않다고 평가한다. 이런 언론들은 애완동물과 인간의 관계에 대해 인간의 성생활만큼이나 많은 지면을 할애하고, 그 보도의 상당 부분이 애완동물 주인들의 극단적 행동을 강조하는 데 치중되어 있다는 것이다. 애완동물 묘지와 애견 여름 캠프에 대한 기사가 있고, 순금 목띠와 버버리 상표의 우비를 입고, 특별 주문된 소화전 모양의 생일 케이크 같은 호사를 누리는 개에 대한 기사가 있고, 그 밖에도 여러 가지 과도한 행태들에 대한 기사가 있다. 이렇게 미디어가 비웃기 좋아하는 정신 나간 애견 사랑의 전형적 예 가운데 하나는 독일 귀족인 카를로타 리벤슈타인 백작 부인이 8천만 달러 상당의 영지를 군터라는 이름의 독일 셰퍼드에게 물려주었다는 이야기다. 이런 기사가 드러내놓고 전달하는 메시지는 동물을 사랑하는 사람들은 괴짜라는 것이다. 하지만 그 밑에는 좀더 은근하고 미묘한 메시지도 있다. 서펠이 말하듯이 그것은 "애완동물은 '정상적인' 인간관계의 대체물에 불과하다"는 메시지다.

실제로 동물에게 깊은 애착을 품은 사람들이 그렇지 않은 사람들보다 더 '이상'하다거나 자신들의 사회적 에너지를 건강하지 않을 만큼 동물에게 쏟아붓는다는 증거는 별로 없다. 개들은 사람의 사회생활 영역을 좁히지 않고 오히려 넓혀준다.

"모건은 나보다 더 쉽게 낯선 사람에게 다가가서 인사를 한답니다."

빌이 세 살배기 닥스훈트 개를 두고 하는 말이다. 50대의 독신인 빌은 워싱턴 시의 고층 아파트에서 10년 넘게 살고 있다. 개를 키우기 전까지 그는 이웃에 누가 사는지 전혀 몰랐다. 하지만 지금은 수십 명을 알게 되었다. 모건이 그를 더 넓은 반경의 행동영역으로 이끌고 갔기 때문이다. 개를 만나기 전에도 빌은 사교활동에 적극적이었지만, 지금은 그것이 배가되었다. 그는 아파트 자치회의 애완동물 위원장을 맡고 있으며, 친구의 아이들도 자주 모건을 보러 놀러 온다. 모건 덕분에 안면을 트게 된 몇 사람들(특히 같이 개를 키우는 사람들)과는 절친한 친구 사이가 되었다.

이런 이야기는 흔하고 흔한 예 가운데 하나다. 개는 주인을 집 밖으로 이끌어내고, 새로운 사람을 만나게 하며, 인간관계를 넓혀준다. 작고 검은 닥스훈트 종 프래니를 키우는 학교 행정가 리사는 애견모임에 나갔다가 작고 검은 미니어처 푸들 마티를 키우는 사회사업가 미미를 처음 만났다. 두 마리의 개는 놀이 친구가, 두 여자는 절친한 친구가 되었다. 18개월 후 미미가 임신했을 때 리사는 미미의 출산 도우미가 되었다. 토비라는 이름의 바센지 종을 키우는 조너선은 지금의 애인인 수의사 마이크를 개를 통해 만났다. 개 사랑이 인간 사랑으로 확대된 것이다. 중대한 지점들에서 충돌이 있기는 했지만.(둘이서 세 번째 데이트를 할 때 마이크는 조너선에게 이렇게 말했다. "조너선, 나는 당신하고 만나는 게 좋아. 하지만 이제 토비의 변을 보아달라고 가져오는 건 그만해 주었으면 좋겠어.") 빌의 닥스훈트와 마찬가지로 조너선의 개도 그가 이 세상에 속해 있다는 소속감을 주었다.

"나는 개를 키우는 사람들의 네트워크와 함께 움직여요. 정말로 멋진 공동체죠. 우리는 모두 아침저녁으로 개를 산책시키고, 때로는 다른 곳에서도 만납니다. 우리는 서로 개의 이름으로 불러요. '저기 토비 아빠다. 애스트로 아빠도 왔네.' 하고요."

이런 이야기들은 연구자들이 그동안 여러 차례 보고한 사실들을 다시 한번 확인시켜 준다. 개는 훌륭한 사회적 윤활유며, 상대적으로 사교성이 높은 사람들에게 선택된다는 것이다. 오클라호마 대학의 심리학자들은 개에게 애정적 태도를 보이는 사람들은 사람에게도 그에 비례하는 애정적 태도를 갖는다는 것을 밝혔다. 영국의 연구자들은 개와 빈번히 접촉하는 사람들은 개를 키우지 않는 사람들보다 인간적 유대관계에 대한 욕망이 더 높다고 보고했다. 캘리포니아에서 연구한 한 사례는 애완동물을 키우는 노인들이 그렇지 않은 노인들보다 자립심과 이타심이 강하고 낙관적이며 사회성도 높다는 결과를 발표했다.

외부 사람들의 눈으로 볼 때, 인간과 개 관계의 핵심문제는 그 '정도'인 것 같다. 나는 당연히 루실과 함께 있을 때 이 세상이 좀더 편해지고 사람들을 만나기도 쉬워진다. 사람들은 길 가면서 미소 짓고, 때로는 멈춰 서서 개에 대해 가벼운 질문도 한다. 나는 녀석과 함께 있을 때 마음도 더 너그러워지고 존재감도 더 커지고 좀더 접근성 높은 사람이 되는 것 같다. 녀석은 목줄에 달고 다니는 분위기 조성자다. 그렇지만 나는 또한 과도함의 문제, 무엇이 '정상'이고 무엇이 '비정상'인지를 가르는 그 미세한 선의 존재를 알고 있다. 개는 내 인생에서 절대 부차적이라거나 따로 떼어놓을 수 있는 존재가 아니다. 그러므로 마음 한구석에서 의혹의 연기가 피어오른다. 나는 어쩌면 이 개를 지나치게 사랑하는 건지도 몰라. 이것은 문제인가?

개밖에 모르는 여자

2년 전 크리스마스에, 나는 루실을 데리고 또 큰 가방에 루실의 물건들을 챙겨 넣고 이모님 댁을 방문했다. 가방에는 녀석의 담요, 장난감 두어 개, 우리가 저녁 식사를 하는 동안 녀석이 가지고 놀 큼지막한 생가죽 뼈가 들어있었다. 이걸 묵직하게 들고 서 있자니 나도 좀 바보같이 느껴졌다.(개를 위한 기저귀 가방이라고나 할까?) 그래서 가방을 겨드랑이에 찔러넣다시피 하고 거실로 걸어 들어가 집안을 둘러보았다.

크리스마스는 내게 외로운 시기이다. 특히 부모님이 돌아가신 뒤로는 더 그렇다. 가족이란 무엇인가? 이 세상에서 내게 진실한 유대감을 주는 사람은 누구인가? 명절은 내게 이런 어두운 실존적 질문들을 던져주고, 그 질문의 강도는 두 분의 사후 훨씬 더 커졌다. 어린 시절부터 나는 해마다 이모님 댁에서 크리스마스를 보냈지만, 그 집 식구들과는 주로 명절 때만 보는 사이였다. 거실 입구에 서 있으니 모르는 사람들과 크리스마스를 보내게 된 것처럼 쓸쓸하고 외로운 느낌이 밀려들었다. 나는 잠시 머뭇거리다가 사촌 수잔과 그 남편 빌에게 다가갔다. 그들은 내가 루실을 얻은 그 무렵에 페퍼라는 이름의 푸들을 키우기 시작했다.

나는 공통점이 있어서 다행이라고 생각했다. 그래서 인사를 하고 짧은 농담을 나누고 나서 빌에게 물었다.

"페퍼는 어때요?"

개는 내가 수다쟁이가 될 수 있는 많지 않은 대화 주제 가운데 하나다. 그래서 나는 이렇게 말문을 연 뒤, 이어서 여러 가지 개 이야기(훈련 문제, 행동이상 문제, 먹이 문제 등)를 나눌 수 있을 거로 생각했다. 하지만 빌은 가볍게 대답했다.

"아! 잘 지내죠. 크니까 더 예뻐졌어요."

그러더니 그는 "또 물어볼 거 있어요?" 하는 듯한 표정을 지어 보였다. 나는 갑자기 바보가 된 느낌이었다. 발밑에는 개, 겨드랑이에는 개 가방, 그리고 만나자마자 하는 이야기가 개 이야기. 온통 개, 개, 개밖에 모르는 여자.

부부 모두 의사인 수잔과 빌은 어린 딸이 둘 있어서 아주 바쁘게 산다. 그들 역시 페퍼와 깊은 애착을 이루었으며, 페퍼에게서 많은 즐거움을 얻는 게 분명하지만, 그들의 세계에서 페퍼는 1차적인 역할을 하지 않는다. 반대로 나는 하루 종일 개에게 매여서 산다. 바로 그 날만 해도 나는 아침나절에 녀석과 세 시간 동안 숲을 산책했고, 오후에는 녀석을 딸 또는 애인이나 되듯이 크리스마스 식사모임에 데리고 간 것이다. 나는 잠시 발가벗겨진 듯한, 나와 다른 사람들의 근본적인 차이를 노출시킨 듯한 당혹감에 사로잡혔다. 개와 사는 여자와 가족과 사는 남자. 협소한 생활을 하는 여자와 넓고 충만한 생활을 하는 남자. 기이한 원칙을 지닌 여자와 정상적인 원칙을 지닌 남자. 이 그림에 무슨 문제가 있는가?

개를 깊이 사랑하는 사람들은 이런 종류의 자의식에서 자유롭지 않으며, 때로는 자신과 같은 열렬한 애견인들과 함께 있을 때도 그렇다. 최근에 나는 베일리라는 이름의 노란 래브라도를 키우는 캐서린이라는 여자, 또 새디라는 이름의 골든리트리버-래브라도 잡종을 키우는 10대 소녀 케이티와 함께 공원에 있었다. 어느 순간 캐서린이 배낭에서 간식 통을 꺼내더니, 우리가 앉은 테이블 주변을 어슬렁거리는 개들에게 말했다.

"누구 간식 먹고 싶은 사람? 여기 맛있는 간식이 있다!"

그녀의 목소리는 초등학생들 한 무리를 앞에 놓고 말하는 것처럼 높고도 낭랑했다. 그러다 그녀는 케이티와 나를 보고 눈을 데룩 굴렸다.

"세상에, 내가 왜 이러지?"

우리는 그냥 웃었다. 그런 일은 늘상 일어나기 때문이다.

그런 일은 늘상 일어난다. 개를 사랑하는 다른 많은 사람들과 마찬가지로 나 또한 녀석을 부르는 애칭이 50개는 된다. 예쁜이, 예쁜아가씨, 공주님, 착한아기 등등. 나는 이따금 집에서 열렬한 소프라노 목소리로 "공주님, 공주님, 지금 내 눈앞에 있는 게 이 세상에서 제일 예쁜 공주님인가요?" 하고 떠든 뒤 움찔하면서 제발 옆집 사람들이 이 바보 같은 소리를 듣지 않았기만을 바란다. 또는 녀석의 밥을 만들어서 제발 먹으라고 간청과 애원을 하고 있다.

"정말정말 맛있는 밥을 만들었어, 우리 예쁜 아가씨! 이 맛있는 밥을 조금만 먹어봐."

그러다가 고개를 흔든다. 드디어 미쳤어. 나에게는 이 개뿐이야. 언제라도 이 개뿐이야. 어쩌다 이렇게 된 거지? 녀석은 정말 인간관계의 대체물인가? 이 에너지를 다른 곳에 쏟아야 하는 걸까?

'어떻게 해야 하나?' 크리스마스 때 내게 벌거벗은 느낌을 던져준 그 질문은 바로 이것이다. 이런 식의 삶을 계속 살아야 하나? 아니면 다른 삶을 살아야 하나? 좀더 통념적인 길에 올라서서, 좀더 통념적인 목적을 추구해야 하나? 개에게 매달리는 대신 내 사촌 부부처럼 남편이 있고 아이가 있는 사람 가족을 만들어야 하나? 내가 만약 그런 길을 가지 않는다면 나한테 무슨 문제가 있는 건가?

이런 질문들은 거의 루실을 데려온 순간부터 생겨났다. 그리고 앞으로도 나는 이런 문제들을 쉽게 떠나지 못할 것이다. 어떤 편치 않은 날들, 외로움이 몰려오고 내 세계가 협소하고 비생산적이고 음울하게 여겨지는 날에는 내 이런 생활이 한심하게만 보인다. 나 자신이 개에 미친 부적응자, 두려움과 상처로 인해 '진정한' 인생을 잃어버린 은둔자인 것만 같다. 하지만 다른 날들은 그렇지 않다. 그 크리스마스 때 나는 의구심의 물결 속에서도 한편으로는 확실한 어떤 것도 느낄 수 있었다. 이 개가 있는 것이 나한테는 엄청난 위안이라는 것을, 내 일상의 견실한 동반자이자 목격자인 이 녀석은 여러 가지 의미로 내 본래 가족보다 나에게 더 가까운 존재라는 것을. 녀석이 상징하는 인생과 사랑의 방식은 관습적인 것은 아닐지도 모른다. 하지만 나름대로 유효한 방식이다. 그것이 나의 방식이라는 이유만으로도.

안녕! 마이클

헤어지기 한 달 전, 그러니까 커플 치료를 받기 몇 달 전에 마이클과 나는 버몬트 주에서 일주일을 함께 보내다가 전에 없이 크게 다투었다. 우리는 루실과 함께 그린 산맥의 자연보호 구역을 산책하다가, 언덕 기슭에 멈춰 서서 눈앞에 넓게 펼쳐진 아름다운 광경을 내다보았다. 나무, 농경지, 멀리서 보석처럼 반짝이는 호수. 그때 나는 무슨 까닭인지 심사가 뒤틀려 있었고, 마음속에 늘 부글거리던 그 '대체성'에 대한 이야기를 시작했다. 개는 아이를 가질 만큼 고결하거나 용감하거나 정상적이지 않은 사람들이 아이 대신 선택하는 저비용의 대체물이라는 말이 나를 몹시 화나게 한다는 이야기를 했다.

그러다가 나는 불쑥 내뱉었다.

"분명한 건 내가 아이를 갖기 싫다는 거야."

지난 세월 동안 마이클과 나는 아이 갖는 일을 두고 여러 차례 이야기했다. 하지만 그건 우리의 결혼 이야기가 그랬듯이 언제나 아주 막연하고도 모호하기만 했다. 언젠가 그런 일이 있다면 말이지, 하는 식으로 문을 열어두지도 그렇다고 닫아버리지도 않은 그런 대화였다. 그러니까 아이에 대해서 그렇게 분명한 태도를 보인 것은 그때가 처음이었고, 나는 입에서 말이 나간 순간 이미 그 말이 얼마나 잔인하고 생각 없는 말인지 알았다.

'들었지? 아이는 싫다니까. 그러니까 더 말하지 마.'

마이클은 그 순간에는 아무 반응도 보이지 않았다. 그냥 나를 한 번 흘깃 보았을 뿐이다. 하지만 몇 시간 후 무슨 일인가로 그는 폭발했다. 그때 우리는 일주일 동안 빌린 집에 들어와 있었는데, 그는 내가 언덕 기슭에서 그토록 간단하게 내뱉은 말을 언급하며 화를 냈다. 그 분노는 정당했다. 그랬다. 나는 미래에 대한 중요한 결정을 내리면서 오직 내 생각만 했을 뿐, 그의 소망 같은 것은 전혀 고려하지 않았다. 그랬다. 나는 그를 앞에 세워놓고 "이 세상에 나와 개만 있으면 될 뿐, 당신은 필요 없어. 미래의 아이들은 더더욱 필요 없어."라고 말하고 있었다. 언제나 아내와 가정을 간절히 원하던 마이클은 자리에서 일어나서 말했다.

"일주일이 지나면 보스턴으로 돌아가서 당신은 당신 길을 가. 나는 내 갈 길을 갈 테니."

마이클은 그렇게 단정적인 말을 한 적이 한 번도 없었다. 나는 일말의 안도감도 있었지만, 그보다는 두려움에 휩싸였다.

한 시간쯤 지나서 나는 다시 그와 한바탕 크게 싸우고 나서 혼자 산책하러 나갔다. 그러다가 문제의 발언을 한 그 장소에 이르렀다. 나는 루실과 함께 바위에 앉아서 농경지와 호수를 굽어보았다. 인생의 갈림길에 선 듯한 격렬한 두려움과 불안감이 밀려들었다. 한쪽 길은 아주 익숙한 곳으로 이어지지만, 다른 쪽 길은 완전히 새롭고도 낯선 길이다. 아마도 나는 얼마 전부터 이미 우리 관계를 끝낼 생각을 하고 있었을 것이다. 내가 루실을 마이클과 공유하지 못한다는 사실은 우리 두 사람의 관계에 대한 내 생각을 뚜렷이 말해주고 있었다. 하지만 나는 이 문제를 협소한 틀에 가두고, 초점을 마이클에게만 맞추었다. 내가 정말 이 사람을 원하는가? 그의 아이를 갖고 싶은가? 그와 함께 살 수 있을까? 그의 장점은 무엇이고 한계는 무엇인가? 그날 오후 처음으로 마이클과 헤어질 실제적 가능성에 직면하자, 나는 문제의 초점을 넓혀야 했다. 마이클이 어떤 사람이고 그가 무얼 줄 수 있는지뿐만 아니라, 내가 누구이고 내가 어떤 인생을 원하고 또 원치 않는지를 함께 들여다보아야 했다.

내가 정말 원하는 건?

나는 루실을 바라보았다. 바위를 어슬렁거리며 틈바구니에 코를 들이

미는 녀석을 보면서 나는 아이를 생각했다. 여자들 대부분처럼 나도 어른이 되면 당연히 아이를 낳으리라고 생각하며 자랐다. 여자라면 인생의 어느 시기에 맞는 배우자를 만나 정착하고 아기를 낳게 마련이라고. 하지만 실제로 나는 아이를 갖는 것과 관련해서 어떤 강렬한 모성적 욕망을 느낀 적이 없다. 20대 시절 쌍둥이 자매 베카는 온몸이 임신하고 싶다고 외치는 것 같다는 말을 자주 했다. 온몸의 세포가 들고 일어나서 이제 때가 됐으니 어서 가서 임신하라고 말하는 것 같다고 했다. 하지만 나는 강아지를 보면 그 사랑스러움에 나도 모르게 입이 벙글어지지만, 아기를 보고 그런 적은 단 한 번도 없다. 오랫동안 나는 이 일을 걱정했다. '나한테 생식과 관련된 중요한 유전자 하나가 빠졌나? 기나긴 세월 술에 젖어 지내는 동안 모성본능이 다 희석되어 나갔나?' 하지만 그러면서도 때가 무르익으면 그런 소망이 생길 거라고 기대했다. 언제인지 몰라도 내게 꼭 맞는 상대가 나타나면, 그러니까 함께 아기를 갖고 싶은 사람이 나타나면 나도 아기를 원하게 될 거로 생각했다.

바위에 앉아 생각해보니, 앞으로도 내가 마음 깊이 아기를 원하는 일 같은 건 없을 것 같았다. 그것은 나를 이루는 일부가 아닐지도 모른다는 생각이 들었고, 아기를 갖거나 원하는 일은 너무나 엄청나고도 근본적인 방향 전환이 필요해서, 나 자신의 전면적 개조에 육박하는 어떤 것이 없이는 불가능할 것 같았다.

나는 개를 돌보는 일이 좋다. 분명히 녀석은 내가 지닌 특정한 모성을 만족시키고 있다. 녀석을 돌볼 수 있다는 것은 내게 크나큰 기쁨이다. 하지만 내가 녀석의 장난감과 담요가 든 가방을 들어나를 때도, 무릎을 꿇고 앉아 밥을 먹으라고 사정할 때도, 나는 녀석이 아기가 아니라 개라는 것을 잘 안다. 녀석을 돌보는 것은 아기를 돌보는 것과 엄청나게 다르며, 내가 경험하는 희생과 보상은 어머니로서 겪는 희생과 보상과는 천지차이라는 걸 잘 알고 있다. 작고 시끄러운 포메라니언-테리어 잡종 킴을 키우는 응급실 간호사 재닛은 그 차이를 아주 간단하게 정의했다.

"아기를 철장에 넣고 밀크본 뼈다귀를 던져주고 나서, 네 시간씩 쇼핑을 하고 올 수는 없죠. 이런 차이는 내게 중요해요."

그렇다. 내가 아는 개 주인들은 개를 돌보는 데 많은 시간을 들이지만, 그것은 어머니가 아이에게 들이는 시간과는 비교가 되지 않는다. 개들은 한밤중에 배고프다고 깨는 일도 없고, 한바탕 발악하듯 울어제치지도 않는다. 그리고 우리가 특별히 자신을 들볶는 경우를 뺀다면 그리 큰 걱정거리를 안기지도 않는다.

코커스패니엘 조엘을 키우는 서른다섯의 독신여성 바바라는 이런 말을 했다.

"나는 아이들을 좋아해요. 하지만 분명한 건 분명한 거죠. 개는 사춘기에 들어서자마자 부모가 돼서 그게 뭐냐고 우리한테 소리지르지 않잖아요."

역시 그렇다. 개와의 관계는 시간이 지나면서 혼돈의 여지가 줄어든다는 특징이 있다. 녀석이 좋은 유치원에 갈지, 대학 학비는 어떻게 댈지 고민할 필요가 없다. 어느 날 닭벼슬 머리를 하고 나타나거나 약물에 빠지지는 않을지 걱정할 필요도 없다. 그리고 승용차를 나무에 들이박는 일도 결코 없을 것이다.

그런 산맥에서 나는 이런 생각도 했다. 내가 개를 두고 이토록 많은 걱정을 한다면 내가 어떻게 아이를 가질 수 있단 말인가? 그렇게 되면 나는 아이를 서른다섯 살이 될 때까지 플라스틱 무균상자에 넣어두어야 할 것이다. 나는 과연 아이들에게 '애정적 거리두기'를 할 수 있을지, 부모라는 이름의 목줄을 내려놓을 수 있는지 확신하지 못한다. 내게 부모 역할에 필요한 인내심과 지구력과 무한한 이타심이 있는지도 확신할 수 없으며, 그와 관련되는 수많은 일상적 타협점을 참을 수 있는지도 확신하지 못한다.

"자기 아기는 다르다."고 사람들은 말한다. 자신이 낳은 아기의 눈을 들여다보면 그 모든 헌신과 사랑과 인내와 이타심이 저절로 솟아오른다고 말이다. 역시 20대 시절에는 별다른 모성적 충동을 경험하지 못한 우리 어머니가 자주 한 말씀이다. 하지만 나는 정말 그런지 확인하고 싶은 마음도 없고, 또 내 안에 얼마나 있는지 모르는 헌신과 사랑과 이타심을 아기에게 쏟아붓고 싶은 마음도 별로 없다.

'목소리 분별'이라는 말이 거기 앉은 내게 다가왔다. 나는 지금 내 머릿속에 울리는 목소리를 분별하려 하고 있다. 때로는 자기 비난의 목소리가 크고 잔인하게 울린다. 너는 엄마가 될 자격이 없어. 너는 그럴 능력도 없지만, 그만큼 이타적이지도 않고 그럴 준비도 되어 있지 않아. 그것은 우리 사회적 관습의 목소리고 부모님의 목소리이며 아이를 키우는 미국 내 2천5백만 커플의 목소리다. 그리고 그 목소리에 담긴 메시지는 명백하다. 고결하고 정상적인 사람들은 아이를 갖는다. 이기적이고 비틀린 사람이 아기를 갖지 않는다. 그러나 내게는 오래전부터 이 우렁찬 목소리에 대항하는 또 하나의 목소리가 있었다. 그건 속삭임처럼 미약하고 망설임 가득한 내 내면의 감정이다. 내가 정말 아기를 원할까? 그게 정말 나에게 맞는 길일까? 과연 아기를 갖는 일이 내 에너지와 재능을 쏟을 가장 의미 있는 길일까? 개를 키우고 개를 사랑하고 개를 돌보는 일이 이 속삭임에 생명력을 불어넣어 주었다. 나는 녀석을 보며 생각했다. 이 세상에서 사랑을 베풀며 사는 방식은 여러 가지가 있어. 생산적이고 애정적으로 사는 방법은 여러 가지야. 내 머릿속에는 일전에 보고 은근히 공감했던 범퍼 스티커의 글귀가 떠올랐다. '개를 키울 수 없는 사람들이 아기를 키운다.' 그래, 그런지도 몰라. 나한테는 그 정도면 충분해.

'그 정도면 충분해.'

충분함을 둘러싼 그 오랜 질문이 떠올랐다. 나는 개를 불러다 가슴을 긁어주며 우리의 의례적인 일과를 떠올려보았다. 아침에 내가 작업실로 올라갈 때면 내 옆을 타박타박 함께 걷는 녀석, 내가 컴퓨터를 끌 때면 자기를 봐달라며 펄쩍 뛰어오르는 녀석, 오후 산책하러 나가기 전에 하는 이런저런 놀이. 그리고 녀석의 단순한 요구를 충족시켜 줄 때 느껴지는 단순한 기쁨을 생각했다. 녀석에게는 거의 마약 수준인 생가죽 막대기를 건네주는 일, 새로운 장난감을 주는 일, 운동을 시켜주고, 격려와 양식과 애정을 주고 곁에 함께 있어주는 일. 나는 안도감과 놀라움이 뒤죽박죽 된 심정으로 생각했다. '그래, 지금은 이

정도면 충분한 것 같아. 드디어, 충분하다는 느낌이야.'

독신여성들

내가 개의 세계로 들어가고 나서 발견한 놀라운 사실 하나는 수많은 여성이 나와 똑같은 경험을 한다는 것이다. 많은 여성이 아이를 둘러 싸고서 '이래야 하나 저래야 하나?' 하는 문제에 휩싸여 있다가 개를 통해서 그 내면의 퍼즐을 푼다. 때로 개는 우리를 '그래, 아이를 가져 야 해' 하는 쪽으로 끌고 간다.

"개를 키우기 전에는 내게 이런 유대와 사랑의 능력이 있는지 몰 랐어요."

이전까지 아이에 무관심했던 37세의 편집자 에이미는 구체적으로 아기 갖기를 소망하게 되었다. 때로는 반대의 결과가 나타나기도 한 다.(스스로 정리정돈 병 환자라고 하는 푸들 두 마리의 주인이자 40 세의 변호사 샌디는 "아기, 젖 먹이기, 게다가 잠도 못 자는 생활이 요? 전 사양합니다. 강아지 키우는 것도 간신히 한걸요."라고 말한 다.) 때로 개는 양쪽의 틈을 채워서 때와 상황이 무르익을 때까지 기 다리게 해준다.

나와 마찬가지로 이 여성들은 모두 독신이며 모두 개에게 헌신적이 다. 나와 마찬가지로 이들 중 누구도 개를 인간의 아이와 착각하지 않 는다. 나와 마찬가지로 이들은 모두 개에게 시간과 정성을 쏟는 것은 아기에 대한 소망에서 비롯된 일종의 대리만족 행위라는 세간의 편견 에 분개한다.

에이미는 이런 말을 우스워했다.

"나는 아이도 좋아하고 개도 좋아해요. 하지만 그 둘은 완전히 별개예요."

샌디는 그런 생각에 깃든 남녀차별주의를 읽어 냈다.

"개를 키우는 남자들도 그런 말을 듣나요? 어떤 남자가 독일 셰퍼드를 데리고 산책하는 걸 보고 '아, 저 남자는 아기를 바라는 생물학적 욕구를 개를 통해서 대리만족하는구나.' 하고 생각하느냐고요."

샌디는 크게 웃고는 다시 심각한 어조로 말했다.

"내가 정말 화나는 건 사람들이 여자가 인생에서 이룰 수 있는 진정한 성취는 아기를 낳는 것뿐이라고 생각한다는 거예요."

그녀의 삶은 베푸는 삶의 모범이라 불릴 만하다. 수임한 사건마다 엄청난 노력을 기울여 일하고, 규칙적으로 무료 법률상담을 하고, 십여 가지의 사회운동에 지원하고, 십여 명의 친구와 친밀한 우정을 유지하며, 그녀의 말대로 개 또한 끔찍이 사랑한다.

"도대체 뭐가 대리만족이라는 거죠? 개들은 내 자식이 아니에요. 그저 친구고 놀이 동무예요. 나는 개들을 보살피는 게 좋고, 내가 집에 왔을 때 개들이 반가움에 펄펄 뛰는 것도 좋아요. 밤에 잠잘 때 옆에 있는 것도 좋고, 개들이 먹는 걸 보는 것도 좋아요. 이게 엄마 같은 말인가요? 아뇨, 이건 개를 사랑하는 여자의 말일 뿐이에요."

사실, 그 말은 양쪽에 다 해당한다. 다시 말해 개를 열렬히 모성적으로 사랑하는 여자의 말이다. 내가 루실을 사랑하는 방식도 그렇다. 또 내가 아는 많은 개 주인이 개에게 그런 식의 애정을 바친다. 그렇다면 이들이 모두 개를 아이의 대체물로 선택했다는 말인가? 모성을 생물학적 명령이나 정상적 인간의 상징, 또는 필수불가결한 통과의례로 본다면 그렇다고 대답해야 할 것이다. 하지만 모성을 개인적 선택의 문제로 본다면 그 대답은 '아니오'가 될 것이다. 개는 그저, 다행히도 개일 뿐이다.

그러나 사람은 개만으로는 살 수 없다. 내가 그린 산맥의 바위에 앉아 느낀 공포감은 아기가 없어질 가능성보다는 애인이 없어질 가능성에서 비롯된 것이다. 나는 곡절의 7년을 함께 했던 남자를 떠나야 했고, 스스로 홀로 되기를 선택해야 했다.

이전까지 나는 이런 일을 한 적이 없었다. 스스로 홀로 되기를 선택하는 일. 나는 남자들이 나를 버려서 혼자 됐고, 때로는 내가 남자들을 버려서 혼자 됐으며, 또 온갖 중독 속에서 집구석에 틀어박혀 술이나 마시거나 아무도 몰래 혼자 쫄쫄 굶거나 아니면 그냥 세상으로 나가지 않았기 때문에 혼자가 되었다. 그 시절의 고독에서는 어떤 항구성도 자발성도 느껴지지 않았다. 거기에는 긴장된 갈망이 있었다. 나는 그저 시간을 보내며 내 인생이 다시 시작되기를 기다렸다. 새 직장, 새 남자, 갑작스런 성격의 변화 같은 어떤 멋진 외부의 계기가 찾아와서 내 모든 것을 변화시키고 내 인생에 기적처럼 의미를 채워주기를 기다리는 듯했다. 이런 종류의 고독은 엄청난 수동성을 특징으로 한다. 그저 기다리는 것이다. 그리고 그 뒤에는 원대하게 어긋난 희망이 자리잡고 있다. 그것은 변화와 행복과 위안이 우리에게 그냥

'일어날' 것이라는 믿음, 그것은 스스로의 노력이나 결단 없이 그저 행운이나 상황, 아니면 운명의 장난으로 외부에서 찾아올 거라는, 거기에 우리의 의도는 전혀 개입하지 않는다는 생각이다.

그래서 나는 '의도'에 대해, 선택에 대해 생각했다. 마이클이 없는 생활. 애인이 없는 생활. 남자도 없고 부모님도 없고 백포도주도 없고 손에 움켜쥔 술잔도 없는 생활. 나는 혼자 앉아서 생각했다. '이제 무얼 해야 할까?' 그것은 가장 구체적인 의미의 질문이었다. 마이클 없이, 함께 저녁과 주말과 휴가를 계획할 남자친구 없이 어떻게 내 시간을 보낼까? 그 시간을 어떻게 채울까? 아직도 명확히 모습을 드러내지 않은 나 자신의 욕구와 두려움과 열망을 움켜쥔 채 홀로 남아서, 나는 어떤 음식을 먹고 어떤 활동을 하며 누구와 함께 시간을 보낼 것인가! 나는 얼마나 외로워지고, 사태는 어디까지 악화될 것인가? 그리고 이 모든 일의 와중에 나는 결국 어떤 사람이 될 것인가? 강한 사람, 아니며 약한 사람? 수동적인 사람 또는 적극적인 사람? 사교적인 사람 또는 고적한 사람? 자기를 돌보는 사람 또는 서툰 사람? 균형 잡힌 사람? 미친 사람? 아니면 도대체 어떤 사람? 나는 산자락에 앉아서 생각했다. '내 나이 서른여섯, 나는 아직 이런 질문에 대해 명확한 답을 갖고 있지 않아. 이제 시작할 때야.' 그러고 나서 다시 생각했다. '어쨌건 나한테는 개가 있잖아. 아, 개를 주셔서 고맙습니다.'

동반자 루실, 설계의 매개자 루실, 아침마다 저녁마다 나를 집에서 끌어내고 주말마다 나를 숲으로 끌고 가는 존재. 루실은 일종의 안내견이기도 하다. 내가 홀로 새로운 인생을 빚어나가기 시작했을 때, 인생을 빚는다는 게 무슨 의미인지 처음으로 응시하기 시작했을 때 내 곁에 있어준 존재이다.

마이클과 나는 7월 말 버몬트에서 돌아오고 나서 8월 한 달간 시험 별거 비슷하게 헤어져 지내보기로 했다. 8월은 9월로 이어졌고, 9월에 우리는 커플 치료를 받았다. 그리고 크리스마스가 가까워지자 커플 치료의 결론은 헤어지는 쪽으로 접근해갔다. 내가 개 때문에, 개를 위해서 그를 떠난 것인가? 그렇지는 않을 것이다. 녀석이 곁에 있어서 그를 떠날 수 있었을까? 녀석이 주는 기쁨과 안온함이 내 발걸음을 가볍게 만들어주어서? 아마도 그럴 것이다. 하지만 여전히 여러 질문이 남고, 특히 고립에 대한 질문이 그렇다. 개는 내가 한 관계에서 벗어나게 해주었지만, 이제 새로운 관계로 들어가게도 해줄 것인가? 아니면 이 녀석 자체가 나에게 친밀한 관계의 새로운 대안이 된 것인가?

내가 선택한 고독

마이클과 헤어지고 몇 달 뒤 나는 샌프란시스코에 사는 로스라는 여자와 이 일을 두고 긴 대화를 나누었다. 로스는 다섯 살짜리 달마시안-래브라도 잡종 딕비를 키우는 저널리스트다. 딕비는 로스의 루실이다. 깊이 사랑하는 동물이고 일차적 관계이고 그녀의 우주 중심이다. 그리고 역시 나처럼 로스도 생활의 상당 부분을 개를 중심에 두고 꾸려간다. 개를 두고 외출하기를 꺼리고, 여유 시간 대부분을 개와 함께 보내며, 지난 4년 동안 영화라던가 외식처럼 개와 함께 할 수 없는 활동을 대폭 줄인 채 살았다. 그래서 그녀 또한 스스로 '대체성'에 대한 질문을 한다. 독신이며 당시 마흔 살에 가까웠던 로스는 내게 물었다.

"내가 사람들하고 좋은 관계를 맺는 데 힘을 쏟아야 하는 건가요? 나와 개의 관계가 말하자면 내 인생을 정체시키는 건가요? 내가 인간 세상으로 나아가지 않도록 도와주는?"

대개 그녀는 그렇지 않다고 생각한다. 딕비와 그녀의 관계는 건강하고 그녀의 인생에 많은 힘을 주고 있다. 어쩌면 그녀가 현재 맺은 관계들 가운데 가장 건강한지도 모른다. 하지만 이따금 걱정이 찾아오는 건 어쩔 수 없다. 나 또한 그 걱정을 공유한 사람으로서 그녀의 심정을 충분히 이해한다.

때로 하루가 끝나갈 무렵 현관문을 잠그고 깊은숨을 들이쉬며 내가 끌고 다니는 두려움의 크기를 생각하면, 나는 루실과 나의 관계가 퇴행적 성격을 띠고 있음을, 이 관계는 내가 어른으로서 지고 나가야 하는 인간관계의 짐을 덜어주는 성소聖所의 역할을 하는 것을 알 수 있다. 때로 저녁 식사나 영화 같은 아주 인간적인 활동의 초대를 거절할 때면 나는 내가 고독을 선택한다는 것을, 안전하고 싶은 요구에 굴복한다는 것을 느낀다. 개와 함께 있는 편이 훨씬 편안하다. 그냥 개와 함께 집에 있고 싶다. 그럴 때면 질문이 솟아올라 온다. 내가 개와 보내는 시간을 줄이면 사람들하고 맺는 관계가 더 풍부하고 깊어질까? 내가(꿀꺽!) 데이트도 할 수 있을까? 지금 나는 다른 경험을 가로막는 것인가? 그렇다면 자기 보호와 자기 제한의 경계선은 도대체 무엇인가?

이런 질문에 명쾌하거나 쉬운 대답은 없을 것이다. 로스와 이야기를 하던 무렵, 나는 은퇴한 65세의 학교 행정가 마조리를 만났다.

보더콜리 개들과 함께 살았던 지난 30년 동안 그녀는 결혼도 하지 않았고 아이도 없다. 그렇다 보니 대체성 문제에 대해서, 그리고 그 경계선 문제에 대해서 역시 많은 고민을 했다.

그 무렵 마조리는 두 살 된 보더콜리 코리와 살고 있었다. 코리는 보더콜리 종답게 명랑하고 민첩하고 열정적이며 익숙지 않은 사람들에게는 놀라움까지 안겨주는 강렬한 집중력을 지녔다. 코리에게 공을 던져주면 녀석은 사생결단을 하듯 쫓아가서 우리에게 물고 돌아와 발밑에 톡 떨어뜨려 놓는다. 그런 뒤에는 앞발을 펼치고 목을 어깨에 파묻은 채 갈망하는 눈길로 우리를 올려다본다. 공을 던져줘. 공을 던져줘. 다시 해줘. 다시 해줘. 제발 다시 한번 해줘. 마조리는 코리를 끔찍이 사랑하지만("갈수록 어쩌면 이렇게 예쁜 짓만 하는지 몰라요.") 그녀가 개에 대해 말하기 시작하면 가장 먼저 꺼내는 이야기는 서른세 살에 키우기 시작한 첫 번째 보더콜리 개 글렌이다.

"글렌은 첫날부터 내 든든한 동반자였어요. 우리는 정말 잘 맞았지요. 말하자면 발에 꼭 맞는 신발 같았어요. 때로는 내 나머지 반쪽, 아니면 또 다른 나 같았다니까요."

글렌 또한 그렇게 느낀 게 분명했다. 마조리가 출근하면 녀석은 때때로 집을 빠져나와서 그녀가 간 길을 따라 도시 두 곳을 지나고 교통이 극도로 혼잡한 서너 곳의 대로를 건너 마조리가 근무하는 사무실 앞에 모습을 드러냈다. 녀석은 그토록 그녀와 떨어지기를 싫어했다.

마조리는 그 후 사람하고도 개하고도 그토록 강렬한 관계를 맺어본 적이 없다고 말한다.

"이런 말을 하는 게 좀 그렇지만, 어떻게 보면 글렌은 저한테 남편하고 비슷했어요. 물론 성적인 뜻으로는 아니고요, 정신적으로 그랬다는 거죠. 우리는 정말 서로에게 열렬했고, 저는 만족했어요. 사랑하고 싶은 욕구, 사랑받고 싶은 욕구를 모두 충족 받았으니까요. 그리고 어느 정도까지는 저한테 다른 사람이 필요 없었어요. 그저 그 녀석에게 몰두했죠. 아무것도 주저하거나 꺼리지 않았어요."

글렌은 열다섯 살 때 죽었다. 그때 마조리는 48세였다. 그 뒤로 네 마리의 보더콜리가 글렌의 뒤를 이었다. 처음에는 글렌의 딸 케이트였고, 다음에는 바비와 제이미였고, 지금은 코리다. 마조리는 활기찬 웃음을 지닌 유쾌하고도 다정다감한 여성이다. 겉으로는 쾌활하고 외향적이지만, 실제로는 내밀하고 자의식이 강한 그런 부류의 사람이다. 여럿이 모인 자리, 특히 모르는 사람들이 있는 자리에 가면 언제나 은밀한 자기질책에 시달린다. 내가 영리하게 행동하고 있는가? 적절하게 행동하고 있는가? '그런 멍청한 소리를 하다니, 넌 정말 바보야.' 머릿속에는 그런 소리가 자꾸 울린다. 하지만 집에서 개와 함께 있는 동안은 이런 마음의 짐이 없다. 사교적 재능과 자신감은 신체 근육처럼 사용하지 않으면 감퇴한다. 그러므로 일정 정도는 환경적이라고도 볼 수 있다. 마조리는 스물아홉부터 혼자 살았고, 어쩌다 보니 사람들과 별로 교류하지 않게 되었다. 그녀는 편안하게 가벼운 대화를 나누는 방법을 잊어버렸다. 하지만 그녀는 자신의 은둔성이 그런 단순한 사실이 아니라 좀더 어두운 실패와 관련되었을 거라는 두려움을 품고 있다.

"나는 외롭지는 않아요. 하지만 때로는 그런 생각이 들어요. '내 인생은 뭐가 잘못된 걸까? 왜 나는 혼자 살까? 왜 나는 결혼해서 아이를 낳지 않았을까?' 옛날에는 나도 당연히 결혼도 하고 아기도 낳을 줄 알았죠. 그리고 '너는 개하고는 잘 지내지만 사람들하고는 관계를 맺을 수 없어.' 라는 생각이 들면 아주 우울해져요."

무엇 때문에 사람들이 그런 선택을 하게 되었는지 밝히기는 정말 쉽지 않다. 마조리는 때로 개 때문에 자신의 고립성이 더 커진 건 아닌가 생각될 때가 있다. 글렌을 키우지 않았다면 어떻게든 세상을 향해 나아갔을 테고, 사람들 속에서 위안과 반려자를 찾으려 했을 수도 있기 때문이다. 하지만 정말로 그럴지는 별로 확신하지는 못한다. 여자들에 둘러싸인 직장에서는 남자를 만날 기회 자체가 별로 없었다. 게다가 그녀는 천성적으로 사교성과는 거리가 있었다. 파티라던가 레스토랑이든가 맞선 서비스 같은 다양한 기회를 활용해서 새로운 만남을 만드는 스타일이 아니었다. 그러므로 글렌과의 생활을 그토록 즐겁게 해주었던 요소들(고요한 생활과 자기 보호에 대한 소망, 사교적 세계에 대한 경계심)은 다른 형태를 띠고 나타나서, 여전히 그 문들을 닫아놓았을지도 모르는 일이다.

"고립에 대한 걱정이 들면 나가서 사람들을 만나는 편인가요? 아니면 그냥 고립된 채 지내는 편인가요? 내 경우는 개가 없었어도 독신으로 지낼 가능성이 컸던 것 같아요. 하지만 그랬다면 내게는 그야말로 아무것도 없었겠죠. 가족생활도 개가 주는 만족감도요."

인생을 빚어나가는 방식은 여러 가지가 있다. 하지만 인생에 진정 유효한 길은 오직 하나뿐이라는 미망은 정말로 끈질기게 우리를 사로잡고 있다. 마조리의 말에서 나는 그런 긴장을 읽을 수 있었다. 이것 아니면 저것이라는 논리, 우리 앞에 놓인 길은 오직 두 갈래, 가족의 길 아니면 개의 길뿐이라는, 그런데 그 가운데 진정한 길을 버리고 열등한 개의 길을 택했다는 듯한 논리. 의도한 건 아니겠지만, 그녀의 말 또한 그런 논리를 담고 있었다.

마조리는 첫 번째 개 글렌과의 관계를 설명하는 데 '내 나머지 반쪽,' '또 다른 나'라는 표현을 썼다. 그리고 그다음 개들(케이트, 바비, 제이미)에 대해서는 "아이들"이라고 말했다. 바비와 제이미는 어린 두 형제 같았다고 한다. 이들과의 관계는 글렌 때처럼 열렬한 것이 아니라 유쾌한 쪽이었다. 그러면 지금 키우는 코리는?

"코리는 손녀딸 같죠. 이 녀석은 언제나 아기 같을 거예요."

마조리가 의식적으로 이렇게 설명한 것은 아니다. 그러니까 나를 앉혀놓고 '첫 번째 개는 남편 같았고, 그다음 개는 아이들 같았고, 지금 개는 손자 같아요.'라고 말하지는 않았다. 하지만 그녀의 말을 들으면서 나는 그녀가 개를 통해서 나름의 가족 관계를 엮어왔음을 깨달을 수 있었다. 개들은 그녀의 인생에서 가족 같은 역할을 한 것이며, 거기에는 분명한 대칭 관계가 있었다. 마조리는 어쩌면 안타까울 것이다. 자신이 포기한 것들이, 또 자신이 놓친 경험들이.(그렇지 않은 사람이 어디 있겠는가?) 하지만 그녀는 스스로 길을 열어갔다. 강력한 애착이 있고, 가족적인 감정이 흐르고, 따뜻한 위로가 넘치는 자기만의 길을. 그러니까 마조리는 나름의 해결책을 찾은 것이다. 그녀가 말했듯이 "개를 주셔서 고맙습니다."

지나친 사랑

나 또한 인생에는 단 한 가지 '정상적인' 길이 있다는 관념에서 그다지 벗어나지 않는다. 그러므로 마조리의 삶은 내게 용기를 주기도 하지만 한편으로는 경각심도 준다. 나는 그녀의 이야기를 들으면서 나의 선택(개를 키우고, 마이클을 떠나고, 레스토랑과 파티와 미래의 아이들 대신 숲과 애견공원을 선택한 일)이 마조리처럼 개와 함께 하는 내밀한 길로 들어가는 첫걸음 같다는 생각이 들었다.

　이런 가능성은 내게 복잡한 느낌을 전해주고 나는 동요한다. 정말 저 개가 나를 넓은 세상에서 차단하고 있는 걸까? 녀석을 키우지 않았다면 나는 사회생활에 열성을 기울여 이탈리아 여행을 가고, 레이스 뜨기를 배우고, 가라테 교실에 등록할 것인가? 아니면 녀석이 있어서 내가 내면적이고 고독한 탐구를 편안하게 할 수 있는 건가? 나는 걱정한다. 개는 고립을 달래주는 진통제인가, 아니면 고립을 위한 핑계인가? 내 두려움의 상징인가? 아니면 나라는 인간 자체의 상징인가? 자기비판의 물결이 자꾸 일어난다.(내가 제정신인가 아닌가? 정상인가 비정상인가?) 그리고 이런 소리가 너무 커지면 나는 이런 일들을 다른 렌즈를 통해 관찰하려고 시도한다. 어쩌면, 정말 어쩌면 개는 전혀 다른 어떤 것인지도 몰라.

그레이스는 나와 함께 이야기할 때 개는 선택의 강요자가 아니라 오히려 선택의 협력자라는 식으로 말한다. 규명의 매개자가 되는 개, 자기규정의 수단이 되는 개. 처음 함께 산책하러 나갔을 때, 그레이스는 담담한 말투로 말했다.

"물론 개는 변화를 상징하죠."

그 순간 나는 그녀와 친구가 될 것임을 알았다.

42세의 화가인 그레이스는 큰 키에 적갈색 머리와 높은 광대뼈가 강렬한 인상을 주는 여자다. 나처럼, 그리고 마조리처럼 그녀도 은둔적 경향이 있어서, 사교 모임 같은 데 가면 겉으로는 불편한 기색 없이 능숙한 태도를 보이지만 속으로는 땀을 뻘뻘 흘리는 그런 유형이다. 외면과 내면의 틈. 그레이스는 아주 내성적인 성격으로 사소한 잡담 같은 걸 싫어한다. 비록 세련된 사회적 가면을 멋지게 쓸 수도 있지만,(그녀는 그런 자리에 어울리는 검은 드레스, 보석과 신발도 있으며, 사람들을 추켜세우는 적절한 기술도 숙지하고 있다.) 전시회를 열고 만찬을 준비하다가 문득 '내가 지금 여기서 뭐하는 거지? 나는 이 사람들하고 할 이야기가 없는데' 하고 생각한 것이 몇 번인지 헤아릴 수조차 없다. 이런 생각은 더 어두운 생각들을 불러일으켰다.

'나한테는 분명히 문제가 있어. 모인 사람들 모두 즐거운 것 같은데, 왜 나만 이렇게 소외감을 느끼면서 집에 가서 TV나 보고 싶다고 생각하는 걸까!'

그레이스는 혼자 살고 일도 혼자서 한다. 그리고 나와 마찬가지로 그녀 또한 닷새고 여드레고 열흘이고 별다른 사회적 접촉 없이 지날

때가 잦다. 그녀는 걱정한다. 나는 은둔자인가? 사회 부적응자인가? 내가 인생을 제대로 사는 건가?

그레이스는 보스턴의 별로 깔끔하지 않은 노동자 주거지역에 사는데, 오클리를 데리고 밤 산책하러 자주 나간다. 오클리는 늑대처럼 생긴 데다 얼굴이 검고 털이 굉장히 북슬북슬해서 사람들의 눈길을 확 끄는 개다. 오클리와 길을 가면 온갖 사람들이 그녀에게 말을 건다. 그녀는 익히 예상되던 질문들에 간단히 대답하고 나서(아뇨, 늑대는 아니에요. 그럼요, 빗질을 많이 해줘야죠.) 다시 길을 간다. 때때로 그녀는 이렇게 개와 함께 산책하는 버전의 자신을 오클리 이전 버전의 자신과 비교해본다. 지금 그녀에게는 칵테일파티도 없고 백포도주 잔도 카나페도 없다. 대신 손에 목줄이 쥐어져 있고, 목줄 끝에 매달린 34킬로그램 동물은 그녀에게 힘과 편안함과 안전을 전해준다. 그 느낌의 강력함이 그녀를 황홀하게 한다. 개는 그녀를 전혀 다른 방식으로 세상과 연결해준다. 그 방식은 아주 편안하고 안전하며 '진실하게' 느껴진다. 그레이스는 생각한다. 그래, 나는 제대로 사는 거야. 때로는 고적하고 또 고독하기도 하고, 어쨌거나 관습적인 삶은 아니지만, 집이 있고 개가 있고 일이 있고 친구가 있으니 의미 있는 인생이야. 내게 아주 잘 맞는 인생.

내게 잘 맞는 인생, 내 귀에 꽂히는 음악. 내 심리치료사는 내게 그런 느낌을 전달해 주려고 오랜 세월 동안 막대한 노력을 기울였다. 당신의 의무 같은 건 생각하지 마세요. 다른 사람들의 기대 같은 것도 생각하지 마세요. 당신 자신에게 맞는다고 느껴지는 건 무엇이죠? 그것은 정말로 어려운 질문이다. 왜냐면 아이에 대한 질문과 마찬가지로, 거기에 대답하려면 상충하는 수많은 목소리를 분별해 내서 그 중심부에 숨겨진 목소리를 들어봐야 하기 때문이다.

그레이스와 마찬가지로 나도 때로 보스턴이나 케임브리지의 거리를 걸어가다 진정한 삶을 사는 것 같은 많은 사람을 본다. 아이와 함께 있는 가족, 손을 잡은 커플들, 또는 레스토랑 창가에 모여 앉은 친구들. 그러면 내 안에서 정상을 바라는 목소리가 잠시 튀어나온다. 저게 나여야 하지 않는가? 유모차를 끌고 가는 저 여자, 아니면 애인과 함께 가는 저 여자, 아니면 친구 열 명과 함께 식사를 하는 저 여자. 나는 저런 것을 원해야 하지 않을까? 그러면 내 마음 깊은 곳에서 답이 떠오른다. 내면의 목소리가 또렷해진다. 나는 아기를 품에 안아도 아무 느낌이 없는 사람이다. 남자와 손을 잡고 길을 걸어도 단절감에 시달리는 사람이다. 열 명의 친구와 함께 레스토랑에 앉아서도 외로움에 대해 생각하는 사람이다. 그러나 개는 내 마음속의 다른 부분을 건드린다. 내 마음속에 이제 막 생겨나는 그 자리는 더 견실하고 현실적으로 느껴질 뿐 아니라, 유대 관계를 향한 문도 더 넓어 보인다.

마조리를 만난 날, 나는 친구 웬디와 함께 프레시 폰드 주변을 산책했다. 웬디는 2마일에 이르는 그 연못가 산책길을 나와 함께 백번은 걸었을 것이다. 여성 건강 문제에 관심이 깊은 54세의 레즈비언 웬디는 개가 아니면 나와 만날 일이 없던 사람이다. 그녀와 나의 생활공간은 그렇게 달랐다. 하지만 우리는 개들이 어렸을 때 처음 만난 뒤 평일 날 아침 산책을 같이하며, 개들이 뛰놀거나 우리 곁을 따라 걷거나 하는 동안 이런저런 잡담을 나누었다. 그날 오후 나는 친구 호프도 만났다. 호프 또한 나와는 전혀 다른 세계에 사는 사람이다.(그녀는 하버드 대학에서 일하는 대기 과학자다.) 우리는 거의 매일 오후 애견공원에서 만나 개들이 노는 동안 이야기를 나눈다. 저녁이 되면 나는 두어 통의 전화를 건다. 개를 키우는 작가 친구인 톰에게 토요일에 함께 산책할 수 있는지 묻는 메시지를 남겨놓고, 그레이스와 긴 통화를 하며 일요일에 함께 숲에 갈 계획을 세운다.

개를 산책시키고 개가 노는 동안 앉아 기다리는 것은 기본적으로 '개의 시간'이지만 또한 '인간의 시간'이기도 하다. 웬디는 주로 아침 7시 이전에 나를 만나는데, 그 시간은 내가 어떤 방어책을 세우기 전이기 때문에, 그녀는 나의 약한 모습을 여러 번 지켜보았다. 우리는 각자의 생일날도 함께 산책했고, 우리 부모님의 기일에도, 좋은 날도 나쁜 날도 그냥 그런 날에도 산책했다. 비가 오거나 눈이 오거나 햇살이 내리쬐거나 상관없이, 쾌거가 있건 좌절이 있건 상관없이 만났다. 하루 일을 마칠 무렵에 만나는 친구인 호프는 내가 글 쓰는 사람으로 겪는 정서의 오르내림을 누구보다도 잘 알 것이다. 공원에서 함께 보낸 많은 시간 동안 우리는 개에 대한 이야기도 많이 했지만, 자기 일과 자부심, 또 그 둘 사이의 관계에 대해서도, 우울함에 대해서도, 관계와 가족에 대해서도, 또 하루하루 살아가는 일의 어려움에 대해서도 이야기했다. 톰과는 애견훈련사를 통해 알게 된 사이다. 톰의 아버지는 우리가 만난 그 여름에 우리 아버지와 같은 뇌종양으로 돌아가셨고, 우리는 여러 날 오후 개와 함께 보스턴 서쪽 숲을 산책하며 상실에 대해, 그것이 일으키는 변화에 대해 이야기했다. 우리는 이 산책을 죽음의 산책이라고 불렀다. 그리고 그레이스가 있다. 그레이스와의 만남은 마치 잃었던 언니를 되찾은 것 같았다. 그녀가 걸어온 길은 내가 걸어온 길과 너무도 흡사해서, 나는 그녀에게서 거의 혈연과도 같은 느낌을 받는다.

그리고 물론 루실이 있다. 그날 저녁 나는 문을 잠그고 개에게 밥을 주고 나서 몇 군데 전화를 걸었다. 그리고 잠옷으로 갈아입고 거실 의자에 앉아 십자말풀이를 하고 텔레비전을 보았다. 많은 저녁이 이런 식으로 흘러간다. 그렇게 있다가 이따금 고개를 들어 루실을 찾는다. 그러면 녀석은 내가 찾는다는 걸 어떻게 알고 눈을 반짝 떠서 나를 쳐다본다. 나는 이런 순간의 안락감을 마음껏 즐긴다. 우리 둘이 고요한 인력引力 속에 하나가 된 느낌을. 나는 개가 옆에 있으면 외로움을 느끼지 않는다. 이런 깨달음은 내게 많은 가르침을 준다. 녀석은 내게 고적과 고립의 차이를 깨우쳐주고 또 그 차이를 실천할 수 있도록 해주었다. 녀석과 함께 밖에 나가면 다른 사람들로 향하는 길이 열린다. 녀석과 함께 집에 있으면 고통 없이 혼자 지내는 길이 다가온다.

개를 대체물로 보는 견해는 이 세상을 사는 방법은 사람과 함께 살거나 사람 없이 살거나 두 가지뿐이라는 암시를 담고 있다. 그 견해가 무시하는 것은 우리에게는 때로 두 가지가 다 필요하고 때로는 둘 사이의 안전 공간도 필요하다는 사실이다. 개는 그런 공간을 만들고 채워준다. 개가 있어 그런 일이 가능해진다.

9장
마음의 평화

"개는 나를 사랑해요."
개와 강렬한 관계를 맺은 사람들은
'개가 우리 정신적 경험을 고쳐 쓰게 해주며,
우리가 인간관계에서는 얻지 못한 것을 주고받을 수 있게 해준다.

난 혼자가 아냐!

루실과 함께 한 지 1년가량 지난 어느 날, 나는 미란다라는 회복기 알코올 중독자에게서 그녀의 첫 번째 개인 도베르만 종 멀린의 이야기를 들었다. 그녀의 말에 따르면 멀린은 그녀가 맺은 '진정한 첫 번째 관계'였다. 멀린은 그녀가 술에 빠져 살던 시절 비콘힐의 한 마약 상인에게서 물려받은 개였다. 그 뒤 그녀는 술을 끊었고, 그렇게 6주가량이 지났다. 그 무렵 그녀는 한 썰렁한 아파트에서 마약에 찌든 애인과 함께 살았다. 그러다 마침내 그 애인이 이사를 나갔는데, 그날 미란다가 집에 돌아와 보니 그나마 몇 개 있던 가구도 없어지고 멀린은 뒷방에 갇혀 있었다. 녀석은 그녀를 보자 너무도 기뻐했고, 방에 갇혔다 풀려난 행복에 어쩔 줄 몰랐다. 그녀는 차가운 거실 바닥에 주저앉아 개를 끌어안고 울음을 터뜨렸다. 텅 빈 아파트에 들어가는 순간 이제 혼자라는 처절한 느낌에 휩싸였지만, 다음 순간 자신은 혼자가 아니라는 걸 깨달았다. 그녀는 개를 끌어안고서 생전 처음으로 자신이 다른 존재에게 꼭 필요하다는 걸, 자신에게는 크나큰 책임이 있다는 걸, 자신은 지금 개와 진정한 '관계'를 맺고 있다는 걸 느꼈고, 이 모든 깨달음에 가슴이 미어졌다. 그것은 그녀를 이미 새로운 길 위에 올려놓은 것 같았다. 개를 끌어안은 채 그녀는 과거와 고통에서 빠져나와 위안을 향해 움직이기 시작했다.

미란다의 이야기를 듣자, 나는 개를 키우는 또 다른 회복기 알코올 중독자의 이야기가 생각났다. 그녀는 술을 끊은 직후의 세상을 빈집에 비유했다.

"우리 인생에서 알코올이 없어지면 모든 게 사라지는 거예요. 우리 정체성도 세상을 대하는 최고의 수단도 사라져요. 그건 마치 아침에 일어나서 텅 빈집을 바라보는 것과 같아요."

이 이야기를 듣던 무렵, 나는 인생에 대해, 관계에 대해 격심한 비관과 절망에 빠져 있었다. 그 느낌은 마치 미란다가 텅 빈 아파트에 걸어 들어갈 때와 비슷했다. 그래서 나는 전화에 대고 고개를 끄덕이며 말했다.

"맞아요. 나도 딱 그런 느낌이에요. 내 인생은 아무것도 없이 텅 빈집 같고, 있는 거라곤 그저 나하고 개뿐인 것 같아요."

그녀가 잠시 멈추었다가 말했다.

"바로 그게 핵심이에요. 개가 있다는 그 하나가 가장 멋지고도 중요한 일이죠."

그렇다. 멀린은 미란다에게 가장 멋지고도 중요한 하나였고, 루실은 나에게 가장 멋지고도 중요한 하나다. 때로는 녀석이 내가 세상 앞에 쌓은 벽이 아닐까 하는 걱정도 들지만, 어쨌거나 녀석의 존재는 벽

안쪽의 생활을 의미 있고 풍요롭게 하고 있다. 녀석은 언제라도 성채를 뚫고 들어오는 유일한 동물이다. 녀석은 인간 심리의 해자垓子를 척척 건너서 안으로 들어온다. 누가 나한테 녀석이 도대체 무얼 주는지 한 마디로 대답하라고 한다면, 나는 '위로', 그러니까 일종의 치유라고 말하고 싶다.

하늘에서 보낸 천사

개를 치료의 매개자로 이용한 임상적 연구 자료는 상당히 방대하다. 미국의 소아 정신과 의사 보리스 레빈슨은 심각한 폐쇄 성향을 보이는 어린이들의 치료에 자신의 털북숭이 개 징글을 활용한 경험을 통해서 1964년에 '동물치료'라는 말을 만들었다. 레빈슨이 관찰한 바에 따르면, 개는 어린이들이 심리적 저항을 누그러뜨리고 대화에 동참하게 '분위기를 조성'하는 역할을 한다. 동물이 곁에 있으면 레빈슨은 어린이들에게 다가가 호의적 분위기를 이루고 치료를 시작할 수 있었다. 심리 장애 치료에 동물을 사용하는 효과에 대한 연구는 레빈슨이 처음 시작한 게 아니지만,(이 분야는 20세기 초에 이미 사람들의 관심을 끌기 시작했다.) 그는 최초로 이에 대한 상당한 분량의 정식 논문을 남긴 사람으로서 이 분야의 선구자이다.

  그 후로 많은 과학자와 건강 분야 종사자들이 레빈슨의 이론을 임상 상황에 적용했으며, 그 결과는 분명한 일관성을 드러낸다. 동물은 분위기를 부드럽게 해주고 커뮤니케이션을 개선하며 자신감과 자부심을 높여주고 삶의 질을 향상시킨다. 레빈슨의 연구를 일찌감치 채

택한 정신의학자 샘 코슨과 엘리자베스 코슨 부부는 1977년 오하이오 주립대학 정신과에서 최초로 동물 치료를 포함하는 프로그램을 시행했다. 50명의 환자가 인근의 동물 수용소에 있는 개를 한 마리 고르고 나서 날마다 정해진 시간에 그 개와 만날 수 있도록 한 것이다. 이 가운데 3명의 환자는 프로그램을 중도 포기했지만, 나머지 47명은 두드러진 개선을 보였다. 개들은 사회적 촉매 역할을 해서 환자와 치료자들 사이에 긍정적인 연결 고리를 만들어주었다. 환자들은 자존감과 독립심, 자신감의 향상을 보고했다. 1981년에 오스트레일리아의 멜버른에서 한 한 연구(이는 오스트레일리아 최초의 정식 동물치료였는데)는 동물이 요양원 거주자들의 의욕과 행복감에 미치는 영향을 측정했다. 전직 안내견이던 골든리트리버 종 하니가 요양원에 들어오고 6개월이 지나자, 60명의 거주자는 전보다 명랑해졌고 생기와 반응성도 높아졌다. 웃음이 늘었으며, 인생에 대한 견해도 좀더 낙관적으로 변했다. 개와 접촉하지 않은 통제 집단 사람들은 긴장도와 폐쇄성이 더 높았고, 다른 사람들에 대한 관심도 낮았다.

이런 연구는 끊임없이 이어졌다. 요양원의 우울증 환자들은 개와 고양이와 함께 하면서 사교성과 낙관성이 높아졌다. 새와 작은 동물을 키우게 된 교도소 수감자들은 고립감과 폭력성이 줄어들고, 대신 책임감과 의욕은 높아졌다.(오하이오 주 리마 주립병원의 주도로 한 교도소에 시행된 동물치료 프로그램은 오늘날 전국적 모델이 되었다.) 개와 고양이는 말기 암 환자들의 두려움과 절망, 외로움, 고립감을 완화해준다. 정신 질환자들의 해프웨이 하우스(재활시설과 일반 거주시

설의 중간에 해당하는 기관. 치료 기능을 갖추었지만, 입주자들은 출퇴근 등 일정한 사회생활을 한다. —옮긴이)에도 개가 있으면 거주자들의 사회성과 커뮤니케이션 능력 향상에 도움이 된다. 퇴역군인, 정서장애 또는 학습장애 아동, 우범지대 청소년들이 모두 동물과의 교류를 통해서 도움을 받았다. 모두 반응성과 낙관성이 높아지고 커뮤니케이션 능력과 책임감이 향상되며 공감능력도 커졌다.

캘리포니아 주 애너하임에 VPI 보험 그룹(미국 최고最古, 최대의 애완동물 보험전문 회사)을 세우고 운영하는 51세의 수의사 잭 스티븐스는 애완동물의 임상적 가치를 개인적 경험을 통해서 힘겹게 깨달았다고 한다. 그는 여러 해 동안 수의학회보에 실리는 글들을 통해서 애완동물의 심리적 가치에 대한 평가가 높아지는 걸 알고 있었다. 하지만 그는 그런 견해에 회의적이었고, 그런 냉정한 태도는 수의사로서 동물들을 치료할 때도 마찬가지였다. 그가 볼 때 사람들은 개에 관해서라면 좀 심해 보였다. 개에 정신없이 빠져 있는 사람, 개가 병에 걸렸다고 우는 사람, 이런저런 감정을 주체하지 못하는 사람들을 일상적으로 봤지만, 그런 일을 이해하지는 못했다. 물론 그도 동물을 사랑했고 동물이 주는 기쁨을 잘 알았다. 하지만 고객의 절반가량은 그가 이해할 수 있는 범위를 벗어나 있었다. 그래서 그는 집에 돌아가면 그런 지나친 손님들에 대해 농담을 하곤 했다.

"내가 볼 때는 상당수의 수의사가 사람들이 개한테 얼마나 깊은 애정을 기울이는지 모르는 거 같아요. 개한테 그만한 가치는 없다는 생각이 아직도 널리 퍼져 있거든요."

이런 잭 스티븐스의 의심이 사라진 건 7년 전이었다. 그때 그는 후두암 진단을 받고, 방사선치료와 화학치료 속에 혹독한 다섯 달을 보냈다. 그런데 병이 밝혀지기 몇 달 전에 잭의 아내가 미니어처 도베르만 핀처 종을 집에 들였다.(다정다감함과는 거리가 있는 잭에게는 이 종도 별로 마음에 들지 않았다. 그는 사역견 품종의 큰 개를 선호했고, 작은 개들은 영 마땅치 않았다.) 하지만 스팽키라는 이름의 이 개(작고 매끈한 데다 놀라울 만큼 영리한)가 가진 독특한 매력은 처음부터 잭에게 특별한 느낌이 들었다. 녀석은 감정이 풍부한 개였다. 식구들이 자신을 두고 외출하면 항의의 표시로 2층 화장실에서 두루마리 휴지 끝자락을 물고 나와 아래층으로 내달려서 온 집안을 휴지의 물결로 뒤덮었다. 그리고 녀석이 잭에게 품은 강렬한 애착은 잭의 냉정함마저 일정 정도 누그러뜨릴 만큼 끈질겼다. 스팽키는 처음부터 잭의 베개를 특히 좋아해서, 밤마다 끈질긴 작업으로 잭의 머리를 베개에서 떨어뜨렸다. 그리고 마침내 작업에 성공하면 베갯잇에 쏙 들어가서 밤을 보냈다. 잭은 이런 종류의 행동(그의 표현에 따르자면 "강아지 짓")에 그렇게 참을성이 많은 사람이 아니지만 어쩔 수가 없었다. 스팽키가 그러는 것은 어쨌거나 사랑스러웠다.

잭이 암 치료를 받기 시작했을 때 개와 맺은 이런 관계가 변했다. 구역질이 심한 밤이면 잭은 아내 곁을 떠나 다른 방에서 잤다. 그러면 스팽키가 조용히 그를 따라와서 밤새도록 그를 지켰다. 녀석은 본능적으로 잭에게 무엇이 필요한지(얼마큼의 거리감과 얼마큼의 유대감이 필요한지) 알았던 것이다. 그리고 잭에게 친구와 가족의 지원이 부

244

족하지 않았음에도, 개는 그가 말한 대로 회복에 '핵심 고리' 역할을 했다. 스팽키는 그를 웃게 했다. 침대에 힘없이 누워있는 대신 자리에서 일어나 산책을 하게 했다. 귀엽고 예민하고 아무런 요구도 하지 않는 녀석의 존재는 그가 자기연민에 빠지는 것을 막아주었다. 오클라호마 주 출신으로 자신의 마초macho같은 성격에 자부심을 가지고 있던 스티븐스는 어느 순간부터 이 작은 개를 '하늘에서 보낸 천사'라고 부르기 시작했다. 그리고 스팽키와 맺은 이런 애착 관계 덕분에 비로소 은근히 비웃던 동물병원의 손님들을 이해할 수 있게 되었다. 그의 말대로 개는 그에게 "새로운 애완동물의 세계를 체험"시키고, 인간과 애완동물의 강렬한 유대의 힘을 깨닫게 해주었다.

잭 스티븐스의 경험은 개를 키우는 것이 왜 그렇게 사람들에게 큰 만족을 주는지, 녀석들이 옆에 있다는 것만으로도 치료효과가 나타나는지를 설명해준다. 어떤 효과들은 육체적으로 나타난다. 잘 알려진 많은 연구결과들이 개를 어루만지면(때로는 그냥 개가 옆에 있기만 해도) 혈압과 심장 박동이 낮아지는 효과가 있다는 것을 증명한다. 하지만 개와 함께 있는 것은 심리적인 치유력도 발휘한다. 그리고 이런 사실을 깨달으려고 우리가 꼭 암에 걸리거나 양로원에 들어가거나 비행 청소년, 수감자, 또는 정신과 환자가 돼야하는 것은 아니다.

손잡은 연인들처럼

여기서 이제 '무조건적인 사랑'이라는 말이 나오게 된다. 이것은 피할 수 없다. 열 명의 사람을 만나서 개가 뭐가 그렇게 특별하냐고 물어보면, 그 가운데 아홉 명은 '무조건적인 사랑'이라는 말을 할 것이다. 개들은 우리 배우자나 절친한 친구, 심지어 우리 부모보다도 더 순수하고 열린 자세로 우리를 사랑한다고.

나도 그런 말에 반대하지 않는다. 개들은 인간보다 훨씬 깨끗한 방식으로 애착하며, 베푸는 것은 꾸준하고, 바라는 것은 인간보다 훨씬 적다. 이 모든 특징들 때문에 이들이 요양원이나 병원처럼 치료가 필요한 환경에서 그렇게 놀라운 효과를 발휘하는 것이다. 그러나 인간과 개의 관계에 이르면 '무조건적인 사랑'이라는 말도 어딘가 부족해 보인다. 무언가 정형적이고 힘이 없어 보이기 때문이다. 그래서 미국 동물학대예방협회의 선임 부회장이자 과학 자문위원인 스티브 재위스토스키는 개인적으로 그 말 안 쓰기 운동을 한다고 말한다.

"그 말은 개는 존중할 필요가 없다는 것처럼 들리니까요. 때리고 걷어차고 해도 개는 다시 사람에게 돌아온다는 것 같잖아요."

그뿐 아니라 이 관계에는 본래 상호성이 없다는 뜻으로도 들린다. 우리의 역할은 그저 개 앞에 서서 그들이 주는 걸 받아먹는 것뿐이라는 것이다. 하지만 나는 개가 갖는 치유력은 녀석들이 우리에게 그냥 가져다주는 게 아니라 우리 안에서 끄집어 내주는 것으로 생각한다. 다시 말해 우리가 개를 통해서 무얼 느끼고 경험하느냐 하는 데 달린 것이다.

잭 스티븐스가 경험했듯이 개들이 우리에게 허용하는 한 가지는 폐소공포증 없는 친근함이다. 이것은 무조건적인 사랑과 비슷하지만, 그 구조는 좀더 복잡하고 우리가 받아들이기는 좀더 쉬운 감정이다.

만약 잭의 아내가 병을 앓는 잭에게 스팽키만한 정성을 기울였다면 (잠든 그를 밤새 지키고, 토할 때마다 옆에 있고, 잠시도 그의 곁을 떠나지 않았다면) 그는 아마도 좁은 공간에 갇힌 듯 답답해서 미쳐버렸을 것이다.

어쩌면 이는 우리 모두에게 해당하는 이야기다. 누군가 무슨 일이 있어도 나를 뜨겁게 사랑한다는 건 달콤하고도 보편적인 환상이지만 다시 보면 이는 불가능에 가까운 꿈이다. 성인 남녀 사이에서는 실현될 수도 없지만, 어쩌면 실현돼서도 안 되는 일이다. 우리는 무조건적인 사랑에 대해 이런저런 말을 할 수 있다. 그런 사랑을 바라는 마음에 대해, 하지만 실제로 그런 사랑을 주는 사람은 없다는 것에 대해. 하지만 우리 배우자가 개처럼 아침마다 우리만 보면 좋아서 어쩔 줄 모르고, 우리가 방에 들어올 때마다 길길이 뛰며, 비판의 말 한마디 없고, 우리가 짜증을 내건 안달을 떨 건 게으름을 피우건 아무런 견책도 하지 않으며, 언제나 우리에게 모든 권한을 준다고 생각해보라. 언뜻 보면 아주 환상적일 것 같지만, 실제로는 이런 상황을 5분도 견디지 못할 것이다. 하지만 개들은 우리에게 사람은 못 주는 걸 줄 수 있다. 아마도 그들이 다른 종에 속하기 때문에, 그들과 우리 사이에는 너무나 명백한 경계선이 존재하기 때문에, 개는 우리를 그렇게 사랑하면서도 공정함에 대한 질문도 일으키지 않고, 권력의 불균형이라는 골치 아픈 문제도 들쑤시지 않고, 우리를 갑갑함에 몸 비틀게도 하지 않을 수 있을 것이다. 그것은 개와 우리가 그토록 행복한 관계를 맺을 수 있는 이유 가운데 하나다. 개들은 우리 환상 속의 친밀함과 현실 속의 필요(경계선과 자율과 거리에 대한 필요)가 가진 틈새를 채워준다.

그 틈새 안의 인생은 편안하기 그지없다. 내 친구 그레이스는 여름이면 밤마다 오클리를 데리고 아래층으로 내려가 녀석을 마당에 내보낸다. 오클리가 오줌도 누고 마당도 쑤시고 다니는 동안, 그레이스는 현관 계단에 앉아 별을 바라본다. 얼마간의 시간이 흐르면 오클리가 계단으로 다가와 그레이스 곁에 앉는다. 둘은 한동안 함께 어둠을 응시한다. 잠시 후 그레이스가 고개도 돌리지 않은 채 손을 뻗어 오클리의 가슴을 쓰다듬는다. 그러면 오클리는 앞발을 그레이스의 팔에 대고, 둘은 그레이스가 들어가자고 할 때까지 그렇게 가만히, 손잡은 연인들처럼 다정하게 앉아 있다. 이것이 그런 틈새의 풍경이다. 묵언默言 속에 흐르는 인간과 개의 다함없는 애착. 그레이스는 오클리가 "그냥 곁에 있다"고 말한다. 그런 느낌, 개가 그레이스의 곁에 있다는 느낌, 세상 어느 누구의 곁도 아니고 오직 그녀의 곁에 있다는 느낌은 이 관계를 고유하고도 의미 깊은 것으로 만들어준다. 여기 나와 개가 있다. 나와 나의 개. 이 친근함은 사람에게서 동물에게 뻗은 비밀스런 다리처럼 여겨진다. 세상 어느 누구도 나와 같은 방식으로 건너갈 수 없는 둑길.

이 둑길은 여러 가지 의례적 일과와 반복과 단순한 순간들, 오직 인간과 개 사이에서만 발견되고 실천되는 행위들로 이루어져 있고, 이길을 날마다 건너고 또 건너는 것은 크나큰 회복력을 발휘한다. 카먼이라는 이름의 조그만 흰색 말티즈를 키우는 미셸이라는 여자는 매일

248

아침 부엌에서 30분가량 신문을 읽는다. 언젠가부터 그러고 있으면 개가 무릎으로 깡충 뛰어올라서 잠옷 속으로 기어들고, 그러면 그녀는 그 자세 그대로 커피를 마신다. 이제 이런 행동은 당연히 해야 하는 일과가 되었다. 이 고요하고 따뜻한 접촉의 순간은 한 번도 어김없이 기쁨을 안겨준다. 미셸은 이렇게 말한다.

"그건 아이들이 일어나고 전화벨이 울리고 지옥의 문들이 벌컥벌컥 열리기 전에 우리 둘만이 갖는 다정한 순간이에요."

앤드루라는 이름의 남자는 아침마다 노란 래브라도의 코를 보며 잠에서 깬다.

"내가 일어나야 할 때라고 생각하면 이 녀석은 침대 위로 올라와서 코를 내 얼굴 몇 센티미터 앞에 갖다대고 있어요. 그리고 입김을 뿜어대서 눈을 뜨게 만든답니다."

이런 광경은 아침마다 그에게 유쾌함을 안겨준다.

"방글거리는 개의 얼굴이 눈앞에 있다고 생각해보세요. 나는 아침마다 웃으면서 깨어난다니까요."

토마토라는 이름의 저먼 쇼트헤어드 포인트를 키우는 낸시에게는 매일 아침 여덟 시에 개와 함께 뉴욕의 센트럴 공원을 산책하는 것이 동물치료의 역할을 한다. 그녀는 말한다.

"그건 아주 절묘한 기쁨이지요. 날이 아주 사납거나, 진눈깨비가 내리는 날에도 마찬가지예요. 어떨 때는 정말 산책 같은 건 죽어도 하기 싫을 때가 있어요. 하지만 억지로 나가보면 그렇게 나간 게 하늘의 선물처럼 느껴져요. 나는 종교는 없지만, 그럴 때 구름 속에서 빛이 내려오는 걸 보면 꼭 신을 보는 것 같아요. 만약 개가 없다면 이런 경험을 하지 않겠죠."

이런 것들이 개와 함께 하는 틈새의 정경들이다. 그곳에서는 개의 경험이 우리의 경험과 교차하며 적량의 위로를 뿌려준다. 루실과 함께 산책할 때 나는 구름 속에서 신을 보지는 못하지만, 낸시 이야기에 담긴 느낌, 그 평온함은 이해한다. 루실과 숲에 나가면 나는 때때로 그늘에 멈춰 서서 녀석의 몸이 지금 이 순간의 일들(흘러가는 냄새, 들려오는 소리, 지나가는 벌레)에 예민하게 반응하는 모습을 지켜보며 생각한다. 그래, '지금 이 순간'이야. 저게 바로 지금 이 순간을 사는 거야. 그런 순간을 개와 함께 경험하는 것은 어떤 선禪적인 경지를 안겨다준다. 개가 그토록 지금 여기에 몰두하는 태도는 우리에게도 스며들어서 우리 역시 그들처럼 소리와 냄새와 정경에 몰두하게 되고, 그러는 사이 인간적인 근심 걱정(두 시간 전 또는 두 달 전에 일어난 일, 두 시간 후 또는 두 달 후에 일어날 일)은 뒷자리로 물러난다. 초점이 이동하면서 시야가 넓어진다. 우리는 인간세계에서는 그토록 찾아보기 어려운 두 가지 기능을 훈련하게 된다. 그 하나는 지금 현재를 사는 능력이고 또 하나는 고요함을 공유하는 능력이다.

이렇게 평화의 장면 한 장.

미치광이라도 좋아

다음에는 카메라를 좀더 미세한 곳으로 옮겨보자. 개의 털은 어떤가.

"개는 정말 만지기 좋은 동물이에요."

내 친구 톰이 어느 날 부엌에 앉아 자신이 키우는 오스트레일리아 셰퍼드 종 코디를 쓰다듬으면서 말한다. 나는 톰과 코디를 보면서 미셸 곁의 말티즈, 앤드루 곁의 노란 래브라도, 현관 계단에 앉은 그레이스 곁의 맬러뮤트를 생각하고, 신체접촉이 우리에게 얼마나 중요한지, 그렇지만 인간 세계에서는 그 일이 얼마나 골치 아픈 일이 될 수 있는지를 생각한다. 그리고 톰의 개를 바라본다. 코디는 만져지려고 사는 동물이다. 근처에 앉으면 녀석은 곁에 다가와 우리 무릎 위로 목을 빼고 기다린다. 마치 '자, 여기 선물 있어요.' 하는 듯이 녀석의 얼굴에는 기대감이 가득하다. 그래서 녀석을 쓰다듬어 주면 그 표정은 기대에서 만족으로, 만족에서 행복으로 옮겨간다. 귀가 뒤로 접히고 입이 벙글어지며 짧게 자른 꼬리 밑동이 요동을 친다. 그 모습은 꼭 온몸으로 "쓰다듬어 줘서 고마워! 정말 기분 좋아!"라고 말하는 것 같다. 그런 메시지를 받는 편에 서 있다는 것은 놀라움과 치유감이 함께 느껴지는 일이다.

신체접촉은 우리 사회에서 많은 의구심에 싸여 있고, 각종 규칙과 제한에 묶여 있다. 만약 우리가 신체접촉의 충동이 일 때마다 동료의 귀 뒤를 어루만진다고 생각해보라. 친구에게 다가가서 별 이유 없이 그를 끌어안고 머리카락을 흩뜨린다고 생각해보라. 사람들 사이에서는 따돌림을 부를(자칫하면 체포될 수도 있다.) 이런 행동을 개하고는 아무 거리낌 없이 할 수 있고, 게다가 열렬하게 환영받기까지 한다. 그들과 함께 있으면 자기 검열은 필요 없다. 우리는 멋대로 신체를 접촉할 수 있고 협상 같은 건 필요 없다. 그러니까 어떤 면으로 보면 우리는 녀석들 같은 구체적이고 물질적인 세계에 살도록 허락받는 것이다. 자신을 활짝 여는 곳, 자의식이 없는 곳에.

이런 일은 남녀에 상관이 없는 것처럼 보인다. 펜실베이니아 대학에서 동물병원 대기실의 고객을 임상적으로 관찰한 결과, 여자와 남자는 개를 어루만지는 지속 시간이나 빈도에 별 차이가 없는 것으로 드러났다. 몸짓 또한 비슷했다. 비슷한 숫자의 남녀가 개를 쓰다듬고 긁어주고 마사지 하고, 또 개의 목에 손을 얹거나 개를 한쪽 팔로 끌어안은 채 앉아 있었다. 이를 통해 연구자들은 개는 남자에게(특히 신체 접촉을 섹스의 전주곡 또는 소유욕과 혼동하는 사람들에게) 더 강력한 역할을 할지도 모른다는 결론을 내렸다.

– '마초 코드로 훈련받은 남자에게 개는 애정적으로 만질 수 있는 유일한 존재일 수 있다.' –

앨런 벡과 에이런 캐처는 이런 신체 접촉 요소가 인간 –개 관계에 치료의 친밀감을 준다고 보았다. 그것은 전통적 심리치료 방식들과 같으면서도 다르다. 그들은 "로저스 학파의 분석가는 래브라도 리트리버와 상당히 비슷하다"고 썼다. 로저스 학파는 칼 로저스에게서 시작된 정신분석 학파로, 간접적 방법론을 채택하고 있다. 실제로 이들의 활동과 개의 행동 사이에는 놀라울 만큼 유사점이 많다. 이들처럼 래브라도 개는 대화를 이끌어 나가려고 하지 않는다. 의견 제시도 비판도 하지 않고 행동을 촉구하지도 않는다. 대신 주의 깊고 공감 어린 시선으로 조용히 환자의 말을 경청한다.

작가 제롬 K. 제롬은 이것을 약간 다르게 표현한다.

"개들은 자기 이야기는 한마디도 하지 않지만, 우리가 하는 이야기는 잘 들어준다. 그리고 우리 이야기가 언제나 흥미롭다는 표정을 지어준다."

개와 치료사의 차이점은 물론 개는 펄쩍 뛰어올라 우리를 핥고 주둥이를 문지르며, 우리가 원한다면 언제라도 키스와 포옹을 허용한다는 점이다. 벡과 캐처는 이렇게 썼다.

"심리 치료가 어려운 점은 신체 접촉이 배제된 상태로 상호 간에 친밀감을 이끌어내야 한다는 것이다."

개에게는 이 일이 식은 죽 먹기가 아닐 수 없다.

래브라도와 분석가 사이에 커다란 차이가 또 하나 있다. 개가 무슨 생각을 하는지 알아내기가 훨씬 쉽다는 것이다. 루실의 훈련사인 캐시 드 네이탈은 보스턴 교외에서 남편과 함께 살면서 독일 셰퍼드 두 마리를 키운다. 내가 그녀에게 어떻게 해서 개에게 끌리게 되었는지, 또 개와 함께 살고 개와 함께 일하는 게 그렇게 만족스러운 이유가 무엇인지 묻자 그녀는 한 마디로 대답했다.

"정직하잖아요. 나는 개들이 가진 정직함이 좋아요."

캐시는 매우 현실적이고 솔직한 여자로, 개를 두고 감상에 빠지는 법이 없다. 그러므로 그녀의 말은 어떤 가감도 없는 평가다. 개는 보이는 그대로가 진실이라는.

"사람들 관계는 그렇게 간단하지 않죠. 성인이 되면 우리는 이미 많은 걸 겪고, 수많은 관념을 짊어지고 다니게 되잖아요. 하지만 개하고는 그런 쓰레기의 늪을 헤치지 않고도 진정한 것에 이를 수가 있어요."

나는 그녀의 이야기를 들으며 고개를 끄덕였다. 그리고 개들의 그런 명확함이 우리를 얼마나 편안하게 하는지를 생각했다.

어느 날 '억압된 감정'이라는 게 난데없이 루실의 머리를 탕 친다고 해도 루실은 그걸 이해하지 못할 것이다. 먹고 싶으면 부엌 바닥에 앉아 밥그릇을 들여다본다. 생가죽 장난감을 씹고 싶으면 그걸 넣어둔 서랍 앞으로 가서 또 바라본다. 개의 목적, 개가 하고 싶어하는 것은 단순하고 측정 가능하고 명백하게 보인다. 나가고 싶어, 들어가고 싶어, 먹고 싶어, 눕고 싶어, 놀고 싶어, 키스하고 싶어. 개에게는 숨겨진 모티브도 없고 심리 게임도 없고 넘겨짚기도 없으며, 복잡한 협상도 거래도 죄의식도 없고, 요구가 거절당했다고 원한을 품는 일도 없다. 인간관계 속에 펼쳐지는 온갖 비밀스러움, 양면감정, 에두름의 풍경 속을 헤쳐 온 사람이라면 개들의 이런 특징은 더할 수 없는 평온의 근원이 된다.

개의 자의식 부재도 마찬가지다. 에이린 캐처는 어린 시절 할아버지 댁에서 겪은 일을 아직도 생생하게 기억하고 있다. 어른들이 모두 심각하게 앉아 도덕성과 종교에 대한 고매한 대화를 나누고 있을 때 그 집의 그레이트 데인 종 개는 불가에 앉아서 천연덕스럽게 성기를 핥았다는 것이다. 개들의 이런 행동을(적어도 공공장소에서는) 잘 받아들이지 못하는 사람들도 있다. 우리 기준으로 보면 개들은 뻔뻔하기 짝이 없다. 그들은 거리낌 없이 서로 킁킁거리고 핥고 흘레붙는다. 그리고 아무 데서나 볼일을 본다. 녀석들은 천진한 얼굴로 우리 안의 억눌린 본능과 욕망을 보여준다. 벡과 캐처가 말하듯이 녀석들은 개의 탈을 쓴 인간 '이드id'의 형상물이다. 하지만 개들이 서로 엉덩이를 킁킁거리거나 손님의 허벅지에 뛰어오르는 걸 민망스럽게 여긴다 해도, 녀석들이 우리의 관습을 그토록 자유롭게 무시하는 것은 관찰자인 우리에게 일정한 대리만족 효과도 줄 것이다.

조지 버드 에번스는 『새 사냥개들의 문제점』이라는 책에서 이렇게 썼다.

"우리가 개에게 이끌리는 것은 인간의 우월성에 대한 확신이 없다면 우리 자신이 그렇게 했을 속박되지 않은 모습을 녀석들이 보여주기 때문이다."

때로 그런 속박의 탈각은 우리에게도 삼투한다. 개의 자유는 우리의 자유가 된다.

"나는 개 앞에서 춤을 춰요."

44세의 린다가 전화에 대고 감탄한다.

"이게 왜 중요하냐면, 내가 평소에는 전혀 춤을 추지 않기 때문이에요. 중학교 때 이후 나는 사람들 앞에서 춤을 춰본 적이 없어요. 내 자의식은 하늘을 찌르거든요."

쿠키라는 이름의 테리어 잡종인 린다의 개는 그녀의 과도한 자의식이 힘을 쓰지 못하는 유일한 대상이다.

"그래서 내가 이 녀석을 이토록 좋아하는 거예요. 쿠키 앞에서라면 나는 미치광이가 될 수도 있어요. 아무 걱정 없이 말예요."

1년쯤 전에 나는 37세의 맹인 여성 바바라를 만났다. 그녀는 호머라는 이름의 안내견(두 살배기 노란 래브라도)과 함께 살았다. 나는 그녀가 말하는 개는 조금 다를 거로 생각했다. 개에게 의지해서 사는 사람이라면 믿음과 커뮤니케이션의 수준이 일종의 '파트너십'에 이르지 않을까 생각한 것이다. 그녀는 물론 그런 주제의 이야기도 약간 했다. 자신과 개는 하나의 '팀'이라고, 호머는 자신이 세상을 돌아다닐 수 있는 권리의 상징이라고. 하지만 개와 함께 거실 바닥에 앉아 둘의 관계를 설명할 때 그녀의 이야기는 단순한 기쁨이라는 주제로 더 자주 돌아갔다. 그토록 상대를 한없이 수용하고, 한없이 단순한 동물과 함께 산다는 기쁨, 그 다정한 진지함, 자신을 감출 필요가 없다는 자유.

"개 이야기를 하면 상투적인 말을 쓰지 않을 수가 없어요. 개는 정말 인간의 최고 친구예요."

나는 여기에 첨언을 하고 싶다. 인간관계에서는 아무리 절친한 친구라도 때로 충돌하고 실망시키고 멀어진다. 그리고 성인의 친밀한 인간관계는 거의 예외 없이 주기적 조절과 재평가가 필요하다. 하지만 개하고는 그런 일이 필요 없다.

어떤 여자는 내게 이렇게 말했다.

"개하고 있으면 가장 좋은 거는요, 개는 나한테 다가와서 '자기야, 나를 숨 좀 쉬게 해줘'라고 말하지 않는다는 거예요."

언제나 내 곁에

개와 주인을 위한 커플 치료 같은 건 없을 것이다. 또 새벽 세 시에 일어나 누가 무얼 잘못했는지 따지는 언쟁도 없을 것이고, 아침 식탁에서 울분을 터뜨리는 일도 없을 것이다. 누가 내 곁을 떠날지, 누가 먼 곳으로 이사를 할지, 누가 인생행로를 급변경할 지 아무것도 예측할 수 없는 불확실한 세상에서 이것은 또 하나의 깊은 위안이다. 개는 어느 날 아침 일어나서 지금까지 우리 관계를 다시 생각해보고 있다고, 자신에게는 시간이 필요하고 무언가 변화가 있기를 바란다고, 무엇보다 나 자신이 변하기를 바란다고 말하지 않는다.

시간이 지날수록 이런 장면들은 늘어간다. 일관성의 앨범이 쌓인다. 지난봄 나는 앤이라는 여자와 몇 시간을 함께 보냈는데, 그때 그녀는 예전에 키우던 개 클로드의 사진을 보여주었다. 푸들 종인 클로드는 열여섯 살까지 살았고, 앤이 쉰여섯 살때 죽었다. 그 사진들은 인생의 온갖 중대한 변화 속에서도 늘 그녀와 함께했던 녀석의 꿋꿋한 존재 증명과도 같았다. 1965년 시카고를 떠나 보스턴으로 이사를 오기 전 이삿짐 차 앞에 둘이 있고, 1968년 앤이 이혼하던 무렵에 둘이 있으며, 1973년 앤의 아버지 장례식장에도 둘이 함께 있다. 그리고 1975년 앤이 화학 치료를 마치고 회복하던 시절, 머리에 스카프를 두른 앤 옆에 역시 개가 있다. 앤은 앨범을 넘기며 고개를 저었다.

"그 많은 변화가 이어지는 동안, 개는 언제나 내 곁에 있었어요."

내가 개와 함께 산 기간은 그에 비하면 찰나에 불과할 테지만 그래도 나는 그녀의 말을 이해한다. 밤마다 루실은 나를 따라 계단을 오르고 내 방까지(약간 조심하며) 들어오고 나서 침대 앞에 앉아서 내가 위로 올라오라고 명령하기만을 기다린다. 이런 저녁의 일과는 언제나 내게 기쁨을 주고, 그 이유 가운데 하나는 바로 그것이 한결같기 그지

없다는 것이다. 루실은 하루 중 바로 이때 가장 다정하고 얌전하다. 녀석은 침대로 펄쩍 뛰어올라와 엎드리고는 머리를 앞발 사이에 누인다. 귀는 뒤로 접히고 눈은 반짝인다. 나는 이불을 덮고 녀석은 즐겁고 신기하다는 표정으로(그러니까 우리가 또 하루 이렇게 함께 있는 게 놀랍다는 듯이) 나를 바라본다. 나는 내 엉덩이 부근의 이불을 두드리며 "이리 와."라고 말한다. 그러면 녀석은 그리로 가서 내 다리에 몸을 붙이고 눕는다. 우리는 몇 분을 이런 식으로 보낸다. 바로 우리만의 틈새다. 나는 개의 가슴과 어깨를 긁어준다. 녀석은 이따금 그만해도 된다는 듯 앞발을 내 손목에 대고 손을 핥는다. 잠시 후 나는 책을 집어들고 읽는다. 그러면 녀석은 내 허벅지에 고개를 올리고 만족스러운 한숨을 쉰다.

루실과 나는 매일 밤 이런 장면을 연출한다. 그날 내게 어떤 일들이 있었건 간에 하루가 이렇게 한결같은 다정함 속에 마무리된다는 사실은 언제고 나를 뿌듯하게 한다. 나의 인간관계들은 예측 불가능하고 때로 격해지며 뒤얽히거나 변할 가능성에 항상 노출되어 있다. 하지만 개는 시종여일이다. 나에 대한 녀석의 반응은 변함이 없다. 밀려갔다 밀려오는 감정들과 상황들의 바다에서 녀석은 나를 버텨주는 조그만 닻이다. 꾸준히 그곳을 지키고 서서 내게 일어나는 크고 작은 사건들을 모두 목격하는 존재, 언제나 그 자리에 있어주는 존재.

나는 누운 채 녀석을 어루만지고 숨을 쉰다.

"이건 내가 맺은 관계 가운데 유일하게 비정치적인 관계예요."

앤의 이 말은 기이하면서도 아주 완벽한 표현 같았다. 개는 우리 인생에서 일관성이 의심의 대상이 되지 않고, 인간사의 이런저런 변동에 희생되지 않는 한 관계를 상징한다. 그래서 인간관계에서는 찾아보기 어려운 '신뢰'라는 또 한 가지 덕목이 생겨난다. 이런 것들이 바로 치유력이 된다. 잭 스티븐스가 말했듯이 개들은 우리가 배우자에게 바라는 것, 기쁠 때나 슬플 때나 건강할 때나 병들었을 때나 우리 곁에 있어주는 그 일을 해준다.

개들은 죽을 때도 우리 곁에 있다. 바센지 종 토비를 키우며 스스로 개와 상호의존적이라고 말하는 조너선은 1994년에 애인 케빈을 에이즈로 잃었다. 죽기 직전의 몇 주일 동안 케빈은 극도의 고열에 시달리며 몇 분 이상 의식을 지속하지 못했다. 그때 한 살을 갓 넘겼던 토비는 그런 케빈의 곁을 지극정성으로 지켰다. 투병 기간 내내 케빈의 가슴에 고양이처럼 엎드려 있거나, 그의 발밑에 웅크리고 앉아 다른 사람(조너선조차)의 접근을 막았다. 조너선이 침대에서 끌어내리려 해도 완강하게 버텼다.

케빈은 죽기 하루 전날 입원했다. 죽음이 가까워지자 그는 병실에 있지도 않은 개에게 말을 했다.

"토비, 그걸 씹으면 안 돼!"

"거기 가지 마, 토비!"

그리고 때로 병실 침대의 이불을 들어올려 토비를 안으로 들이는 듯한 시늉을 했다.

조너선이 말한다.

"케빈은 개의 얼굴에 바람을 부는 장난을 자주 쳤어요. 그러면 토비는 앞발을 들어올려 파리를 잡듯 그의 얼굴을 퍽 때렸고요. 병원에서 케빈은 바로 그걸 했어요. 허공에 바람을 불고 웃는 거예요. 나는 침대 이쪽 편에 있었고, 반대편에는 친구 수잔이 있었는데, 가운데에는 이 상상 속의 개가 있었던 셈이죠. 마지막에 케빈은 '토비! 토비!' 하면서 허공에 입을 맞추고 죽었어요."

조너선이 볼 때 토비는 분명히 영적인 의미로 케빈의 임종을 지켰다. 개는 자신의 존재를 케빈에게 전달했고, 그가 죽음 너머로 가는 길을 도와주었다.

그리고 그 후 토비는 조너선이 살아가는 길을 도왔다. 조너선은 극도의 슬픔에 빠졌지만, 그의 곁에는 케빈이 사랑하던 이 동물이 남아서 죽은 애인과 그를 연결해 주었다. 이 동물은 그에게 끊임없이 먹이와 보살핌을 요구했다. 산책하고 싶으면 허공에 앞발을 휘둘렀다. 이 동물은 그를 세상으로 끌고 나왔고, 그가 상실의 영토를 헤쳐나갈 수 있도록 도와주었다.

"케빈이 죽은 이후, 내가 가까이하고 싶은 대상은 토비뿐이었어요. 그렇게 6개월쯤 지나서 슬픔극복 워크숍에 갔더니, 자기 인생에 가장 중요했던 일들을 글로 써보라고 하더라고요. 생각나는 사람은 하나도 없었지만, 떠오르는 동물은 있었죠. 토비였어요."

상처치료

개는 지난 상처뿐 아니라 현재의 상처도 치료해준다. 나와 내 친구 메리는 오랜 세월 심리치료를 받으며 살았다는 공통점이 있다. 그래서 우리 둘이 만나면 옛 고통을 지워버리기가 얼마나 어려운지를 이야기한다. 또 우리는 심리치료를 받으며 우리의 깊은 실망과 상처를 고통스럽게 되살린 경험들과 그런 노력을 기울여도 고통은 완전히 사라지지 않는다는 점, 한번 뚫린 구멍은 좀처럼 메워지지 않는다는 이야기를 자주 한다. 우리는 그런 노력을 통해서 어린 시절 어머니가 우리에게 왜 그런 좌절을 안겼는지 이해하게 되었다고 생각했다. 그 시절 우리가 오해받고 무시당한 사정을 모두 이해했다 생각했다. 이제 자신은 그런 고통을 넘어섰다고 생각하고, 어머니를 만나 함께 쇼핑을 하거나 저녁 식사를 한다. 그리고 10초 만에 도로 옛날로 돌아간다. 조그마한 교감의 실패가 옛 상처의 거대한 둑을 허물어뜨린다.

메리는 조지아라는 네 살짜리 체사피크베이 리트리버 종을 키운다. 부드러운 갈색 털에 뒤덮인 두 눈에 초록빛이 감도는 아름다운 암컷이다. 최근에 메리는 어머니와 함께 식사를 나갔는데, 어머니는 개를 가리킬 때 자꾸 남성 대명사인 'he'라는 말을 사용했다. 이것은 그 자체만 보면 그리 큰 실수가 아닐 수 있다. 하지만 개가 암컷이라는 단순한 사실을 기억해주지 않는 어머니의 태도는 메리에게 모욕으로 느껴졌다. 이것은 정신적 상처의 기억이 출렁대는 저수지의 둑을 허물었고, 지난 세월 메리에게 수도 없이 단절감과 위축감을 던져준 크고 작은 사건이 아찔하게 밀려들었다.

'엄마는 몰라.'

이런 느낌이 몇 번째던가, 메리는 헤아릴 수조차 없었다.

'엄마는 나한테 뭐가 정말 중요한지 몰라. 우리 엄마는 나를 몰라.'

메리는 자리에 앉아서 이를 악물었다.

하지만 해결책이 있었다. 그날 밤 집에 돌아와 차고로 들어서는데, 그 크고 아름다운 암캐가 위층 창문에서 반갑게 짖어댔다. 그녀가 현관 앞 계단을 오르자, 조지아의 발톱이 현관 문앞 바닥을 긁는 소리와 반가움에 낑낑거리는 소리가 들렸다. '왔구나! 왔어!' 하는 듯한 소리. 그리고 문을 여니 28킬로그램의 리트리버가 그녀에게 몸을 날려서, 그녀는 개와 함께 문 앞에 주저앉았다. 자신을 그렇게도 사랑하고 원하고 인정하는 존재가 있다는 사실에 뭉클해진 그녀는 그냥 그 자리에 앉은 채 개의 배를 쓸고 귀도 긁어주며 즐겁게 키득거렸다. 옛 고통을 완전히 벗어나기는 불가능하다. 불쑥불쑥 되찾아오는 그 고통에 완전히 단련되기도 불가능하다. 하지만 그걸 달래고 그 충격을 완화할 새로운 방법은 찾을 수 있다. 메리는 개에게 자신은 받지 못한 사랑을 줄 수 있다. 그러면 개는 그 사랑을 고스란히 되돌려준다.

"개는 나를 사랑해요."

그녀는 이렇게 말하며 이 간단한 사실이 그토록 큰 편안함과 충족감을 준다는 게 경이롭다는 듯 고개를 흔든다.

개와 강렬한 관계를 맺은 사람들은 '개가 우리 정신적 경험을 고쳐 쓰게 해주며, 우리가 인간관계에서는 얻지 못한 것을 주고받을 수 있게 해준다.'는 이야기를 자주 한다. 때로 개들은 우리가 바라던 어머니고, 때로는 우리가 될 수 없던 아이들이고, 때로는 그 두 가지 역할을 동시에 한다. 오즈라는 오스트레일리아 셰퍼드를 키우는 캐슬린은 혼란스런 어린 시절을 보냈다. 아버지는 밤에 일하는 재즈 음악가였고, 어머니는 간호사로 낮에 일했는데, 두 분 다 성격이 까다로운 데 다 아이를 키우는 방법은 제대로 알지 못했다. 캐슬린은 한 살 때부터 놀이방에 맡겨졌고, 어머니는 그런 캐슬린을 두고 '혼자 알아서 컸 다'는 농담을 자주 했다. 물론 캐슬린의 부모님은 기본적으로 선량한 분들이었지만, 캐슬린은 자신이 따뜻하게 보살핌을 받는다는 느낌을 받아본 적이 없고, 이 세상 누구도 자신을 소중하게 여긴다고 생각해 본 적이 없었다.

지금 캐슬린에게는 이혼모로서 생계를 유지해야 하는 새로운 혼란 이 있다. 하지만 그런 혼란 속에 오즈가 있다. 그녀가 부엌에서 요리 를 할 때 보조 테이블에 앞발을 얹고 서 있는 이 멋진 동물이 있다. 그 녀는 오즈에게 혼란스럽지 않은 거주 공간을 주었고, 단순하고 예측 가능하며 고요한 생활을 선물했다. 그녀는 언제나 녀석에게 필요한 게 무엇인지 살폈다. 오즈가 강아지였을 때 캐슬린은 녀석이 가진 '양 치기 개'의 본능이 질식될까 걱정한 나머지 가까운 공원에 가서 양 흉 내를 내곤 했다. 그러니까 공원 한구석에서 양처럼 "음매음매!"하며 뛰어 달아나는 것이다. 그러면 오즈는 그녀를 쫓아 뛰었다. 이런 순수 한 사랑은 오즈를 키우기 시작한 첫날부터 지금까지 흔들림이 없으 며, 이렇게 다른 존재를 꾸밈없이 사랑할 수 있다는 것은 캐슬린에게 깊은 뿌듯함을 주고 있다. 그리고 주는 것 못지않게 받는 것도 커다란 치유력을 발휘한다. 개들은 몇 가지 중요한 점에서 이상적인 어머니 를 닮았다. 우리에게 완전한 관심을 기울이며, 우리를 완전히 수용하 고, 우리가 하는 모든 일에 감탄한다. 이것은 캐슬린에게도 마찬가지이다. 오즈는 그녀의 부모님보다 더 그녀에게 맞게 조율되었고, 훨씬 더 가까이 있으며, 훨씬 흔들림이 없다.

"오즈는 내게 편안함 자체예요. 이전까지 내 인생에서 편안한 관계란 없었어요."

개들은 우리의 어두웠던 어린 시절을 고쳐 쓰게 한다. 방치와 학대 속에 아동기를 보낸 36세의 에밀리는 개에게 자신이 받지 못한 따뜻한 보살핌을 주었다. 그녀는 라일리라는 이름의 초콜릿 색 래브라도에게 건강한 식사와 규칙적인 운동을 제공하고 병원에도 자주 데려가며, 귀도 눈도 이도 청결하게 유지하게 했다. 녀석을 이렇게 돌보는 것은 말 그대로 '인생을 구원하는' 일이다. 그녀의 어린 시절은 그녀에게 해리 장애와 오랜 우울증의 역사를 남겼다. 그녀는 눈물 흘리면서 말한다.

"내가 미치지 않는 건 라일리 덕분이에요. 아직도 자살 생각이 마음을 떠나지 않아요. 하지만 라일리가 있는 한 그럴 수 없어요. 이 녀석을 나처럼 버림받게 할 수는 없어요. 그러니까 내가 살아 있는 건 어쩌면 개 때문이라고 할 수 있죠. 내 인생을 지탱하는 건 이 녀석이에요."

49세의 데비는 일종의 '완벽한 자매' 모델을 형성했다. 세 자매 중 둘째였던 데비는 어린 시절부터 가족의 문제를 해결하고 분쟁을 중재하는 역할을 했고, 언제나 공정함이 '중대 과제'였다고 했다. 어린 시절 이야기를 할 때 그녀는 몇 번인가 '관리 감독'이라는 말을 썼다.

"나는 우리 세 자매의 관리 감독이었어요."

"그게 내 역할이었죠. 관리 감독이."

지금 그녀는 로디지안 리지백 암컷 세 마리와 사는데, 이들에 대해 이야기를 하던 중 그 말이 다시 나왔다.

"세 녀석이 늘 사랑을 다투고 뼈다귀를 다퉈요. 그래서 나는 아직도 관리 감독을 하는 셈이죠."

자매들 대신 개들을 중재하는 이런 전이는 기막힌 효과를 발휘했다. 가족 중재자의 역할은 그녀에게 실망스런 결과만을 안겨주었지만 (그녀가 다른 가족 대신 자신을 먼저 생각하기 시작하자, 언니와 동생은 데비를 외면했다.) 개들은 이런 경험을 아무런 비용도 들이지 않고 다시 만들 수 있게 했다. 데비는 개들의 위계질서를 잘 알고 있으며, 세 마리 가운데 누가 알파고 누가 둘째고 셋째인지도 알고 있다. 그녀는 이 질서를 존중한다. 그리고 다른 두 마리를 제치고 알파 개를 가장 먼저 쓰다듬어 줄 때 개들의 행복이 커진다는 걸 안다. 그녀는 평화를 유지하는 법을 안다. 그리고 이렇게 모두를 공정하게 대하고 요구를 모두 들어주는 것은 그녀에게 내가 루실을 돌보며 느끼는 것만큼의 만족감을 가져다준다. 그것은 우리 마음속의 깊고 익숙한 곳으로 내려가서 오래오래 끓어온 열망을 채워준다.

개를 통해 지난 역사를 재현하는 일이 재미있는 건 이런 일이 아주 우연한 모양을 하고 이루어진다는 데 있다. 캐슬린과 에밀리가 일부러 이런 식으로 자라난 환경을 재현하려고 했던 게 아니다. 데비도 어느 날 가만히 앉아서 '생각해보자, 암캐 세 마리를 데려다가 새로운 관리 감독 역할을 해보면 어떨까? 그건 세 자매 속에서 하는 것과는 다를 거야.' 하고 결심하지 않았다. 이런 일은 그냥…… 어쩌다 보니 그렇게 되었다. 이런 이야기를 들으면 내가 루실과 맞닥뜨린 과정이 떠오른다. 내가 다른 모든 개를 두고 '이 개'를 고르게 된, 의식과 무의식이 뒤섞인 그 과정이. 개는 일종의 안내견이다. 녀석들은 우리가 가고 싶은지조차 알지도 못하던 곳으로 우리를 이끌고 간다.

영혼의 친구

때로 개는 우리를 한꺼번에 여러 곳으로 데려 가기도 한다.

이런 경우를 생각해보자.

개하고 내가 축구를 한다. 우리는 깊은 숲에 있고, 나는 오솔길에 서 있다. 내 발밑에 파란색 공이 있다.

"준비됐니?"

내가 물으면 루실이 돌진해 와서는 내 앞 1미터쯤 떨어진 곳에 앉는다. 그리고는 장난 인사를 하듯 몸을 웅크린다. 녀석의 온몸이 팽팽히 긴장되어 있다. 녀석은 내 발을 보며 기다린다. 나는 녀석의 발이 흙길을 움켜쥐고, 녀석의 꼬리가 정신없이 흔들리는 걸 본다. 나는 뒤로 물러서서 파란 공을 녀석이 있는 쪽으로 뺑 찬다. 녀석은 골키퍼처럼 펄쩍 뛴다. 때로 녀석은 공을 막아서 입에 물고 자랑스럽게 달아나기도 하지만 공은 대개 뒤쪽 멀리로 날아가고, 그러면 녀석은 그걸 잡으려고 뛰어가야 한다. 그런데 몇 번인가 이 놀이는 아주 괴로운 결과로 이어졌다. 안에 방울이 들어 있는 이 작고 파란 공은 루실에게 아주 중요한 공이다. 녀석은 오직 이 공만 사랑하고 이 공으로만 놀려고 한다. 녀석에게 이 공은 대체할 수 없는 유일물이다. 다른 공을 던져보면, 아무리 똑같은 모양이라도 녀석은 미심쩍다는 듯 코를 쿵쿵거려 보다가 그냥 외면하고 간다. 그래서 내게는 이 공을 잃어버리면 어쩌나 하는 두려움이 있다. 나는 또 거의 회수 불가능해 보이는 곳에 공을 차버리고서 그걸 되찾고자 영웅적 모험을 벌이기도 했다. 진창 속으로 절벅절벅 걸어들어 가기도 했고, 12월의 호수에 한쪽 팔을 어깨까지 담근 일도 있고, 또 2미터 높이의 철조망을 기어올라간 일도 있다. 하지만 그런 노력은 언제나 보람이 있었다. 파란 공만 보면 루실은 달렸고, 나는 다시 아이가 된다.

"잘했어!"

나는 소리치고 녀석을 쫓아 달린다. 외투를 벗어 던지고 철조망을 기어오른다. 깔깔거리고 웃는다.

이것 말고도 내게는 여섯 가지의 다른 가면이 있다. 때로 나는 개의 놀이 친구고, 때로는 물건 잡는 법, 명령 수행법 등을 열성적으로 가르치는 코치다. 때로는 규율반장이 되어서 녀석이 명령을 무시하고 돌아오지 않으면(이런 일은 아직도 일어난다.) 풀숲으로 쿵쿵 들어가서 끌고 나온다. 개는 때로 자매 같기도 하고 단짝 친구 같기도 하고 엄격한 큰오빠 같기도 하고, 또 엄마 같고 자식 같기도 하다. 그런데 이런 다양한 역할 수행은 '모자 A'를 벗고 '모자 B'를 쓰는 일에 아무런 교육이 필요하지 않은 것처럼 별다른 노력 없이 이루어진다는 특징이 있다. 이렇게 자아의 여러 면을 넘나들면서 지내는 게 내가 찾아낸 나만의 동물치료 방식이라고 생각한다. 그리고 그것은 분명히 효과가 있었다. 나의 작은 부분들, 아주 깊은 잠에 빠져 있던 부분이 새로이 솟아올라 명료한 얼굴을 드러낸 뒤 차분하게 가라앉았다.

나는 숲속 산책을 통해서 놀이에 대한 무언가를, 술에 빠져 지내던 시절 내게서 빠져나간 무언가를 새롭게 배웠다. 때로 그것은 '없는 것을 깨닫는' 형태로 다가온다. 루실과 함께 산책을 하다 보면 '아, 내가 이를 악물지 않고 있네. 긴장으로 굳어 있지 않네. 걱정에 싸여 있지 않네.' 하는 깨달음이 온다. 이것은 이전까지 내가 겪은 상태와 몹시 다르기 때문에 나는 '편안함'이라고 할 수 있는 이 감각을 쉽게 인식하지 못한다. 또 나는 예전보다 훨씬 많이 웃는다.

지난 가을 심리치료사에게 루실을 보여주고자 그의 집으로 상담을 하러 갔다. 심리치료사의 개인 일곱 살짜리 웨스트 하일랜드 화이트 테리어가 우리를 맞자 테리어 종만 보면 반쯤 미쳐버리는 루실은 즐거운 놀이 시간을 만났다고 생각하는 듯했다. 녀석은 기쁨에 들떠서 테리어와 씨름을 하고 발을 휘두르고 마루에 벌렁 드러눕고 하더니, 갑자기 뒷다리로 일어서서 테리어 개의 엉덩이를 타는 게 아닌가! 어떻게 보면 그날 상담은 망친 셈이었다. 하지만 나는 지난 13년 동안 심리치료사 앞에서 한 번도 하지 않은 일을 했다. 상담 시간 내내 웃은 것이다.

놀이 친구, 또 영혼의 친구. 나와 루실의 관계는 내가 다시 쌍둥이가 된 것 같은 느낌, 다른 한 존재와 세상에 둘도 없이 얽혀 있다는 느낌을 가져다주었다. 그것은 내가 쌍둥이 자매 베카와 함께 자라던 어린 시절 이후 전혀 느껴보지 못한 감정이었다. 개를 키우기 전까지는 내가 그런 느낌을 잊어버린 줄도 몰랐지만 녀석과 함께 산책을 하거나 거실에서 빈둥거릴 때면 이런 느낌은 자주 찾아온다. 우리, 세상에 오직 둘뿐인 우리. 나는 녀석에게 어떤 인간보다 소중하고, 녀석은 나에게 어떤 개보다 소중하다. 베카와 내가 길고 힘겨운 과정을 거쳐 개별적 어른으로 자라나기 전에 느낀 감정이 아마 이랬을 것이다. 루실은 그 감정의 끈을 잡아채서 내게 다시 가져다주었다. 녀석과 내가 함께 지내는 방식은 어린 시절 나와 베카가 함께 지내던 방식과 놀라울 만큼 비슷하다. 우리는 언제나 붙어다녔고 항상 같이 놀았으며 한방에서 잠을 잤다. 이런 밀착감이 이다지도 익숙하다는 사실이 나를 뭉클하게 한다. 나는 사람, 특히 성인들과 그런 수준의 밀착을 나누기를 원치 않는다. 하지만 루실하고 그걸 나눌 수 있음이 행복하다.

이런 일은 의식적으로건 무의식적으로건 다른 사람들에게도 흔히 일어날 것이다. 문화인류학자 콘스턴스 페린은 우리가 개에게 느끼는 애정의 깊이는 개들이 우리에게 어린 시절 어머니와 함께 나눈 친밀감을 되살려주기 때문이라고 말했다. 그녀는 이렇게 썼다.

"언어가 개입하지 않는 완벽한 커뮤니케이션. 말없이 늘 우리 곁을 지키는 개는 우리가 일생에 한 번 겪는 그 마법적 시기를 상징한다."

페린의 말에 따르면, 이것이 바로 개와 인간의 관계가 그렇게 울림이 큰 이유이다. 개가 전해주는 이 독보적인 애정은 많은 사람에게 깊은 친숙함을 안겨주고, 이런 친근감을 받아들이는 게 깊은 치유 효과를 발휘한다는 것이다. 이 따뜻한 동물과 사랑을 나누는 일은 우리가 세상을 혼자 헤쳐가야 한다는 걸 깨달을 때, 우리 마음속에 남은 어린 시절의 아픔을 치유해준다. 그것은 우리의 가장 원초적인 갈등, 즉 다른 존재와 융합하고자 하는 소망과 거기서 떨어져 나와야 하는 과제 사이의 갈등을 누그러뜨려 준다.

그리고 이런 치유는 다른 관계에도 영향을 미친다. 루실이 직접적인 원인이라고 말할 수는 없지만, 녀석 덕분에 예전에 잃었던 깊은 밀착감을 되찾은 뒤로 나는 베카에게 느꼈던 긴장감을 상당 부분 덜게 되었다. 베카가 늘 나를 두고 혼자 달려가서 자신만의 삶을 사는 것에 대해 품었던 소리없는 분노가 수그러들었다. 그래서 지금 우리 둘은 전보다 친해졌고, 그 방식은 예전보다 선명하고도 말끔하다. 우리가 서로 다른 개인이 된 것은 우리 자신의 필요에 따른 것임을 이제야 이해하게 된 것 같다. 1997년 봄에 베카도 개를 구했다. 비머라는 이름의 귀엽고 사랑스러운 네 살짜리 잡종이다. 그 뒤 우리는 한 달에 두어 번씩 만나서 함께 산책을 했다. 이런 외출도 내게는 깊은 평온함을 주었다. 전혀 예상치 못했던 보너스. 개는 내게 현실의 쌍둥이와 상징적 쌍둥이를 모두 찾아주었다.

그렇게 우리는 인간으로서 친구도 되고 아이도 되고 엄마도 되고 쌍둥이도 되며, 개는 오직 개로서 그런 우리의 여러 모습에 파트너가 되어준다. 그리고 이 다양한 조합을 다 더해보면 우리의 가장 중요한 역할이 나온다. 그것은 인간으로서의 인간, 사랑할 수 있는 생명체로서의 역할이다.

어느 날 밤, 나는 텔레비전을 끄고 거실 의자에서 일어났다. 이제 녀석과 함께 위층으로 올라가려고 녀석이 있는 소파를 보았다. 루실은 소파에 등을 대고 누워 있었다. 그 우스운 꼴이라니. 뒷다리는 양쪽으로 쫙 벌리고 고개를 한쪽으로 기울여서 주둥이가 꼬리를 향해 있었다. 녀석은 이런 자세를 자주 하고, 그걸 볼 때마다 나는 웃음을 참지 못한다. 너무나 바보 같으면서 너무나 무방비한 자세, 20킬로그램 몸뚱이가 보여주는 완전한 어리석음과 완전한 믿음. 나는 녀석을 내려다보고 녀석은 이런 황당한 자세로 나를 올려다보았다. 그러다 내가 옆자리에 앉아 녀석의 배를 문질렀다. 그러자 내 안에서 무언가가 스르르 녹아내려서 소리치듯 말했다.

"루실, 너를 사랑해. 날마다, 하루도 빠짐없이."

특별할 것 없는 흔한 말이지만, 나는 이 말 속에 담긴 기적을 느꼈다. 내가 일 년 365일 하루도 빠짐없이 이 개를 사랑하고 녀석에게서 기쁨과 위안을 찾는다는 사실은 기적이며 놀라운 치유 과정이다. 나는 내 안에 이토록 흔들림없는 애정을 느낀 적이 없다. 이렇게 편안하게 애정을 허락했던 적이 없다. 지금껏 내가 겪은 관계는 '물러섬'을 특징으로 했다. 실망하지 않고자 상처받지 않고자 내 일부에 빗장을 걸거나 앞에 장막을 드리웠다. 나와 루실이 맺은 관계는 베푸는 것이다. 이런 식으로 아무런 제약도 두려움도 없이 열렬하게 베푸는 일은 내게 전혀 새로운 것이고, 이런 경험 속에서 나는 내가 인간임을 느끼고, 충족되어 있음을 느낀다.

그날 밤 나는 몇 분 동안 가만히 앉아 개를 쓰다듬으며 거실을 둘러보았다. 내가 이 집에 이사온 4년 전은 내 인생에서 가장 불안한 시기였다. 겨우 술을 끊은 데다 부모님을 여읜 슬픔에서 헤어나지 못했고, 자아 감각은 안갯속을 헤맸으며, 장래는 너무도 불확실했다. 내가 그

때 집을 산 건 간이역이 필요했기 때문이다. 죽음과 술 때문에 뿌옇게 일었던 먼지가 가라앉을 때까지 쉴 곳이 필요했기 때문이다. 나는 처음부터 빅토리아 풍의 이 집 구조를 좋아했다. 규모는 작지만 천장이 높고 각도가 특이한 데다 채광이 좋았다. 하지만 개가 들어오기 전까지 이 집은 당시 내 상황만큼이나 공허했다. 나는 박물관 관람객과 같은 느낌으로 이 집을 걸어다녔다. '좋은 집이군. 그런데 내가 정말 여기 사나?' 하고 물으면서. 요즘 집의 거실은 내 공간이라기보다 루실의 공간이라고 여겨진다. 소파 앞 커피 테이블 자리에는 개 침대가 있고, 보조 테이블이 있을 자리에는 장난감 상자가 있다. 하지만 예전에 나를 사로잡았던 낯선 느낌은 내 영혼의 깔쭉깔쭉한 모서리가 부드럽게 둥글려짐에 따라 썰물처럼 빠져나갔다. 나는 개를 내려다보았다. 소파에 고요히 누워 있는 수용과 만족의 화신. 나는 생각한다. 여긴 내 집이야.

루실을 키운 지 얼마 지나지 않아 나는 녀석을 데리고 마사즈 비니어드의 가족 별장으로 갔다. 이곳은 내게 복잡한 기억이 많은 곳이다. 나는 여름마다 이곳에서 가족과 길고 긴 휴가를 보내며 소외감과 불안함과 지루함에 시달렸다. 이곳은 유령들의 땅이기도 하다. 아버지의 유골 가루가 이곳 별장에서 걸어서 불과 몇 분 거리의 숲에 묻혀 있다. 어머니의 유골 가루는 좀더 가까운 곳, 현관에서 스무 발자국쯤 떨어진 벚나무 아래에 묻혀 있다. 우리 삼 남매가 그곳에 어머니를 묻은 이유는 어머니의 마지막 개 토비가 그 바로 옆에 묻혀 있기 때문이다.

이 말은 좀 이상하게 들릴 것이다. 어머니를 남편 곁이 아니라 개의 옆에 묻다니. 하지만 그때 우리는 이런 선택에 아무런 문제를 느끼지 않았고, 그건 지금도 마찬가지다. 우리 부모님의 관계는, 겉으로는 아무도 그렇게 말하지 않았지만, 결혼 생활의 마지막 해에 거의 결딴이 났다. 우리는 모두 어머니가 아버지보다는 개와 더 순수하고 정직하고 애정이 어린 관계를 유지했다고 생각했다.

토비는 아버지가 돌아가시기 2년 전에 열한 살의 나이로 갑자기 죽었다. 녀석은 마사즈 비니어드 별장에서 두 조카와 함께 현관 앞을 뛰어다니고 있었다. 한여름이라 찌는 듯이 더웠고, 어머니가 아이들에게 몇 번 소리쳤다. 개를 힘들게 하지 마라. 엘크하운드는 털이 이중으로 나서 더위를 잘 견디지 못하는 개다. 어머니는 토비가 더위를 먹지 않을까 걱정했다. 그런데 한순간 요란한 소리가 났다. 토비가 크게 한숨을 쉬더니 풀썩 쓰러진 것이다. 어머니가 그 소리를 듣고 토비가 무엇에 걸려 넘어졌나, 발을 다쳤나 하고 뛰어나왔다. 어머니가 다가오자 녀석은 고개를 들고 다시 한번 기괴한 숨소리를 내더니 그대로 숨을 거두었다. 그날 오후 어머니와 아버지는 녀석을 깔개에 싸서 섬의 반대편에 있는 동물병원에 데리고 갔다. 부검 결과는 심장마비였다. 나중에 우리는 녀석이 라임병을 앓았던 게 아닌가 하고 추측하기도 했다. 죽기 몇 주일 전부터 녀석은 어딘가 아파 보였고 관절도 눈에 띄게 뻣뻣했는데, 그게 그 병의 증상 가운데 하나였다. 라임병은 근육을 약화시키고 그 결과 심장을 마비시키기도 한다.

우리 어머니는 눈물을 흘리는 분이 아니다. 나는 평생 어머니가 우는 걸 딱 두 번 보았는데, 첫 번째는 내가 열여섯 살 때 신장병에 걸린 개 톰을 안락사시킬 때였고, 두 번째는 토비가 죽었을 때였다. 어머니는 외할아버지 장례식 때도 적어도 사람들 앞에서는 울지 않았다. 하지만 그 날 밤 내게 전화를 걸어 토비가 죽었다고 전하는 어머니의 목소리는 울음에 잠겨 있었다. 그 통화에서 무슨 이야기를 했는지는 별로 기억나지 않지만, 떨리는 목소리를 통해 전해지던 어머니의 충격과 슬픔은 생생하게 기억난다. 어머니는 토비를 화장하고 나서 유골 가루를 담은 작은 항아리를 1년 동안 어머니의 방 한구석, 토비가 잠자던 자리에 보관했다.

우리는 다음해 여름 그 유골 가루를 묻었다. 이미 몇 달 전부터 와병 중이던 아버지는 휠체어에 묶여 지냈기 때문에, 우리와 함께 나갈 수 없었다. 그래서 아버지가 밖을 볼 수 있도록 휠체어를 현관 창가에 두고, 우리 삼 남매와 어머니는 토비가 자주 나와 앉아 지내던 벚나무로 나갔다. 땅을 파고 재를 쏟아붓는 동안, 어머니는 울음을 참으려고 안간힘을 썼지만 소용없었다. 두 눈에 눈물이 가득 차오르고 얼굴은 붉어졌으며 결국 몇 방울 굵은 눈물이 뺨을 타고 흘러내렸다. 우리는 유골 가루를 묻고 흙을 덮고 나서 둘레에 돌멩이와 조개껍데기를 둘러놓았다. 그리고 잠시 그곳에 서서 죽은 개와 우리 어머니의 슬픔을 애도했다.

그러나 나는 당시에는 어머니의 상실감의 크기를 짐작할 수 없었다. 물론 사랑하는 개가 죽었으니 매우 슬플 거라고 생각은 했지만, 한편으로 어머니의 슬픔은 아버지에 대한 슬픔이 비틀린 형태로 표현된 거라고 생각했다. 아버지 때문에 우는 것보다는 개를 두고 우는 편이 더 쉬울 테니까. 나는 집으로 시선을 돌려 창가에 비친 아버지의 실루엣을 보았다. 휠체어에 앉은 채 죽어가는 아버지, 어머니의 진정한 슬픔은 저기 있어. 아버지, 그리고 두 분의 불행한 결혼.

지금 돌아보면 그것은 오해였다. 진정한 슬픔은 토비 때문이었다. 녀석의 죽음이 어머니의 세계에 남기고 간 커다란 구멍 때문이었다.

루실을 키운 지 1년가량 지났을 때 나는 한 친구하고 저녁 식사를 하다가 애완동물 주인들을 대상으로 한 '사별死別 상담' 이야기를 했다. 그러자 내 친구는 허리를 곧게 펴고서 말했다.

"사별 상담? 동물한테? 맙소사."

그리고 그녀는 깔깔깔 크게 웃었다. 나는 약간 얼얼한 심정이 되었다. 토비를 묻던 날 어머니의 모습이 떠올랐고, 어머니의 눈물이 떠올랐다. 어머니가 부엌 식탁에 앉아서 토비를 쓰다듬어 주던 모습이 떠올랐다. 녀석은 우리 집에서 어머니가 거리낌 없이 어루만지는 유일한 존재였다. 나는 녀석이 오랜 세월 동안 어머니에게 바치던 꾸준함을, 이 내밀하고 고적한 여인에게 바치던 존재감을 떠올렸다. 이렇듯 완벽에 가까운 개들과의 관계가 갖는 유일한 단점은 지속성이 떨어진다는 것이다. 개의 수명은 너무도 짧다. 그리고 녀석들이 죽었을 때 우리에게 닥치는 상실감을 더욱 깊게 만드는 것은 우리의 슬픔을 한심하고 도를 넘은 것으로 심지어 우스운 것으로 바라보는 사회의 시선이다.

지난봄에 나는 개를 잃은 한 부부와 몇 시간을 보냈다. 썰매끌이 종에 속하는 키미라는 이름의 날씬한 그 개는 뉴햄프셔 주의 화이트 산맥에서 어처구니없는 사고로 죽었다. 키미는 개라기보다는 무슨 요정 같았다. 이따금 나는 프레시 폰드에서 녀석이 길고도 완벽한 비례의 다리로 날렵하게 뛰어다니는 걸 보았다. 은빛이 감도는 회색 털, 크고 깊은 눈, 그리고 내가 본 개 가운데 가장 사뿐사뿐 하던 걸음걸이. 길 가던 사람들이 다시 한번 뒤를 돌아볼 만큼 아름다운 개였다. 녀석의 주인인 톰과 수는 한 살가량 된 키미를 데리고 플라이 낚시를 갔다. 그런데 셋이 함께 강물을 따라 산길을 걷던 중 사고가 났다. 강가 산비탈을 뒹굴던 나무 몇 그루가 아래로 굴러 떨어져서 키미의 등뼈를 부러뜨린 것이다. 정신없는 시간이 몇 시간 지나갔다. 톰은 도움을 구하러 산에서 내려갔고, 수는 처절한 공포 속에 키미 옆을 지켰다. 그들이 내게 키미의 죽음을 이야기한 것은 그때로부터 1년 정도 지났을 때였는데, 그들은 아직도 그 슬픔에서 완전히 벗어나지 못하고 있었다. 심리치료사인 톰은 그 스스로 심리 치료를 받았다. 그의 슬픔은 그만큼 깊었다.

"나는 죽음을 겪은 내담자를 자주 보았어요. 우리 부모님 두 분도 다 돌아가셨고, 친구 중에도 죽은 친구가 있어요. 그래서 죽음이라면 제법 겪은 편이라고 할 수 있죠. 하지만 이토록 슬펐던 적은 없었어요. 부모님이 돌아가셨을 때도 개가 죽었을 때만큼 슬프지 않았어요. 나는 본래 눈물이 없는 사람이에요. 그런 내가 흐느껴 울었어요. 새벽 두 시에 깨어나서 한숨을 쉬었어요. 사람을 위해서는 그런 적이 없었는데 말예요."

이것은 개를 깊이 사랑하는 사람들만이 이해할 수 있는 말이다. 루실을 키우기 전이었다면 나도 이해하지 못했을 것이다. 나는 토비를 잃은 어머니의 슬픔을 이해하지 못했다. 하지만 지금은 이해한다. 그 상실감은 아주 가까운 사람을 잃었을 때만큼 각별하고도 격심하다. 그리고 그 슬픔의 깊이는 사람들에게 큰 충격을 준다. 왜냐면 개가 사라지기 전까지는 녀석이 그동안 우리 인생의 공백들을 얼마나 능란하게 메웠는지 제대로 알지 못하기 때문이다. 마조리가 처음 키운 보더 콜리 글렌을 잃었을 때 그녀는 거의 1년 동안 글렌의 이름을 말할 때마다 머리 한쪽에 통증을 느껴야 했다. 그녀에게 이야기를 들을 때 나는 고개만 끄덕였다. 난 그저 상상만 할 뿐이에요,라고 말했다. 실제로 나는 내가 루실보다 오래 살 가능성이 크다는 사실을 잘 받아들이지 못하고 있다. 물론 내 마음 일부는 벌써 그에 대한 두려움에 시달리지만.

"나는 이 개가 석 달 정도 되었을 때부터 녀석의 죽음을 걱정했어요."

나는 사람들에게 이런 말을 많이 한다. 농담이지만, 사실은 반만 농담이다.

루실이 어렸을 때, 나는 아침마다 인근 공원에서 찰스라는 50대 중반 남자를 만났다. 그의 개 벤은 검고 육중한 몸집의 늙은 래브라도였다. 벤은 목줄 없이 공원에 나왔지만 언제나 찰스 옆에 달라붙어 있었다. 둘은 그렇게 10~20분을 산책하다 갔다. 주둥이 부분이 온통 회색인데다 소파 같은 느낌이 들만큼 크고 튼튼했던 벤은 찰스를 아주 좋아했다. 녀석이 찰스를 바라보며 꼬리를 천천히 흔들면 찰스는 그에게 과자를 주었고, 그러고서 둘은 공원을 나갔다.

벤은 지난 3월에 죽었다. 나는 그 몇 주일 후, 때 아닌 봄철 폭설이 내린 직후에 찰스를 보았다. 그는 자기 집 현관 앞에 삽을 들고 서 있었다. 나를 보자 그는 벤의 죽음을 이야기할 기회가 생긴 걸 기뻐하는 듯했다. 가까운 사람이 죽었을 때 슬픔을 충분히 토로할 사람을 찾은 것처럼. 찰스는 말수가 적은 사람이었지만 자신이 얼마나 큰 슬픔을 겪었는지, 벤이 얼마나 특별한 개였는지를 이야기하고는, 개가 죽은 뒤 이 세상이 어떻게 느껴지는지, 자기도 모르게 목줄을 잡았다가 이제 그게 필요 없다는 걸 깨달을 때나 비어 있는 개의 자리를 볼 때 어떤 느낌이 드는지를 이렇게 요약해서 말했다.

"우리 신경 체계를 모두 새롭게 프로그램해야 하는 것 같아요."

루실을 옆에 데리고 그의 앞에 서 있자니 그에게 깊은 연민과 공감이 느껴졌다. 개를 깊이 사랑하면 우리 몸의 핵심 부분(우리의 전체 신경 체계)이 그 유대에, 둘이 함께하는 그 인생에 묶이는 것과도 같이 된다. 우리는 다시 프로그램된다. 개를 키우는 사람은 이전과는 다른 사람, 개 사람이 된다.

나는 처음부터 개한테는 우리를 변화시키는 힘이 있다는 걸 인식했던 것 같다. 내가 녀석을 마사즈 비니어드 섬에 데려갔을 때 녀석은 겨우 석 달 정도밖에 되지 않았고, 나와 만난 지는 고작 열흘이었다. 그런데 나는 첫날 아침, 녀석을 벚나무 앞, 그러니까 우리 어머니와 개의 유골 가루가 묻힌 곳으로 데리고 갔다. 녀석은 돌멩이로 두른 두 개의 원을 킁킁거렸다. 그렇게 가만히 서 있자니, 내가 녀석을 여기 소개하고 있다는 생각이 들었다. 엄마, 얘는 루실이에요. 토비야, 루실이야. 고요한 슬픔, 그리고 미지의 세계의 가장자리에 서 있는 듯 아련한 느낌이 있었다. 한 차례의 변이, 아니 몇 차례의 변이가 있을지 모른다는 느낌. 1년 전 어머니의 유골을 묻고 나서 처음 가보는 마사즈 비니어드였다. 거기 루실과 함께 서 있자니 그렇게 짧은 시간 동안 너무나 많은 것이 변했다는 사실이 나를 당혹하게 했다. 이제 내게는 부모님도 없고 술도 없다. 새로운 인생, 새로운 개. 하지만 내 자아의 그림은 아직 텅 비어 있었다.

아마 그때 내가 정말 소개하던 건 바로 '나'였다. '엄마, 제가 개를 키우기 시작했어요. 토비야, 얘가 네 후배야.' 그 느낌은 내가 거기서 어머니와 토비에게 새로운 내 정체성의 윤곽을 보여주고 있다는 느낌이었다. 하지만 그게 무얼 의미하는지, 그 정체성이 결국 무엇이 될지, 그 과정에 루실이 무슨 역할을 할지는 확신할 수 없었고, 윤곽은 여전히 흐리멍덩했다.

그로부터 3년 가까운 시간이 지난 오늘, 윤곽은 그때보다 뚜렷해지고, 그 안의 그림도 전보다 선명하게 드러나고 있다. 물론 아직도 빈 부분이 많고, 외곽의 풍경도 흐릿함 투성이다. 이 그림 속의 여자는 누구인가? 고적한 사람인가 고립된 사람인가? 술을 끊은 사람이 사는 이 텅 빈집은 다른 어떤 것으로 채워야 할까? 또 다른 누구로? 하지만 그림의 중심 부분만큼은 매우 선명하다. 술 대신 개 목줄을 든 여자, 개를 데리고 있는 여자, 바로 이 개를 데리고 있는 여자가 거기 있다.

중독 치료자들의 모임에 가면 흔히 듣는 이야기가 있다. 중독을 벗어나려고 할 때 우리는 흔히 애초의 중독 물질과 비슷한 방식으로 우리를 채우는 다른 대상, 그러니까 '대체물'에 빠진다는 것이다. 나는 지금 너무도 로맨틱한 나머지 루실을 알코올의 '대체물'이라는 임상적 관점으로 바라볼 수가 없다. 하지만 녀석을 사랑하면서 내가 새로이 채워지고 있으며 근본적으로 다른 방향을 향하게 되었다는 것을 느낀다. 옛 정체성은 부수어져 나가고 새로운 정체성이 들어서고 있다. 찰스가 말한 대로 새로이 프로그램 돼가는 느낌이다.

루실은 내가 술 마시는 걸 본 적이 없다. 간단한 말이지만, 내게는 아주 중요한 의미다. 녀석은 내가 술을 떠나서 얻은 위안과 평화의 핵심이다. 때로 밤에 녀석을 바라보며 생각한다. 내가 아직도 술을 마셨다면 내 인생은 어떻게 되었을까? 그랬으면 나는 녀석을 제대로 돌보지도 못했을 테고, 녀석도 내가 아무 도움 안 된다는 걸 알았을 것이다. 녀석은 내가 중독의 파도 속에 출렁일 때는 얻을 수 없던 어떤 것을 상징한다. 그것은 내가 다른 존재에게뿐 아니라 나 자신에게도 줄 수 있게 된 일관성, 지속성, 유대감 같은 것이다. 다시 말해 그것은 사랑이다.

미스터리 작가 수잔 코넌트는 이렇게 썼다.

"내가 개 목줄을 잡았을 때 느끼는 영적인 편안함은 다른 사람들이

묵줄를 들고 느끼는 감정과 같다."

나는 그녀의 말뜻을 백 퍼센트 이해한다. 손에 목줄을 잡고 옆에 루실을 두면 마법 같은 일이 일어난다. 내면에서 찰칵하는 소리가 난다. 오래 전에 잃어버린 내 중요한 일부가 돌아와서 제자리에 맞아들어간 것 같다. 그러면 나는 내가 무사할 것을 안다. 목줄을 손에 들면 내가 예전에 백포도주 잔을 들었을 때처럼 깊은 안정감이 든다. 개는 한때 술이 그랬듯이 내가 이 세상에서 느끼는 편안함의 핵심이다.

어떤 것이 우리에게 공허감을 주고 어떤 것이 충족감을 주는가? 누가 또 무엇이 우리에게 유대감과 위안과 기쁨을 주는가? 우리에게는 얼마나 많은 관계가 필요하며 얼마나 많은 자기만의 공간이 필요한가? 무엇이 내게 꼭 맞는다고 느껴지며, 충분하다고 느껴지는 것은 무엇인가? 우리의 인생은 이런 질문을 더듬더듬 헤쳐가는 길이다. 그리고 루실이 비록 그 답까지 주지는 못한다 해도, 녀석은 나를 그런 질문을 향해 조용히 끌고 간다. 그래서 나는 목줄을 잡고 따라간다.

감사의 글

다이얼 프레스 출판사의 수장 캐밀과 도쿠버 에이전시의 콜린 모하이드가 보여준 굳건한 자신감과 열정에 깊은 감사를 드립니다.

우정과 지혜와 통찰력으로 이 책을 빛내준 게일 캘드웰, 루실과 나를 따뜻하게 보살펴준 마크 모렐리, 그토록 일관된 도움을 베풀어준 수잔 시어, 톰 더피에게 사랑을 전합니다.

개가 있는 세상을 이토록 풍성하게 가꾸어준 호프 미켈슨, 웬디 샌포드, 폴리 애트우드, 캐시 드 네이탈, 캐서린 패비오, 캐이시 클라크에게 깊은 감사의 말을 전합니다. 다이얼 프레스 출판사의 레슬리 험스도프와 도린 매닝도 기술적 분야와 연구 조사에 많은 도움을 주었습니다. 마이클 이안 케이, 멜리사 헤이든, 브라이언 멀리건은 이 글의 구성에 귀중한 조언을 해주었습니다. 펜실베이니아 대학의 제임스 서펠은 인간-개 관계의 역사에서 그가 연구하고 발견한 깊은 통찰을 많이 전달해 주었습니다. 모두 감사드립니다.

그리고 언제나처럼 데이비드 허조그에게 감사와 사랑을 전합니다.

캐롤라인 냅은 생전에 모두 세 권의 책을 발표했는데, 그 가운데 두 권이 베스트셀러가 되었다. 나는 그 두 권을 모두 우리말로 번역하는 행운을 얻었다. 행운이라는 것은 그 책들이 베스트셀러였기 때문이 아니라, 두 권 다 보기 드문 소재로 보기 드문 통찰을 담아낸 책이기 때문이다. 내가 번역한 첫 책인 "술, 전쟁 같은 사랑의 기록"은 겉으로는 뛰어난 사회적 성취를 이루며 문제없이 사는 것 같지만, 속으로는 내면의 불안과 공허를 오직 술로 달래던 작가의 20년 세월이 불꽃처럼 그려져 있다. 제목에서도 보이듯이(원제도 Drinking: A Love Story이다) 작가는 그것을 술과의 사랑 이야기로 그렸다. 그러나 그 사랑은 필연적으로 자기 파괴로 이어지는, 마조히스트적인 사랑이었다. 그러고서 술을 끊은 작가는 홀연 개 이야기를 가지고 돌아왔고, 그것이 바로 이 책 『남자보다 개가 더 좋아』이다. 이 책 또한 전작과 마찬가지로 사랑 이야기다. 역시 뜨겁게 타오르는 사랑이다. 그리고 역시 '보통 사람들'이 고개를 갸우뚱하거나 설레설레 젓거나 아니면 비웃을 수 있는 사랑이다. 하지만 결정적인 차이가 있다. 술과의 사랑은 그녀를 삶의 낭떠러지로 몰고갔지만, 개와 나눈 사랑은 그녀를 삶의 안쪽 자리로 이끌고 갔다는 것. 이 차이는 이른바 정상-비정상의 차이보다 큰 것이 아닐까? 관습과 다수의 바깥에 있다고 해도, 자신에게 유효한 행복의 방법을 찾을 수 있다는 것은 이 책이 주는 중요한 메시지 가운데 하나다. 실제로 관습적 삶, 다수가 영위하는 삶의 방식이 행복을 보장해 주지 못한다는 것이 명백해지는 시대에 이런 메시지는 다만 '애견인'에게만 적용되는 것은 아닐 것이다. 그러나 이 책은 "나는 이렇게 개를 통해 행복해졌다. 당신도 개를 키우면 행복해질 수 있다"고 설파하는 '애완동물 치료pet therapy'의 교본 같은 책이 아니다. 보스턴 의대 정신의학과 교수의 딸로 태어나 몇 차례의 중독(거식증과 알코올 중독)을 경험하며 인간 내면의 어둠 속을 누구보다도 강렬하게 지나온 작가는, 인간과 개가 맺는 관계의 드라마를 속속들이 파헤쳐서 그 속에 숨어 있는 온갖 빛과 그림자를 꺼내 보인다. 거기다 많은 취재와 연구가 뒷받침된 풍성한 사례가 더해지면서, 이 책은 한 독신 여성이 개 한 마리를 키우며 사는 이야기에 그치지 않고, 고독이 일상이 된 현대인의 생존 조건을 탐구한 사회, 문화, 심리 비평의 역할도 한다. 개인적으로 특히 개를 통해서 자신의 유년을 '다시 살고,' 개의 눈 속에 자신의 심리를 읽어 넣는 대목이 아주 예리하고도 뭉클하게 느껴졌다. 그렇다고 책의 내용이 지나치게 분석적이라거나 지적인 데 치중한다는 것은 아니다. 실제로 개를 키우는 사람들에게 교본이 될 만한 내용도 많이 있다. 애견인으로 자처하기는 그렇지만 나름대로 개를 좋아하고 개에 익숙하다고 생각하는 나도 이 책을 보면서 모르던 여러 가지 사실을 새롭게 알게 되었다.

그러나 무엇보다 이 책은 그 자체로 드라마다. 알코올 중독에서 빠져나와 개를 키우며 그 개를 사랑하게 되고, 그 사랑이 너무 커서 시시때때로 자신도 의구심을 품게 되고, 그 사랑이 너무 커서 헌신적인 남자 친구도 뒷전이 되어 버리고, 그런 상황에서 기이하게도 생전 처음으로 진정한 안정감을 느끼게 된 여자의 이야기. 작가의 격렬한 인생은 무미건조한 나의 인생과는 너무도 달라 보이지만, 그 가운데서도 나는 같은 고민과 같은 정서들을 적지

않게 발견할 수 있었다. 실제로 공동체에 둘러싸인 삶이 아니라 개인이 선택하고 개인이 책임지는 삶을 사는 현대인이라면, 누구나 그녀의 '개 이야기'에서 '자기 이야기'를 읽을 수 있으리라고 생각한다. 거기다 개를 키우고 사랑하는 사람이라면 더 말할 것이 없을 것이다.

남자보다 **개**가 더 좋아

첫판 1쇄 펴낸날 2007. 10. 31

지은이 | 캐롤라인 냅
옮긴이 | 고정아
펴낸이 | 엄건용
펴낸곳 | 나무처럼

출판등록 | 제313-89-2004-000145호(2004. 8. 7)

주소 | 121-842 서울시 마포구 서교동 469-5 정서빌딩 405호
전화 | 02)337-7253
팩스 | 02)337-7230
E-mail | namubooks@naver.com

표지 및 본문 디자인 | 안가현 박정은
ISBN | 978-89-92877-00-8

◈ 잘못된 책은 바꿔 드립니다.
◈ 책값은 뒤표지에 있습니다.